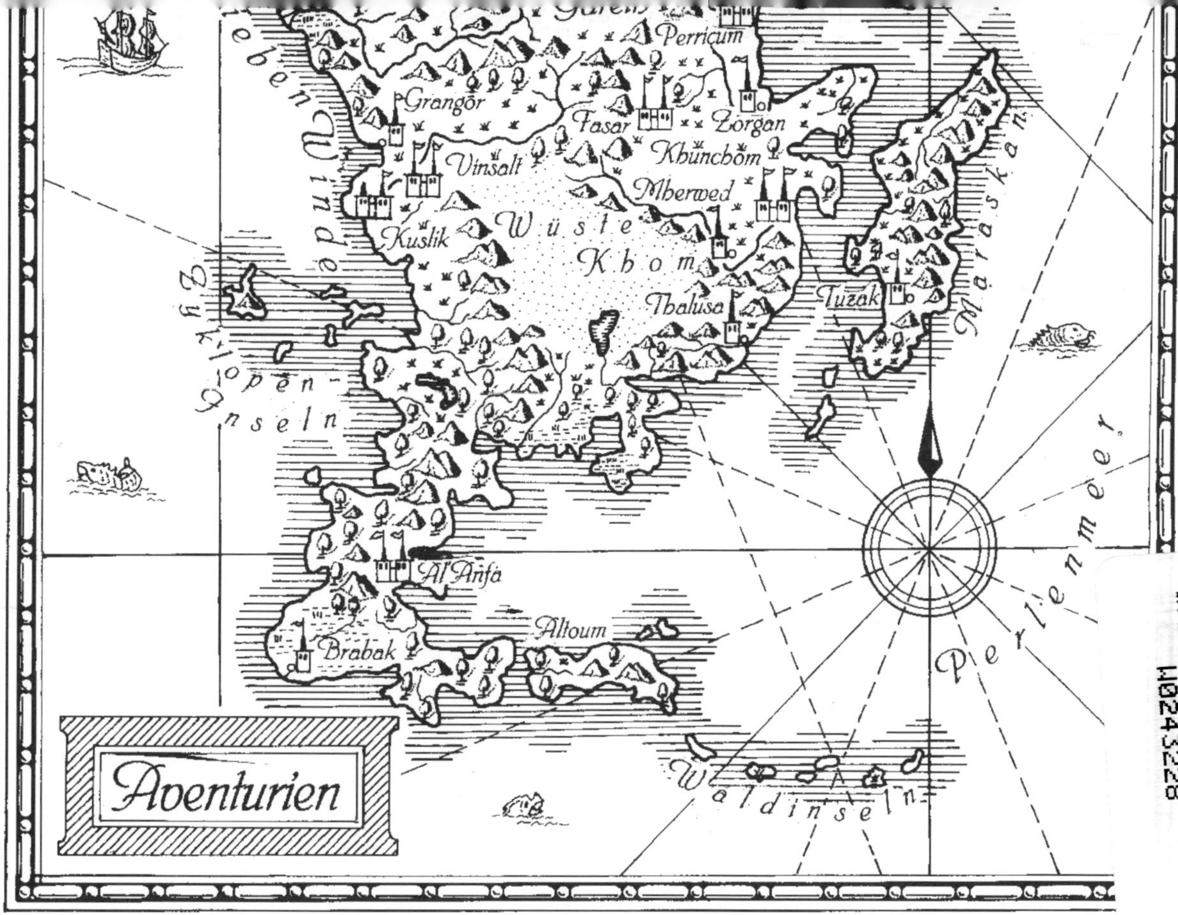
Perricum
Grangor
Fasar
Zorgan
Vinsalt
Khunchom
Mberwed
Kuslik
Wüste
Khom
Thalusa
Tuzak
Maraskan
Zyklopen-
Inseln
Al'Anfa
Altoum
Brabak
Perlenmeer
Waldinseln
Aventurien

Fantasy

Herausgegeben von Friedel Wahren

Von **Bernhard Hennen** erschienen in der Reihe
HEYNE SCIENCE FICTION & FANTASY:

In der Reihe zur Spielewelt DAS SCHWARZE AUGE:
Der Tanz der Rose · 06/6012
Die Ränke des Raben · 06/6013
Das Reich der Rache · 06/6014
Das Gesicht am Fenster · 06/6024
Die Nacht der Schlange · 06/6045 (Hardcover-Ausgabe)

Das Schwarze Auge

BERNHARD HENNEN

Die Nacht der Schlange

Ein aventurischer Kriminalroman

Originalausgabe

WILHELM HEYNE VERLAG
MÜNCHEN

HEYNE SCIENCE FICTION & FANTASY
Band 06/6045

Umwelthinweis:
Dieses Buch wurde auf chlor- und säurefreiem Papier gedruckt.

Originalausgabe 5/2000
Redaktion: Rufus Niederbühler

http://www.heyne.de
Printed in Germany 2000
Umschlagbild: Jim Griffin/Hankins & Tegenborg Ltd., New York
Kartenentwürfe: Ralf Hlawatsch
Umschlaggestaltung: Nele Schütz Design, München
Technische Betreuung: M. Spinola
Satz: Schaber Satz- und Datentechnik, Wels
Druck und Bindung: RMO & Welte, München

ISBN 3-453-16231-5

Für eine alte Zigeunerin
in den Bergen Anatoliens

BESONDERE SCHAUPLÄTZE DES ROMANS

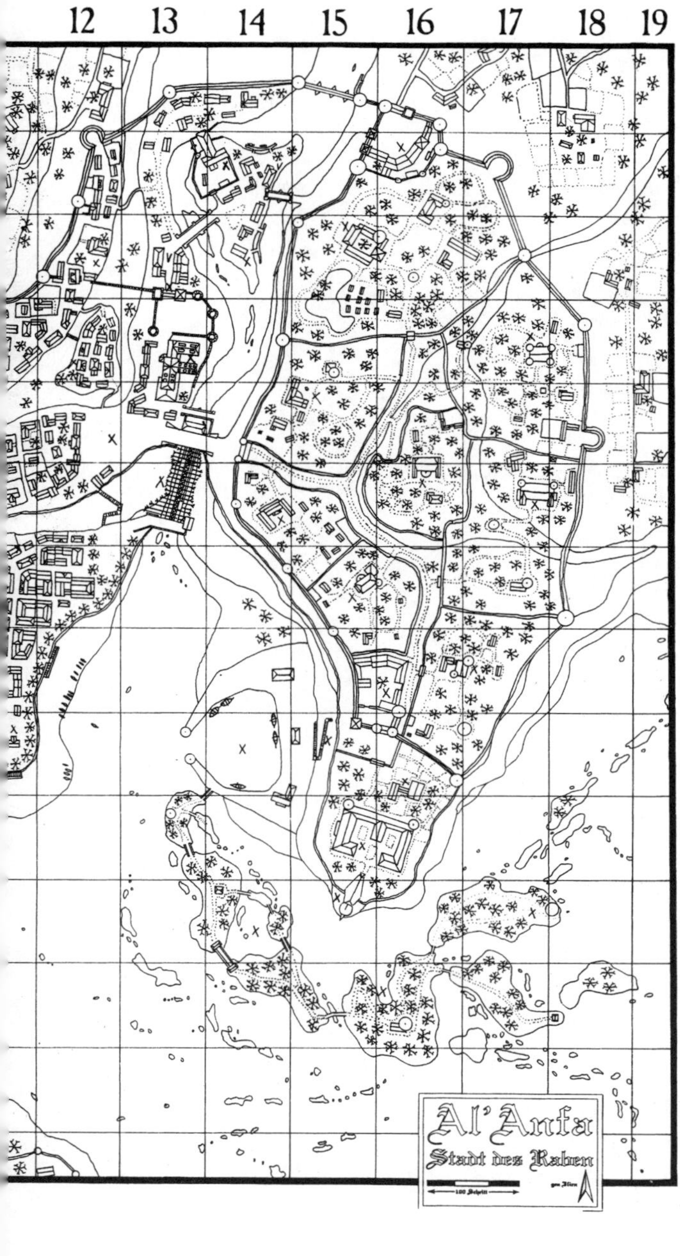

B4
Der Turm der Alara Olibano

I3
Der Hinterhof, auf dem der Leichnam Salpicios gefunden wurde

I4
Die Schenke *Kalifenthron*

H3
Die Schenke *Mokakopf*

L2
Die Villa Tuzak, das Haus des »Geschäftsmanns« Markud

E8
Das Haus der Fälscherin

K3
Das Haus, in dem Anatewka lebt

Prolog

»Mit keinem anderen öffentlichen Markt, der mir je zu Gesichte gekommen ist, kann der Efferdsmarkt nahe dem Brabaker Viertel Al'Anfas verglichen werden. Er stand auf seinem eigenen Schmutz und Kot und war den Launen der Gezeiten ausgesetzt, die dort den verrottenden Unrat der Kloaken ins Hafenbecken erbrachen. Die Abfälle der nahen Schlachthöfe und Gerbereien wurden hier ins Meer geworfen. Faulige Innereien, abgetrennte Köpfe, Kadaver jeder Art, all dies trieb im sanften Wiegen der Meeresströmung und bildete unter der Hafenmauer einen Teppich, den die menschliche Unvernunft über die Jahre so dicht gewoben hatte, daß man darauf gehen konnte und nur selten tiefer als bis zu den Knöcheln versank. In einem Sumpf aus Blut und Gestank stritten Hunde und Raben um ihr Mahl, während Bauern, Fischer und Händler, die an keinem anderen Ort die Marktgebühren zahlen konnten, an fast jedem Tag der Woche ihre Stände dort aufschlugen, um ihre Waren feilzubieten.

Als aber die heiligen Raben nackt und sterbend vom Himmel fielen und sich ihr Gefieder wie schwarzer Schnee auf die Stadt legte, da war es eben dieser Markt, auf dem die ersten Bewohner der sündigen Stadt von der schwarzen Pest dahingerafft wurden.

Die Reichen flohen alsbald in ihre prächtigen Villen und verschlossen hinter sich Tür und Tor, doch die schreckliche Sieche nahm weder Rücksicht auf den Stammbaum noch auf die Hautfarbe. So gewaltig war die Zahl der Toten, daß man den Boronsanger am Fuß des Visra schließen mußte, denn der faulige Geruch, der aus den schlecht versiegelten Krypten der Reichen aufstieg, hatte zur Folge, daß selbst die wenigen gesunden Trauergäste, die sich noch an diesen Ort des Schreckens wagten, in Ohnmacht fielen.

Während sich aber die Leichen der Toten im Kreuzgang hinter dem großen Borontempel stapelten, wagte sich bald niemand mehr auf die Straßen hinaus, und es wurde zur Aufgabe der Geweihten, durch die Stadt zu streifen und all jene unbestatteten Toten aufzusammeln, welche die Gesunden nicht zu berühren, ja oft sogar kaum anzusehen wagten.

Schließlich hoben sie tiefe Gräben in den Gärten der Tempelstadt aus, um dort dicht an dicht und in vielen Lagen übereinander die Verstorbenen der Erde zu übergeben. Doch auch darauf mußte man bald verzichten, da der vollgesogene Boden einem Schwamm glich, der, wenn man darauf trat, eine widerliche Blutbrühe absonderte.

So wurde zuletzt angeordnet, die Toten auf Schiffe zu tragen, die man weit hinaus ins Perlenmeer schleppte, um sie mit Hylailer Feuer zu übergießen und in Brand zu setzen.

Erst als die Zahl der Toten die der Lebenden weit überstieg, erbarmte sich der finstere Gott seiner Stadt, und so plötzlich, wie die Sieche begonnen hatte, nahm sie ihr Ende. Und um allen zu zeigen, daß das Geschehene sich nach seinem Willen fügte, sandte Boron seinen Boten Golgari, der den Überlebenden verkündete, er werde keine Gnade mehr kennen, wenn die Stadt noch einmal vom Kelch der Sünde koste.«

(Marquesa Gabriela de Ciagra, Das Jahr der Sünde,
gegeben zu Mirham 687 nach Bosparans Fall)

1. Kapitel

Dumpf klatschend landete der Leichnam des alten Mannes zwischen den anderen Toten auf dem Karren. Erschöpft lehnte sich Gion gegen die hölzernen Aufbauten des Leiterwagens und blickte zum Hafen hinüber. Weit jenseits des Kolosses und der Sklaveninsel zeigte sich ein schmaler Streifen silbernen Lichts über der ruhigen See. Es war ein wenig kühler geworden. Bald würde Nebel aus der weiten Bucht in die schmutzigen Gassen des Hafenviertels steigen. Gion gab der Kutscherin einen Wink.

»Das war der letzte … für heute. Du weißt, wohin du sie bringen sollst?«

Die Frau nickte und zeigte ein zahnloses Lächeln.

»Dann sehen wir uns morgen nacht am Hafen wieder.« Der stämmige kleine Weibel wandte sich an die drei jungen Rekruten, die ihn begleitet hatten. Er fühlte sich unendlich müde. Mit einer fahrigen Bewegung streifte er das Tuch ab, das er sich vor Mund und Nase gebunden hatte. Seine Lippen waren zu einem schmalen Strich zusammengepreßt. Er sollte jetzt etwas sagen, um seinen Küken Mut zu machen! Warum zum Henker hatten sie ihm auch Rekruten zum Leichensammeln zugeteilt? Offiziere! Die hatten ihre Köpfe nur, um ihre federgeschmückten Helme aufsetzen zu können! »Geht schon hinauf zur Kaserne. Ich hab noch was zu erledigen. Wenn jemand nach mir fragt, dann sagt, daß ich kurz nach Sonnenaufgang kommen werde.«

Den beiden Frauen und dem jungen Moha standen die Schrecken der Nacht noch ins Gesicht geschrieben. Keiner von ihnen fragte nach, wohin er gehe. Sieben Leichen hatten sie in dieser Nacht gefunden. Zwei mehr als gestern. Gion fragte sich, wie lange man wohl noch geheimhalten konnte, was hier unten am Hafen und bei den Brabaker Baracken geschah. Elf *Kranke* hatten sie heute zur Sklaveninsel schaffen lassen. Jeder, bei dem auch nur der geringste Verdacht bestand, die Seuche könne ihn befallen haben, wurde fortgeschafft. Noch wußten nur wenige, was tatsächlich in der Stadt geschah. Die nächtlichen Verhaftungen hielt man für Proskriptionen des Rates der Zwölf, der gegen irgendwelche Verschwörer vorging. So etwas geschah nicht zum ersten Mal in Al'Anfa, und die Fanas wußten, daß es besser war, keine Fragen nach dem Schicksal der Nachbarn zu stellen, wenn man nicht erleben wollte, daß schon in der nächsten Nacht die Stadtwache an der eigenen Tür klopfte.

Gion versetzte Marcia, der Jüngsten unter seinen Rekruten, einen Knuff. »Zieh kein solches Gesicht! Noch zehn Nächte, und unser Dienst hier unten endet. Dann gehen wir für einen ganzen Götternamen drüben im Villenviertel auf Streife. Leichter Dienst … und fette Schmiergelder …«

»Wenn wir dann noch leben …« Marcias Stimme war durch das schmutzige Tuch vor den Lippen gedämpft. Jeglicher Glanz war aus ihren Augen gewichen, ihr Blick so leer wie der der Toten, die sie auf den Karren geladen hatten.

»Red nicht so daher«, schnauzte der alte Gardist barsch. »Ich bring euch Glück. Ich hab auch den Khomkrieg überstanden und fast alle, die unter mir gedient haben, wieder mit nach Hause gebracht. Wißt ihr nicht, daß die Rothaarigen Glückskinder sind? Nur zehn Nächte noch … Ich sage euch, danach saufen wir, bis wir bewußtlos aus den Stiefeln kippen. Und jetzt macht, daß ihr hinauf zur Kaserne kommt. Das ist ein Befehl!« Gion stieß ein rauhes Lachen aus, das eigentlich hatte aufmunternd klingen sollen.

Marcia nickte ergeben. Wortlos wandte sie sich um. Die

beiden anderen Rekruten folgten ihr. Gion blickte ihnen nach, bis sie im Schatten eines niedrigen Torbogen verschwanden.

Er hatte sie belogen. Keiner von jenen, die unter seinem Kommando gestanden hatten, war aus dem schrecklichen Krieg gegen das Kalifat zurückgekehrt. Er war der einzige, der Al'Anfa wiedergesehen hatte. Gab es einen deutlicheren Beweis, daß Rothaarige doch Glückskinder waren?

Der Weibel hatte weder die Statur noch das Alter eines jugendlichen Helden. Er war klein und von stämmigem Wuchs, und es würde nicht mehr lange dauern, bis er sein vierzigstes Jahr vollendete. Die Arme waren mit Tätowierungen bedeckt und von Narben zerschnitten – dem einzigen, was ihm aus mehr als zwanzig Jahren im Dienst unterschiedlichster Soldherren geblieben war. Blaue Augen lugten über der breiten, dreifach gebrochenen Nase mißtrauisch in die Welt. Das kurzgeschorene rote Stoppelhaar reichte ihm bis tief in die Stirn hinein, und es war Gions ganzer Stolz, daß er trotz seines fortgeschrittenen Alters noch keine beginnende Glatze und kein graues Haar unter seinem Helm zu verstecken hatte. Und da waren noch die sieben Ohrringe. Einige Leute hatten schon gemeint, Späße darüber machen zu müssen, doch jedem war das Lachen bald vergangen. Die Ohrringe waren die Altersvorsorge des Söldners. Die ersten drei hatte er im Kohmkrieg erbeutet. Damals war ihm auch klargeworden, daß es besser war, sie an einem Ohr zu tragen. Dann würde wenigstens noch ein Ohr übrigbleiben, nachdem die Leichenfledderer ihr Geschäft erledigt hätten. Es war besser, noch ein Ohr zu haben, damit er Golgari hören konnte, wenn der Totenvogel kam, um ihn auf die andere Seite zu bringen. Gion hatte sich entschieden, das rechte Ohr zu behalten. Sein linkes hatte ein dickes, fleischiges Ohrläppchen. Seit dem Abend, an dem er es genau in einem Bronzespiegel betrachtet hatte, hatte er es nicht mehr gemocht. Sein rechtes Ohr wirkte irgendwie erhabener. Es hatte eine kleine Muschel und lag eng am Kopf an. Ganz anders als das linke, das zu allem Überfluß auch noch vom Schädel abstand wie ein Fledermausohr.

Gion zupfte sich den langen schwarzen Waffenrock zurecht, der unter dem Gürtel hochgerutscht war, und setzte den schweren Bronzehelm wieder auf. Darunter trug er einen geflickten alten Lederpanzer vom selben speckigen Braun wie die ledernen Armschienen. Hemden trug er fast nie, wenn er im Hafenviertel Streifendienst hatte. Es war hier klüger, seine vernarbten und tätowierten Arme zur Schau zu stellen. Das hielt die meisten davon ab, sich über seine geringe Größe das Maul zu zerreißen.

Die Schritte des alten Kriegers griffen weit aus. Der Klang der genagelten Sohlen eilte ihm voraus. Jeder in diesem heruntergekommenen Viertel kannte es gut, das unverwechselbare Geräusch von eisenbeschlagenen Sandalensohlen. Der eisenklirrende Gleichschritt war der Herold der Stadtwache, und hier unten im Hafenviertel kündete er meist Ärger an. Doch nach dieser Nacht hätte es keiner Drohgebärde mehr bedurft. Die Straßen waren wie ausgestorben. Nicht einmal streunende Katzen ließen sich blicken.

Gion bog hinter den hölzernen Lagerhäusern nach rechts in die steile Gasse ab, die hinauf zum *Kalifenthron* führte, einer schmuddeligen Schenke am Westrand des Brabaker Viertels. Die Häuser hier waren niedrige Lehmbauten mit weiß oder ockerfarben getünchten Wänden. Ein wenig erinnerten sie an die ärmlichen Bauerndörfer in den Oasen der Khom. Nur der *Schlund* droben in der Grafenstadt hatte einen noch schlechteren Ruf als diese Gegend. Gion lächelte grimmig. Nichtsdestotrotz konnte man selbst hier ein paar Heller verdienen. Abdallah, der Wirt vom *Kalifenthron,* war ihm jetzt schon für drei Wochen Geld schuldig. Mit seiner Schenke verstieß er gegen mehr als ein Dutzend Gesetze der

Stadt. Wenn das Schlitzohr nicht endlich zahlte, müßte er dem Lumpen eine Lektion erteilen. Der Söldner schnaubte verärgert. Schon seit mehr als zehn Jahren besserte er seinen Sold durch Geschäfte dieser Art auf. Alle Weibel in der Garde taten das! Aber es war verflucht das erste Mal, daß einer es wagte, ihn nicht zu bezahlen. Gion wußte, daß der *Kalifenthron* gut besucht war. Es lag nicht daran, daß Abdallah kein Geld gehabt hätte. Der verdammte Mistkerl wollte einfach sehen, was geschähe.

Gion konnte das nicht länger dulden! Wenn sich einmal herumspräche, daß er ein weiches Herz hatte, bekäme er kein Bein mehr auf den Boden. Vom Sold, den man als Stadtgardist erhielt, konnte kein Mensch leben. Er war gezwungen, diese *Geschäfte* am Rande zu betreiben, wenn er sein Auskommen haben wollte.

Der Söldner trat auf einen verkommenen Hinterhof, löste seine Feldflasche vom Gürtel und nahm einen tiefen Schluck. Es gab Regeln unter den Weibeln in der Stadtgarde, wie mit säumigen Schuldnern zu verfahren war. Er würde sich eines von Abdallahs Kindern nehmen und ihm beide Arme brechen. Aber wen sollte er auswählen? Das Mädchen mit den dunklen leicht schräg stehenden Augen? Als erwachsene Frau würde sie einmal eine Schönheit sein! Die verdammten Regeln sahen vor, ein Tischbein zu benutzen, um die Unterarme zu zertrümmern. Der Söldner schluckte hart. Er kannte diese Verletzungen von den Feldzügen. Er hatte genug Krieger mit gebrochenen Gliedmaßen gesehen. War der Bruch sauber, mochte alles in zwanzig oder dreißig Tagen ausgestanden sein. Aber wenn er nicht recht verheilte … Das Mädchen konnte genausogut zum Krüppel werden oder an der Wundfäule sterben. Gion setzte die Flasche erneut an die Lippen … Es war ein schwerer, billiger Wein, der einen pelzigen Geschmack auf der Zunge zurückließ.

Abdallah wußte, was geschehen würde! Warum zum Henker riskierte der Geizkragen das Leben seiner Kinder? Sein Junge hatte höchstens sieben Sommer gesehen. Gion erinnerte sich, wie ihn der Kleine immer bewundernd anstarrte. Einmal hatte der Junge es sogar gewagt, ihn anzusprechen. Er wollte Krieger werden, wenn er groß war. Der Söldner schnaubte. Krieger! Der Kleine hatte ja keine Ahnung, was das bedeutete. Mit einem letzten langen Schluck leerte Gion die Feldflasche und hakte sie wieder am Gürtel ein. Ein angenehm dumpfes Gefühl breitete sich in seinen Gliedern aus. Es war, als wäre sein Leib schwerer geworden. »Verdammtes Pech«, lallte er leise. Er konnte nicht länger stumm über seinen Sorgen brüten. Es war nicht gut, den Schädel ständig voll trüber Gedanken zu haben. Das war wie mit dem dunklen Eiter einer schlecht heilenden Wunde.

Es mußte heraus, oder man würde daran verfaulen. »Jawohl, an üblen Gedanken verfaulen! Hab schon manchen gesehen, dem es so erging …«

Gions Blick wanderte über den engen Hinterhof. Grüne Schlingpflanzen wanden sich wie riesige Würgeschlangen an den Häuserwänden hinauf. Fäulnisgeruch lag in der Luft, und Nebel zog wie kalter Tabakrauch durch den niedrigen Torbogen. Undeutlich sah der Gardist eine Gestalt auf einer gemauerten Bank liegen. Ein Mann in einem weiten Umhang mit schimmernden Stickereien aus Silberfäden. Wohl ein Zecher, der nicht mehr nach Hause gefunden hatte. Aber dies war keine Gegend für jemanden in so feinen Kleidern. Sich hier schlafen zu legen, war im höchsten Maße leichtsinnig. Wenn er den Betrunkenen nach Hause brächte, würde ihm vielleicht eine Belohnung winken.

Gion ging hinüber. Immerhin lieferte der Kerl ihm einen Grund, den Besuch im *Kalifenthron* noch ein wenig hinauszuschieben. Der Söldner kniete nieder und schüttelte den Mann sacht an der Schulter. »Aufstehen … Dies ist kein Platz für Euch, Eure …« Gion blieb das Wort im Hals stecken. Der Kopf des Fremden drehte sich in einem unnatürlichen Winkel zur Seite. Ein tiefer Schnitt hatte seine Kehle durchtrennt.

»Alle Götter …«, murmelte der Gardist leise. »Du bist beileibe nicht mein erster Toter, aber selten hat mich einer so erschreckt wie du.« Er schlug den Umhang des Leichnams zurück und musterte den Mann im grauen Zwielicht. Zwei durchtrennte Lederriemen hingen von seinem silberbeschlagenen Gürtel.

»Hab ich's mir doch gedacht. Ziemlich dämlich von dir, ausgerechnet hier eine pralle Geldkatze spazierenzutragen! Aber …« Ungläubig tastete der Söldner nach dem Schwert, das bisher halb vom Umhang des Toten verdeckt gewesen war. In den Knauf war ein großer Kristall eingelassen. Der Griff und die Parierstange waren kostbar geschmückt und vergoldet. Die Waffe mußte ein Vermögen wert sein! Warum hatte der Meuchler sie zurückgelassen? Gion tastete nach der Wange des Toten. Das Gesicht des Mannes war noch warm. Mißtrauisch sah Gion sich um. Sollte der Mörder etwa noch … Doch der Hof war leer. Langsam gewann das graue Morgenlicht an Kraft.

Der Söldner blickte dem Toten in die ausdruckslosen Augen. »Sag mal, dich kenne ich doch. Gehörst du nicht auch zur Garde? Ich hab dich schon einmal gesehen. Ich bin mir ganz sicher! Ist schon 'ne Weile her. Was bei allen Dämonen der Niederhölle hast du in diesem Aufputz hier getrieben? Du hättest es besser wissen müssen …«

Aus den Augenwinkeln sah der Gardist einen Schatten unter dem Torbogen.

»Hier kannst du nicht bleiben, Kamerad. Es dauert nicht mehr lange, dann wird es Tag. Bis ich zurückkäme, hätte dich das Pack dieses Viertels bis auf den letzten Faden ausgeplündert.« Gion schlang sich den linken Arm des Toten über die Schulter und stemmte den Mann hoch. »Werd dich mit hinauf zur Kommandantur nehmen, Kamerad. Die hier bekommen keinen von uns in die Finger, das schwöre ich dir!«

Es war fast Nachmittag, als Commandanta Olibano das kühle Gewölbe tief unter der Kommandantur betrat. Ihr Atem ging pfeifend, obwohl sie nur wenige Treppen hatte erklimmen müssen, um von ihrem Turm aus das Hauptquartier der Stadtwache zu erreichen. Ihre Lungen schmerzten. Sie wischte sich mit dem Ärmel über die schweißnasse Stirn und verharrte für einen Augenblick, um sich zu sammeln, bevor sie in die Leichenkammer träte.

Alara Olibano war eine mittelgroße, schlanke Frau. Ihr dunkler Taint und die mandelförmigen schwarzen Augen verrieten auf den ersten Blick, daß Mohablut in ihren Adern floß. Ihre Lippen waren schmal. Das Gesicht wirkte asketisch, fast ausgezehrt. Eine beinahe schon greifbare Aura der Unnahbarkeit schien die Offizierin zu umgeben. Alaras Haar war streng zurückgekämmt und zu einem schweren Zopf geflochten, der ihr bis eine Handbreit über die Hüften reichte. Sie trug wadenhohe rote Stiefel aus Iryanleder, eine weite schwarze Hose nach novadischem Schnitt und eine enge, über der Brust verschnürte Bluse aus schwarzer Seide. Sie hätte zweifellos als schön gegolten, wäre da nicht diese beunruhigende Tätowierung gewesen. Eine schwarze Kobra wand sich seitlich aus ihrem Ausschnitt den Hals hoch und über die linke Wange an der Schläfe hinauf bis fast zur Mitte der Stirn. Dort erhob sich der Reptilienkopf drohend mit seinen leuchtendroten Augen, und wenn Alara die Stirn runzelte, schien die Tätowierung ein unheimliches Eigenleben zu entwickeln, so als wäre die Schlange mehr als nur ein Bild von meisterhafter Hand. Die Offizierin hatte sich die Tätowierung jedoch keineswegs aufgrund eines Hangs zu morbider Exotik zugelegt, sondern um die gräßlichen Brandnarben zu verbergen, die von einer schweren Verletzung während des Khomkrieges herrührten.

Alara kommandierte keine der Kompanien der Stadtwache, und sie trug für gewöhnlich auch keine Uniform. Allein ein Siegelring, der auf schwarzemailliertem Grund eine goldene Krone zeigte, wies ihren Rang als Commandanta der Stadtgarde aus. Sie führte den Befehl über eine Handvoll ausgesuchter Gardisten, die ausschließlich für besondere Aufgaben eingesetzt wurden. Die Offizierin galt als vollkommen unbestechlich, was die meisten Bürger im korrupten Al'Anfa eher als Charakterschwäche betrachteten. Dennoch hatte sich diese Eigenart bei so manchem verwickelten Fall schon als großer Vorzug erwiesen.

Obwohl Alara kaum Kontakt zu den gewöhnlichen Gardisten pflegte, waren die Gerüchte über sie Legion. Manche behaupteten, sie sei die Tochter einer Moha-Schamanin und besitze magische Kräfte. Andere wiederum munkelten, sie sei ursprünglich eine Meuchlerin in der Geheimgilde der Schwarzen Hand gewesen. Sicher hingegen war, daß Alara Olibano vor dem Khomkrieg zu den Günstlingen des Patriarchen Tar Honak gehört hatte. Kurz vor Beginn des Krieges war sie aus dem Nichts aufgetaucht und geradezu kometenhaft in höchste Ämter und Würden aufgestiegen. Tar Honak hatte ihr, die niemand kannte, das Kommando über die Stadtwache im eroberten Selem übertragen, und sie hatte ihre Aufgabe dort gut gemeistert. Doch nach dem Tod des Patriarchen verblaßte auch Alaras Stern. Amir Honak, der Sohn des Herrschers, schätzte sie nicht. So war sie nach dem Ende des Krieges in kaiserliche Dienste getreten und hatte das Kommando über die Stadtwache in der maraskanischen Hafenstadt Jergan übernommen. Fünf Jahre war es nun her, daß sie diesen Posten nach einem Streit mit dem kaiserlichen Marschall Helme Haffax aufgegeben hatte und nach Al'Anfa zurückgekehrt war. Ihr Rang hier war weit weniger bedeutend und ehrenvoll.

Als die Commandanta halbwegs zu Atem gekommen war,

trat sie in das niedrige Gewölbe. Den kleinen Mann mit spitzem Rattengesicht, der stumm den Leichnam musterte, beachtete sie nicht. Gewöhnlich ließ die Offizierin der Anblick von Toten kalt, ja, manchmal empfand sie sogar grimmige Genugtuung darüber, daß so viele noch vor ihr zu Boron gingen, obwohl ihr letzter Tag gewiß nicht mehr fern war. Diesmal jedoch war es anders. Salpicio hätte ihr Nachfolger werden sollen. Er war der begabteste junge Offizier gewesen, den sie jemals ausgebildet hatte. Sie würde keinen Ersatz mehr für ihn finden, bevor … Alara preßte die Lippen zusammen und trat an den schwarzen Basaltblock, auf dem der nackte Leichnam lag. Sie war Salpicio einen Abschied schuldig. Später würde sie gewiß einen Bericht vom Zergliederer auf ihrem Schreibtisch finden. Aus den Augenwinkeln musterte sie den kleinen Mann. Er wirkte aufgeregt. Hoffentlich verstand er seinen Beruf! Seit Oboto Florios, der Kommandant der Stadtgarde, von seiner Reise ins Liebliche Feld zurückgekehrt war, legte er größten Wert darauf, daß man über *alles* einen schriftlichen Bericht anfertigte.

Alara wandte ihre Aufmerksamkeit wieder dem Leichnam zu. Eine Weile verharrte sie stumm, in ein Gebet an den Totengott Boron vertieft. Salpicios Augen waren noch immer weit geöffnet. Sein starres Gesicht wirkte nicht erschrocken oder gequält, sondern eher überrascht. Alara drückte ihm die Lider zu. »Auf Wiedersehen, Kamerad«, murmelte sie. »Du wirst sehen, du bist mir nur ein kleines Stück voraus.«

Sie wandte sich dem kleinen Mann zu. »Nun?«

Der Zergliederer leckte sich aufgeregt die Lippen. »Ist es mir erlaubt, mit der Untersuchung anzufangen?«

Die Offizierin betrachtete die Ansammlung stahlschimmernder Messer, Zangen und Sonden, die säuberlich ausgebreitet auf einem schwarzen Samttuch zu Füßen des Leichnams lagen. Obwohl sie alles andere als zartbesaitet oder fromm war, empfand sie die Vorstellung, daß ihr Kamerad nun unter ihren Augen aufgeschnitten werden sollte, als ekelerregend und geradezu gotteslästerlich. Sie blickte flüchtig auf den klaffenden Schnitt in Salpicios Hals. »Die Todesursache dürfte eindeutig sein …«

Der kleine Mann trat aufgeregt von einem Fuß auf den anderen. »Verzeiht, wenn ich Euch widerspreche, doch ich denke darüber anders.« Er nickte in eine Ecke des Raumes, wo die Kleider des Toten sauber zusammengefaltet lagen. »Ich habe mir erlaubt, seine Sachen anzusehen, während ich auf Euch wartete. Wißt Ihr, es gibt da einige Ungereimtheiten …«

Alara runzelte die Stirn, und der Zergliederer wirkte plötzlich noch um eine Spur blasser. »Ungereimtheiten?«

»Wißt Ihr, wenn man jemandem die Kehle durchschneidet, dann sprudelt das Blut nur so hervor …«

»Ich weiß«, unterbrach die Offizierin kühl. »Und?«

»Auf den Kleidern des Toten findet sich fast kein Blut … Das ist schlechterdings unmöglich.« Die Stimme des Mannes überschlug sich nun fast. »Aus diesem Grunde plädiere ich dafür, den Toten einer genauen Untersuchung zu unterziehen.«

Alara musterte wieder das wächserne Antlitz Salpicios. »Also gut. Fang an.«

Zunächst tastete der Zergliederer sorgfältig den ganzen Körper des Stadtgardisten ab. Er drehte ihn auf den Bauch und untersuchte den Hinterkopf, drehte ihn zurück, öffnete den Mund, schnupperte daran und kratzte sich nachdenklich das Kinn. Zuletzt stocherte der Anatom schwitzend mit einer Sonde in der Halswunde herum und wandte sich schließlich lächelnd an die Offizierin. Die strahlende Zufriedenheit des Mannes ärgerte Alara. »Dein Bericht!«

»Er scheint ein wenig getrunken zu haben, bevor er starb. Riecht nach saurem Wein … Ich glaube allerdings nicht, daß man ihn vergiftet hat. Ganz sicher kann man freilich nur sein, wenn man den Leib öffnet und gewisse Untersuchungen durchführt.« Der Zergliederer leckte sich die Lippen. »Der Schädel weist keine Fraktur oder Schwellung auf. Einen Schlag kann man ausschließen. Was den Einschnitt angeht, so ist er auf der Herzseite ein wenig tiefer. Der Ansatz zum Schnitt liegt seitlich am Hals. Vermutlich wurde er von einem Linkshänder ausgeführt. Aus der Beschaffenheit der Wunde schließe ich auf eine gekrümmte Klinge.«

»Das alles liest du aus einer Wunde?« fragte Alara ungläubig.

Der Zergliederer funkelte sie böse an. »Schnitte in Menschenfleisch sind Teil meines täglichen Geschäftes. Ich arbeite seit fast zehn Jahren als Medicus für die Gladiatorenschule. Glaubt mir, ich habe jede nur erdenkliche Art von Schnittwunden gesehen und kenne die verborgensten Geheimnisse des menschlichen Körpers!«

Für einige Herzschläge herrschte Schweigen in der kleinen Kammer. »Soll ich meinen Bericht noch beenden?« fragte der Anatom schließlich ein wenig gelassener.

»Ich bitte darum.«

»Mir scheint, man wollte mit dem Schnitt durch den Hals etwas anderes verbergen.« Er trat an den Leichnam heran und hob dessen Kopf. »Seht Ihr diese winzige Ausbeulung im Nacken, gleich neben dem Wirbel? Die Stelle ist auch leicht gerötet … Durch eine Prellung scheint mir dies nicht erklärbar. Um der Sache auf den Grund zu gehen, solltet Ihr mir gestatten, hier einen kleinen Kreuzschnitt zu setzen und den Nackenwirbel bloßzulegen.«

Alara nickte stumm und beobachtete gebannt, wie geschickt der kleine Kerl mit seinen Messern umzugehen verstand. Vorsichtig tastete er mit einer Sonde in der Wunde und lächelte plötzlich triumphierend. Dann nahm er eine Zange und machte sich am Wirbelknochen zu schaffen. Mit einem Ruck zog er ein verbogenes Metallstück heraus und hielt es hoch. »Dies hat Euren Kameraden umgebracht, Commandanta.«

Alara legte die Rechte auf ihre Geldkatze am Gürtel und bemühte sich um ein freundliches Lächeln. »Ich denke, wir beide sollten nun über den Bericht reden, den du schreiben wirst … Wie heißt du übrigens?«

Der Medicus erwiderte das Lächeln. »Oros. Orlando Oros ist mein Name …«

Auf ihrem Schreibtisch lag das Schwert. Man hatte ihr alle Wertgegenstände des Toten heraufgebracht. Den silberbeschlagenen Gürtel, die silberne Brosche mit den Drachenköpfen, die den Umhang zusammengehalten hatte, und das Schwert. Alara ließ sich auf dem Stuhl vor dem Schreibtisch nieder und stützte den Kopf auf die Hände. Sie war dabei gewesen, als Salpicio Gürtel und Brosche gekauft hatte. Es war nach einem Regenguß gewesen. Sie waren zum Schlund hinabgestiegen und hatten einen steinalten Hehler besucht, den Alara seit mehr als fünfzehn Jahren kannte. Sie hatte dafür gesorgt, daß der Junge einen guten Preis bekam; schließlich wußte sie, wie wenig Geld er hatte, und es lag auch ihr daran, daß seine Tarnung, was die Äußerlichkeiten anging, über jeden Zweifel erhaben war. Nur diese Waffe … Salpicio besaß das Schwert schon seit mehr als einem halben Jahr. Sie hatte es nie gemocht!

Auf der polierten, vergoldeten Scheide funkelte die Morgensonne, die durch das vergitterte Fenster zergliedert auf den Schreibtisch fiel. Die Klinge des Schwertes war schmal, fast schon wie bei einem Stoßrapier. Die Scheide war mit kunstvoll ausgeführtem floralen Dekor geschmückt. Etwas zu üppig für Alaras Geschmack, aber charakteristisch für die Zeit, in der die Waffe entstanden war.

Salpicio hatte damals kaum mehr als den Materialwert zahlen müssen, als er das Schwert auf der Auktion im Hafen ersteigerte, obwohl auch dies keine unbeträchtliche Summe gewesen war. Nur ein paar Habenichtse hatten geboten. Niemand, der seine Sinne beisammen hatte, wollte diese Waffe haben.

Das Morgenlicht zauberte einen rosafarbenen Schimmer auf den großen runden Kristall, der als Schwertknauf den Griff abschloß. War er der Quell des Übels? Oder lag der Zauber in den über Kreuz geflochtenen Golddrähten, die das Mittelstück des Griffs umrankten, um der Hand des Fechters einen besseren Halt zu geben? Vielleicht war es auch der Stahl der Klinge oder die Initialen *J. A.*, die im Blumenschmuck verborgen waren. Einerlei! Es galt nur, sich davor zu hüten, diese Waffe zu berühren! Die Commandanta hatte Salpicio eindringlich davon abgeraten, das Schwert zu kaufen, doch er war völlig vernarrt gewesen. Er, der seine Entscheidungen immer so bewundernswert nüchtern und nach Vernunftsgründen traf, hatte sich sogar in Schulden gestürzt, um dieses verfluchte Schwert zu kaufen. Dieses eine Mal hatte er vor ihrem Rat die Ohren verschlossen. Und nun lag er unten auf einem kalten Basaltblock mit durchschnittener Kehle. Dieses Schwert … Die Commandanta richtete sich so jäh auf, daß der Stuhl hinter ihr leise knirschend über den steinernen Boden schrammte. Es war absurd! Sein Tod hatte einen anderen Grund! Sie durfte sich nicht von diesem Schwert ablenken lassen.

Erst jetzt, als sie wieder stand, sah sie die beiden silbernen Ringe, die halb von der Parierstange verdeckt wurden. So weit war es also schon gewesen … Sie hob die Schmuckstücke auf und betrachtete sie genauer. Sie waren nur dünn und ohne Schmuck. Beide Stücke waren identisch. Es gab nicht einmal auf der Innenseite eine Gravur. Salpicio hatte wohl immer noch kein Geld gehabt. Der junge Gardist hatte kaum etwas über das Mädchen erzählt, und Alara war es ziemlich gleichgültig, an wen Salpicio sein Herz verloren hatte. Aber das Mädchen sollte seinen Ring bekommen! Diesen letzten Dienst war sie ihrem Schützling schuldig, überlegte die Offizierin ruhig. Sie würde die Kleine schon finden … Alara lächelte matt. Ein Mädchen ohne Namen zu finden, das wäre noch der einfachste Teil bei dieser Aufgabe. Sie betrachtete die Waffe und die Schmuckstücke auf dem Tisch. Die restlichen Sachen würde man Salpicios Mutter bringen. Sie konnte sie gebrauchen … Eine anständige Beerdigung kostete ein Vermögen in dieser Stadt.

Bevor Salpicio gestern ging, hatte er noch einen Bericht geschrieben. Die Offizierin schob die beiden Ringe in die Geldkatze an ihrem Gürtel und trat an das große Regal mit den rautenförmigen Fächern. Hier wurden alle Schriftrollen über die Untersuchungen und Verhaftungen gelagert, die die jungen Offiziersanwärter aus ihrer Abteilung vornahmen. Die Pergament- und Papierrollen wurden in Röhren aus dickem Leder verwahrt. Auf die Verschlußstücke der Röhren waren kleine Zettel mit einer Notiz zum Inhalt des Lederbehälters geleimt. Alara streckte sich und griff in eines der oberen Rautenfächer. *Res executa – M, I* stand auf der Beschriftung. Abgeschlossene Fälle. Die Commandanta öffnete den Aktenbehälter und nahm die Pergamentrollen heraus. Salpicio hatte an diesem Bericht nur abends geschrieben, wenn außer ihr kein anderer mehr in der Amtsstube gewesen war.

Sie überflog flüchtig die letzten Eintragungen. Hätte sie verhindern können, was geschehen war? Durch die offene Tür der Amtsstube hörte sie schwere Schritte. Hastig rollte sie das Pergament zusammen. Diese Schritte waren unverwechselbar. Sie hätten einem Elefantenbullen zur Ehre gereicht.

Oboto Florios, der Kommandant der Stadtwache, trat ein. Er war ein dunkelhäutiger großer Mann von so beachtlichem Leibesumfang, daß er den Rahmen der keineswegs kleinen Tür fast ausfüllte. An seinen Schläfen zeigte sich das erste Grau. Sein kurzes Haar war kunstvoll zu Locken gedreht und glänzte vor Öl. Der Kommandant trug einen perlengeschmückten hellgrünen Umhang, ein weinrotes Wams, eine weite sonnengelbe Hose und dazu hellgrüne Wildlederstiefel, die sich weder mit der Farbe des Umhangs vertrugen, noch zu irgendeiner der anderen Farben paßten. Irgendein leichtfertiger Narr hatte den Kommandanten vor Jahren auf einem Flugblatt zum schlechtestgekleideten Mann südlich der Eiszinnen erkoren. Der Text war in ausgefeiltem Stil verfaßt gewesen und hatte fast einen Götternamen lang zur allgemeinen Erheiterung beigetragen. Dann wurde der arme Kerl gefaßt … Oboto war klug gewesen, nicht öffentlich in der Verhandlung gegen den Tunichtgut aufzutreten, ja, er hatte nicht einmal Anklage gegen den Mann erhoben, obwohl die halbe Stadtgarde den Autor des Flugblatts gesucht hatte und man heute noch mit Schaudern von den fast stündlichen Wutausbrüchen des Kommandanten sprach. Verurteilt wurde der Spaßvogel wegen *schändlichen Sprachgebrauchs und unerlaubter Verbreitung gedruckter Schriften.* Auf Anraten seines Advokaten ersuchte Oboto anschließend öffentlich um Begnadigung des Fehlgeleiteten, doch das Gnadengesuch wurde aufgrund der besonderen Schwere des Verbrechens abgelehnt. Der Autor, der ganz Al'Anfa zum Lachen gebracht hatte, wurde lebenslänglich auf die Galeeren geschickt. Seitdem spottete niemand mehr über den Kommandanten der Stadtgarde, und jeder Zweifel, daß dieser auf den ersten Blick behäbig und auf naive Art freundlich wirkende Mann den Winkelzügen alanfanischer Intriganten nicht gewachsen sei, war geschwunden.

Zum Gruß flüchtig nickend, ließ Oboto sich auf einem Stuhl nieder, der unter seinem Gewicht bedenklich knarrte. Doch solche Kleinigkeiten pflegte der alternde Offizier mit einem milden Lächeln oder gelegentlichem Schulterzucken zu übergehen. Seit fast zwanzig Jahren war er nun schon der Stadtmarschall von Al'Anfa und einer der wenigen hohen Würdenträger aus den Zeiten Tar Honaks, die den Machtwechsel nach dem verlorenen Khomkrieg unbeschadet überstanden hatten.

»Ihr wißt schon Bescheid?« fragte er unvermittelt.

»Über den Mord?« Alara schob das Pergament in die lederne Schutzhülle, legte es in die Schublade ihres Schreibtischs und blickte auf.

»Nein … nur daß Manolo und Rondarion abgezogen worden sind. Der Rat der Zwölf hat mich gebeten, die beiden auf die Sklaveninsel zu schicken. Man braucht dort weitere Offiziere, um die Angelegenheit im Griff zu halten.« Oboto schlug mit der Linken ein Schutzzeichen. »Die beiden sind die besten unter den Offiziersanwärtern der Stadtgarde. Im Rat kannte man sogar ihre Namen.«

»Nach Salpicio hat man nicht gefragt?«

Der Stadtmarschall zuckte mit den Schultern. »Schlechte Nachrichten verbreiten sich schnell. Offenbar wußte man schon von dem Mord. Die Anfrage hat mich erst vor einer Stunde erreicht. Manolo und Rondarion sind schon auf dem Weg zum Hafen …« Oboto drehte nachdenklich an einem Ende seines Schnauzbartes, den er sich nach einem Besuch im Lieblichen Feld hatte wachsen lassen. »Kommt Ihr allein zurecht, oder soll ich Euch einen Adjutanten zur Seite stellen, Commandanta Olibano?«

Alara lächelte säuerlich. »Ihr wißt, daß ich nicht mehr so gut zu Fuß bin. Ich brauche Unterstützung.«

»Habt Ihr an jemand Bestimmten gedacht?«

Die Offizierin blickte aus dem vergitterten Fenster der Schreibstube auf die aufgewühlten Fluten des Hanfla. Abgerissene Blüten trieben auf den schäumenden Wellen dem Wasserfall entgegen. »Ich will den Weibel Ilian Naldor.«

»Den Naldor?« Der Stadtmarschall schüttelte ungläubig

den Kopf. »Den habt Ihr doch erst vor einem halben Jahr abgelehnt, weil er zu aufbrausend und unzuverlässig war.«

»Unter den gegebenen Umständen könnten diese Eigenschaften dazu angetan sein, den Mörder zu überführen.«

»Habt Ihr denn einen Verdacht, Olibano?«

»Ja.«

Der Kommandant der Stadtwache schürzte die wulstigen Lippen. »Und Ihr wollt Euch mir nicht anvertrauen?«

»Nicht, solange es nur ein Verdacht ist. Sollte ich mich irren, hätte ich mich blamiert, wenn vor der Zeit ein Namen fällt, und – was bei weitem schlimmer wäre – ich hätte einen Unschuldigen möglicherweise Repressionen ausgesetzt. Ich hoffe also, Ihr verzeiht mir mein Schweigen.«

»*Einen* Unschuldigen … Also ist der Mörder ein Mann!«

Alara antwortete nicht.

»Zum Henker mit Eurer Geheimniskrämerei! Dies ist keine Art, einen Mörder zu finden! Wir sollten die Methoden der Stadtgarde reformieren! Ich sage Euch, Olibano, im Lieblichen Feld geht man ganz anders an solche Sachen heran. Man scheut auch nicht davor zurück, Magier in vertrauliche Untersuchungen einzubeziehen. Wenn wir …«

Der Stadtmarschall hielt ihr einen längeren Vortrag über seine Vorstellungen von wirksamer Verbrechensbekämpfung. Seit seiner unseligen Reise in das Königreich am Yaquir war dies sein Lieblingsthema. Alara sah aus dem Fenster auf den Fluß und hörte kaum noch zu. Sie hatte ihre eigene Vorgehensweise und ließ sich von niemandem in ihre Arbeit hineinreden, vor allem von keinem eingebildeten Grandensproß, der nur deshalb Kommandant der Stadtgarde geworden war, weil man ihn für ungeeignet hielt, wahrhaft bedeutende Ämter zu bekleiden.

Als Florios eine Pause machen mußte, um Atem zu schöpfen, nutzte Olibano die Gelegenheit zu einer Frage. »Naldor tut zur Zeit Dienst in Mirham, nicht wahr?«

»Ja.« Der Stadtmarschall räusperte sich. Für einen Augenblick schien er zu überlegen, ob er seinen Vortrag fortsetzen sollte. Dann besann er sich eines Besseren. »Ich werde einen Botenreiter schicken, um ihn holen zu lassen. Ich hatte ohnehin überlegt, einen Teil der Stadtgarde dort abzuziehen, um die Sache unten im Hafen besser in den Griff zu bekommen.«

»Ihr glaubt, man kann das geheimhalten?« Alara hielt das Vorgehen der Stadtwache für töricht, doch vor allem bereitete es ihr eine heimliche Freude, Florios zu reizen. Der Stadtmarschall war berüchtigt für seine cholerischen Ausbrüche. Die Offizierin genoß es, wenn ein Mensch die Fassung verlor. Solche Augenblicke gewährten dem Kundigen für gewöhnlich tiefe Einblicke in das innerste Wesen seines Gegenübers.

»Was ich glaube oder nicht, tut nichts zur Sache. Ich habe diesen Befehl vom Rat der Zwölf erhalten, und ich werde ihn durchführen!« fauchte der Kommandant wütend.

Alara beobachtete gelassen, wie die Halsadern des Stadtmarschalls anschwollen. Im Gegensatz zu den meisten anderen Offizieren vermochte der Grandensproß sie nicht sonderlich zu beeindrucken. Wenn man dem Tod so nahe war, gab es überhaupt nur noch weniges, das einen beeindruckte. Er konnte ihr nichts mehr tun. Suspendierung oder Versetzung hatten ihren Schrecken für sie verloren.

»Wir können nicht zulassen, daß die Kranken herumlaufen und die Gesunden ins Verderben ziehen. Es ist besser, wenn so lange wie möglich nichts bekannt wird … Alle würden versuchen, aus der Stadt zu fliehen!«

»Alle?«

»Unterlaßt Euer unverschämtes Lächeln, Olibano! Ich weiß schon lange um Eure Liebe zum Tod. Ihr braucht wohl das Getändel mit dem Verderben, um Eurem zerfallenden Körper noch ein wenig Kraft abzutrotzen!«

»Ich spüre bei jedem meiner halberstickten Atemzüge, daß

Borons Schatten auf mir ruht«, entgegnete sie ruhig. »Das verändert auf Dauer die Sicht der Dinge.«

Der Stadtmarschall hatte sich wieder beruhigt. Jetzt sah er sie fast mitleidig an. »So schlimm ist es …«

»Wenn ich die Stufen zu Eurer Amtsstube hinaufkomme, muß ich vor der Tür mehr als hundert Herzschläge lang warten, damit ich wieder zu Atem komme und nicht keuchend und schnaubend bei Euch eintrete. Vor ein paar Jahren konnte ich den ganzen weiten Weg vom Hafen bis zur Kommandantur den Steilhang hinauflaufen, ohne daß ich außer Puste gekommen wäre.«

Florios zwirbelte sich nachdenklich den Bart. Alara hätte eine Dublone wetten mögen, daß er darüber nachdachte, wer ihren Platz einnehmen sollte, wenn sie nicht mehr war. Schließlich murmelte er, daß er noch die Berichte der vergangenen Nacht durchgehen müsse, weil der Patriarch höchstselbst ihn zum Rapport erwarte.

Nachdem er gegangen war, holte Alara wieder die Pergamentrolle aus ihrem Schreibtisch hervor. Vielleicht wäre es klüger, wenn sie das unersetzliche Dokument mit zu sich nach Hause nähme? Sie traute Oboto nicht. Einige Indizien sprachen dafür, daß er diese Abteilung der Stadtgarde aufzulösen plante. Allein die Götter mochten wissen, in wessen Hände die Akte dann gelangen würde!

2. Kapitel

Schwerer Regen war seit dem Nachmittag niedergegangen. Alara hatte am Fenster gesessen und zugesehen, wie der Siral die grauen Regenwolken gegen die düsteren Steilhänge des Visra trieb, der sich über Al'Anfa erhob. In den letzten Jahren hatte sie den Tropenregen schätzen gelernt, der der Luft die stickige Schwüle nahm. Für kurze Zeit vermochte sie dann freier zu atmen. Doch selbst jetzt, im Boronmond, war diese Spanne nur knapp bemessen. Sie sollte die Zeit gut nutzen!

Geduldig wartete sie, bis man ihr mitteilte, daß ihre Sänfte eingetroffen sei. Die meisten Stadtgardisten wußten nicht um ihre Krankheit und hielten es für übertrieben, wenn sie sich selbst für kurze Wege eine Sänfte kommen ließ. Vier große Mohasklaven trugen die mit goldenen Schnitzereien geschmückte Sänfte. Alara nahm Platz und gab Befehl, sie hinab zu den Brabaker Baracken zu bringen. Gion, der Weibel, der am Morgen Salpicios Leiche gefunden hatte, stand im Hof und übernahm die Führung. Er wirkte blaß und übernächtigt.

Es regnete noch immer. Das Pflaster war naß und schlüpfrig. Mit einem Ruck setzte sich die Sänfte in Bewegung. Alara gab den Trägern Befehl, nicht den Schrägaufzug zu benutzen. Sie haßte diesen Ort, an dem sich vor dem Krieg ihr Leben geändert hatte. Die Sklaven murrten leise. Es würde eine verdammte Schinderei werden, die Sänfte über zahllose steile Stiegen bis hinab in das Elendsviertel zu bringen. Als die Offizierin den Vorhang kurz zur Seite zog und nach draußen blickte, verstummte der Protest der Träger.

Es dauerte eine halbe Stunde, bis sie ihr Ziel erreichten. Der Regen hatte erst seit wenigen Minuten aufgehört, als Alara sich aus den Samtkissen erhob und den schäbigen Hinterhof betrat, auf dem Salpicio sein Leben ausgehaucht hatte. Gion hatte sich den nassen Umhang eng um die Schultern geschlungen und nickte zu einer gemauerten Bank hinüber. »Dort hat er gelegen.«

Alara sah sich nachdenklich um. Einen elenderen Platz zum Sterben hätte man kaum finden können. Der Hof war nicht einmal gepflastert. Nach dem Regen versank man fast bis zu den Knöcheln im Schmutz. Eine große schlammbraune Pfütze war neben der Bank entstanden. Ein dunkler Fleck auf dem rissigen Putz zeigte an, wo Salpicios Kopf geruht hatte.

In der gegenüberliegenden Ecke des Hofs stritten sich zwei gescheckte Schweine um die besten Stücke aus einem Abfallhaufen. Dunst stieg aus dem Berg verfaulender Innereien, Pflanzenreste und Fäkalien auf. Die Sonne brannte wieder unbarmherzig vom Himmel. Bald würde es noch schwüler sein als vor dem Regen.

»Hätte ich den Toten besser liegen lassen sollen?« fragte Gion. Eine Spur von Trotz schwang in seiner Stimme mit.

Alara schüttelte den Kopf. »Nein. Er wäre nur von irgendwelchem Gesindel bestohlen worden. Ihr habt das einzig Richtige getan ... Einen Kameraden läßt man nicht zurück.«

Der Weibel wirkte verwundert, daß er keinen Rüffel erhielt. Dann lächelte er verlegen.

Die Offizierin bemerkte, wie sie hinter einem halb geöffneten Fensterladen beobachtet wurden. »Gab es irgendwelche Zeugen für den Mord?« fragte sie laut.

Gion lachte. »Zeugen? Hier? Wenn man hier Fragen stellt, könnte man meinen, in diesem Viertel gebe es nur Blinde und Stumme. Die mögen uns nicht besonders ... Dieses Lumpengesindel regelt seine Angelegenheiten lieber auf eigene Art.«

Sie sah zu den Schweinen hinüber. Die Tiere hatten den

Abfallhaufen auseinandergezerrt. Halb in einer Pfütze lag etwas Dunkles, das an Rabenfedern erinnerte. Alara stutzte. Es wäre undenkbar gewesen, daß in Al'Anfa jemand den Kadaver eines Raben auf einen Abfallhaufen warf. Der Rabe war das heilige Tier des Totengottes Boron und das Wahrzeichen der Stadt. Wer einen solchen Frevel beging, mußte damit rechnen, auf das strengste bestraft zu werden... Genau wie jemand, der einen Offizier der Stadtgarde tötet, setzte sie in Gedanken bitter hinzu. Sie ging zur Pfütze hinüber und bückte sich.

Gion war ihr gefolgt. Er pfiff leise durch die Zähne. »Ein Armbrustbolzen oder nein... Das Ding ist zu klein. Ich denke, es ...!«

»... gehört zu einer Balestrina«, vollendete Alara den Satz. Sie drehte den fingerlangen Bolzen hin und her und musterte ihn von allen Seiten. Er hatte schwarze Federn, an denen noch eingetrocknetes Blut klebte. Das Geschoß war fast so dick wie ein Finger. Der Schaft war glatt poliert und aus schwerem dunklen Holz gefertigt.

»Solche Bolzen verwenden Kopfjäger.« Gion tippte auf die Spitze des Geschosses. »Die Metallspitze war nicht fest mit dem Schaft verbunden, sondern nur aufgesteckt. Ich wette, die Spitze war mit Widerhaken bestückt. Vielleicht war sie zusätzlich vergiftet ... Zieht man am Schaft, um den Bolzen aus der Wunde zu reißen, bleibt die Metallspitze zurück. Eine üble Sache ist das ... Man holt sich Wundbrand ...« Der Stadtgardist spuckte aus.

Alara schob sich den Pfeil hinter den Gürtel.

»Denkt Ihr, daß das Ding etwas mit dem Mord zu tun hat?« Gion legte die Stirn in Falten. »Ich meine, dem Offizier haben sie doch die Kehle aufgeschlitzt.«

»Natürlich.« Alara wandte sich jäh um und winkte den Sänftensklaven, die am Tor zum Hinterhof stehengeblieben waren. »Ihr könnt gehen. Ich bedarf eurer Dienste heute nicht mehr!« rief sie schroff, dann warf sie Gion einen abschätzenden Blick zu. »Ich wette, du kennst jede Schenke in diesem stinkenden Viertel. Der Duft auf diesem Hof beleidigt meine Nase. Ich schlage vor, du bringst mich zu dem Wirt, der hier den besten Wein ausschenkt, und ich lade dich auf einen Krug ein. Salpicio war ein guter Kamerad. Ich werde dir ein wenig von ihm erzählen, während wir trinken.«

Der Weibel sah sie fragend an, entschied sich aber, lieber nichts zu sagen. Er führte sie durch die verwinkelten Gassen zu dem weiten Platz, auf dem sich der Praios-Tempel mit seinen goldbeschlagenen Holzsäulen befand, und dann weiter nach Osten in Richtung zum Hafen, wo die Straßen belebter wurden und sich unzählige kleine Läden aneinanderdrängten. Alara genoß es, sich mit dem Strom der Menschen treiben zu lassen. Sie liebte diese Stadt. Wenn nur die schwüle Hitze nicht gewesen wäre …

Der Blick der Commandanta glitt über die Auslagen der kleinen Läden. Es gab wohl nichts, was man hier nicht kaufen konnte. Kostbare Teppiche aus den Oasen der Khom fanden sich neben Seidenballen und Porzellan, das so dünnwandig wie Eierschalen wirkte. Der betörende Duft von Gewürzen und gut abgelagertem Tabak schwang in der Luft, das Blitzen von Silberschmuck und das geheimnisvolle Grün von kleinen Jadestatuen nahmen das Auge gefangen. Schildkrötenpanzer stapelten sich neben mächtigen Stoßzähnen aus Elfenbein, und an einem Stand erblickte Alara sogar eine verdorrte Menschenhand, die auf einem ausgefransten Samtkissen lag. Gleich daneben wurden Gemüse, Obst und Fleisch in buntem Durcheinander feilgeboten. Überall gab es kleine Garküchen, wo sich geflochtene Käfige mit Katzen, Hunden und trägen Eidechsen türmten. Man konnte zusehen, wie der Koch sie mit einer einzigen Bewegung tötete, um ihnen dann rasch die Haut abzuziehen und seine Kunden wählen zu lassen, welche Teile des blutigen Kadavers er zubereiten sollte.

Alara verharrte einige Augenblicke lang vor einem Laden, der mit schillernden Fischen in großen gläsernen Krügen lockte, die angeblich das Glück anziehen sollten. Auf Maraskan hatte sie solche Fische gehabt, doch das Glück war deshalb nicht zu Gast bei ihr gewesen. Aber es war allemal besser, an Fische zu glauben als an die Kunst der Heiler. Verächtlich blickte sie zu dem Laden am Ende der Straße hinüber. An vorstehenden Dachbalken wehten vertrocknete Schlangenhäute und bunte Lampions in der trägen Brise, die vom Hafen herüberwehte. Zu lange war sie der Hoffnung hinterhergelaufen, die die Heiler versprachen! Dutzende Male war sie enttäuscht worden, und doch hatte sie jeden Laden in der Stadt aufgesucht, der Wundermittel feilbot. Vermutlich könnte ich die verräucherten kleinen Geschäfte der Medici und Kräuterhändler allein am Geruch auseinanderhalten, dachte sie spöttisch. Jeder verströmte einen anderen Duft: nach getrockneten Meerespflanzen und den Gewürzen der fernsten Perlenmeerinseln, dann wieder nach Heilrinden und den Räucherharzen, mit denen die Nomaden am Rande der Khom handelten. Nur ein Geruch war allen gemeinsam: der säuerliche Duft enttäuschter Hoffnung. Aber vielleicht bildete sie sich das auch nur ein … »Der säuerliche Duft enttäuschter Hoffnung«, murmelte sie vor sich hin und starrte auf einen Glücksfisch mit feuerroten Flossen. »Welch ein Unsinn!« Sie straffte sich und folgte dem Weibel, der ein Stück weiter die Straße hinauf stehengeblieben war. »Wohin schleppst du mich eigentlich?« fragte sie gereizt.

»Dort vorn ist es.« Er deutete auf eine Schenke mit großen Fenstern, von wo aus man die Frachtschiffe im Hafenbecken beobachten konnte. »Ist ein guter Platz. Ich hab mich dort früher manchmal mit einem Freund getroffen. Aber das ist lange her … War noch vor dem Krieg, Commandanta.«

»Kanntest du Salpicio?«

»Nur vom Sehen.«

»Sind die Götter nicht ungerecht? Wir zwei Veteranen ohne Zukunft haben alle Schlachten überlebt und er – er wurde von Golgari geholt, bevor er ahnen konnte, was die Zukunft ihm verhieß.«

Der Soldat zuckte mit den Schultern. »Ich denke über so etwas nicht nach. Das tut dem Kopf nicht gut. Die Götter werden schon wissen, warum er gehen mußte.«

»Nicht nur die Götter! Aber ich schwöre dir bei Praios: Auch mir wird nicht verborgen bleiben, was in der letzten Nacht geschehen ist und warum es geschehen mußte!«

Gion schwieg als Antwort, doch was er dachte, war nur allzuleicht in seinen Augen zu lesen. Und Alara konnte ihn verstehen. An seiner Stelle hätte sie genauso gedacht. Was zählten die Schwüre einer Offizierin, deren letzte Wochen vielleicht schon an den Fingern einer Hand abzuzählen waren? Wer den Toten näher war als den Lebenden, dem stand es nicht gut zu Gesicht, einen solchen Eid zu leisten.

Rondarion betrachtete das junge Mädchen, das auf dem Boden des Kerkers lag. Sie war schon die dritte, die er verhören mußte. Er haßte diesen Teil seiner Arbeit … Er hatte zwar gewußt, daß es auch zu den Aufgaben eines Gardisten gehören konnte, einem verstockten Frevler durch Folter die Zunge zu lösen, aber bisher war es ihm erspart geblieben, zu solchen Mitteln greifen zu müssen, um ein Geständnis zu erzwingen. Seine Commandanta, Alara Olibano, galt zwar als unbarmherzig, aber von der Folter hielt sie nichts. Sie hatte ihn und seinen Kameraden Manolo stets gelehrt, auf ihren Verstand zu vertrauen. An ihrer Seite gegen korrupte Zöllner, Intriganten und Verschwörer vorzugehen, war stets glorreich gewesen. Und glorreich wollte Rondarion sein, wenn er eines Tages zum Offizier aufstieg. Ein Vorbild für seine Männer, ja, nichts weniger als ein Held. So wie sein Vater, der vor zehn Jahren im Khomkrieg gestorben war. Er hatte an fast allen großen Schlachten des Krieges teilgenommen und war in einem der letzten Gefechte gefallen, als er mit einer Handvoll Männer den Rückzug seiner Einheit deckte. Rondarion hatte seinen Vater geliebt, der so gut wie nie zu Hause gewesen war. Er war wie die Helden in den alten Geschichten gewesen. Groß, breitschultrig und immer mit einem freundlichen Lächeln auf den Lippen. An seiner Seite hatte Rondarion stets das Gefühl gehabt, sich vor nichts fürchten zu müssen.

Rondarion wußte, daß er nie so werden würde. Mittelgroß und schmal, fehlte ihm allein schon das eindrucksvolle Äußere. Obwohl er schon vierundzwanzig war, mochte sein Bart nicht recht sprießen, und bis er sich vor ein paar Monaten im Kampf mit Schmugglern die schmale Narbe auf der rechten Wange eingehandelt hatte, war immer wieder über seine zarten *weibischen* Gesichtszüge gespottet worden. Obwohl sein Haar recht kurz geschoren war, widersetzte es sich allen Versuchen, es auf Dauer in eine Frisur zu zwingen, und gleichgültig, wie oft er es auch kämmte, bald stand es wieder wirr in alle Richtungen. Auch seine leicht verträumten dunklen Augen entsprachen nicht dem Bild eines Kriegers. Deshalb hatte er sich angewöhnt, ständig die Brauen ein wenig zusammenzuziehen, um strenger auszusehen.

Glücklicherweise lebte er in Al'Anfa, wo die richtigen Beziehungen und einige geschickt angesetzte Bestechungen fast jedem den Weg ebnen konnten. So war er all seiner Mängel zum Trotz als Offiziersanwärter in der Stadtgarde aufgenommen worden. Allerdings hatte er lange befürchtet, man werde ihn zuletzt zum Dienst auf einer der entfernten Waldinseln abschieben und vergessen, bis schließlich Commandanta Olibano auf ihn aufmerksam geworden war. Sie hatte dafür gesorgt, daß er unter ihr Kommando gestellt wurde, und ihm sehr bald klargemacht, was ihrer Meinung nach einen Helden auszeichnete. Rondarion lächelte bei dem Gedanken an das lange Streitgespräch, das er erst vor wenigen

Wochen mit ihr geführt hatte. Sie hatte ihn abgekanzelt wie einen jungen Rekruten, und zunächst war er wütend auf sie gewesen, doch allmählich war die Wut der Hoffnung gewichen, daß es viele Wege gab, ein Held zu sein. Ihr Ideal mochte er deshalb freilich noch nicht übernehmen. Die Behauptung, nur der sei ein Held, der nie gegen seine eigenen Ideale verstoßen habe, wobei man den Wert und den Hintergrund der Ideale täglich aufs neue überprüfen müsse, schien ihm doch zu vergeistigt und zu weit von der Wirklichkeit des Lebens angesiedelt.

Als man ihm am Morgen mitgeteilt hatte, daß er zu einer Sonderaufgabe auf die Sklaveninsel abkommandiert sei, war er zunächst stolz gewesen. Dieser abweisende Ort war das dunkle Herz der Stadt! Hier war das Gold gewonnen worden, mit dem man die prächtigen Paläste der Granden auf dem Silberberg errichtet hatte.

Er war jedoch noch keine Stunde auf der Insel gewesen, als ihm klarwurde, daß er diesen Ort wahrscheinlich nicht mehr lebend verlassen würde. Man hatte ihm und Manolo das Kommando über das schwarze Kastell übertragen, den vielleicht ältesten Teil der Befestigungswerke auf der Sklaveninsel. Die Festung war fast vollständig aus dunklem Basalt errichtet. Rings um den Innenhof lagen offene Kerker, deren Vorderfronten mit Gitterstäben, so dick wie Speerschäfte, gesichert waren. Ein kleiner Turm diente als Quartier der Wachmannschaften. Sie waren hier nur wenige … zehn Männer aus der Stadtgarde, die man wegen irgendwelcher Vergehen hierher strafversetzt hatte. Es gab auch einen Ordensritter, doch der hielt sich offenbar freiwillig hier auf.

Rondarion fragte sich, was er wohl verbrochen haben mochte, daß man ausgerechnet ihn unter all den jungen Offiziersanwärtern der Stadtgarde ausgesucht hatte. Und natürlich Manolo … Die kleine Festung war voller Kranker. Und etwas schien mit dieser Seuche nicht geheuer zu sein.

Unruhig musterte er die Gefangene. Das Mädchen, das vor ihm auf dem Boden lag, mochte vielleicht sechzehn Sommer gesehen haben. Sie war recht dünn, hatte ein feingeschnittenes Gesicht und Haare, so golden wie reifer Weizen. Eine Farbe, der man selten im tiefen Süden begegnete! Sie wirkte sehr zerbrechlich, wie sie so wehrlos am Boden lag. Man hatte sie gerade mit einem Eimer kalten Meerwassers übergossen, so daß ihr das dünne Seidengewand auf der Haut klebte.

Rondarion starrte auf ihre kleinen harten Brustwarzen, die sich deutlich durch den dünnen Stoff abzeichneten. Sie hätte ihm gefallen, wenn sie nicht krank gewesen wäre! Zitternd und schluchzend lag sie in ihrem blutigen Auswurf.

Der junge Offiziersanwärter griff nach der schweren Vogelmaske, die neben ihm auf dem Tisch lag, und schnallte sie sich wieder vors Gesicht. Sie zeigte einen Rabenkopf. Der lange Schnabel war aus geschwärztem Stahl geschmiedet. Er stopfte Kräuter in die Schnabelspitze und entzündete sie mit dem glühenden Schüreisen, das in dem schwelenden Kohlenbecken neben ihm steckte.

»Ich werde mit der kleinen Hure allein fertig!« Rondarions Stimme klang dumpf und unheimlich hinter der schweren Maske. Er blickte an sich hinab, um zu überprüfen, ob das ungewohnte Gewand auch richtig saß. Man hatte allen Soldaten, die Dienst im schwarzen Kastell taten, Priestergewänder der Borongeweihtenschaft überlassen. Der gesegnete schwarze Stoff, die Masken und die Handschuhe aus grobem Rindsleder sollten sie vor den Dämonen schützen, die die Erkrankten befallen hatten.

»Möge dein Schatten noch lange das Licht des Praios fangen!« Der hochgewachsene Ordensritter auf der anderen Seite des Kerkers verbeugte sich knapp und verließ die kleine Kammer. Rondarion war mit dem Mädchen allein. Trotz der stickigen Hitze fröstelte ihn. Er trat an das Schreibpult, das der Priesterritter verlassen hatte, nahm die Feder aus dem Tintenfaß, das ins schwarze Holz des Pultes eingelassen war, und beugte sich über den gelblichen Papierbogen. »Welches ist dein Name, Weib?«

»Ines de Porta«, röchelte das Mädchen leise.

»Ist dies dein wahrhaftiger Name, oder nanntest du dich vor deinen Beschälern so?«

»Ich … ich habe mich noch niemals mit … fremden Federn geschmückt.«

»… de Porta«, murmelte Rondarion, während er den Namen niederschrieb. Die Worte gingen ihm leicht von den Lippen, so als wären sie ihm schon seit langem vertraut.

»Ich habe mich de Porta genannt … weil ich immer nur am Hafen gearbeitet habe«, flüsterte das Mädchen.

Rondarion nickte und sah sie über die Kante des hohen Pultes hinweg an. Ihre Augen waren himmelblau.

»Was ist mit mir geschehen? Warum … warum hat man mich hierhergebracht?«

»Es steht dir nicht zu, mir Fragen zu stellen«, entgegnete er kühl. »Du wirst mir nun die Namen all jener nennen, mit denen du in den letzten Tagen verkehrtest und in die du die unheiligen Samen jenes Dämons gelegt haben magst, der von deinem brünstigen Leib Besitz ergriff …«

»Namen?« Sie lachte schrill und preßte sich dabei die Hände auf den Leib. »In meinem Geschäft kennt man keine Namen … Meine Kunden stellen sich mir nicht vor … Sie sagen nur, was sie wollen.«

Rondarion griff nach dem rotglühenden Schürhaken. »Du wirst mir Namen nennen, Weib!«

»Aber ich sage dir doch …«

»Weißt du, daß ein Auge zu kochen beginnt, wenn man ein glühendes Eisen kurz davorhält?« Der junge Offiziersanwärter hatte einmal gesehen, wie ein Fälscher auf diese Weise geblendet worden war. Stumm betete er zu Praios, daß die

Hure endlich reden möge. Noch nie war er gezwungen gewesen, jemanden zu foltern.

»Bitte … Kein Kunde wird mich mehr wollen … wenn du mir das antust. Tu mit mir, was immer du willst, aber verstümmle meinen Leib nicht …«

»Glaubst du wirklich, du wirst noch einmal Kunden haben? Spürst du nicht den unheiligen Schatten, der auf dir ruht? Die Zeit, die dir noch bleibt, zählt nicht nach Tagen, sondern nach Stunden! Erleichtere deine Seele und nenn mir die Namen jener, mit denen du dein Lager teiltest. Und wenn du schon keine Namen kennst, so beschreib sie mir wenigstens. Ein jeder deiner Beschäler muß gefunden werden, bevor der Dämon, der dich befiel, seine Krallen auch an ihren Seelen wetzt!«

»Du meinst, ich …« Ihre Hände verkrallten sich in ihrem Leib. Ihr Gesicht war eine Grimasse des Schmerzes. Ohne Scham riß sie den Rock hoch und erleichterte sich auf den Boden des Kerkers. Angewidert betrachtete Rondarion den blutdurchsetzten Kot der Todgeweihten. Nicht einmal die schwelenden Kräuter im Schnabel der Maske mochten den bestialischen Gestank gänzlich von ihm fernzuhalten.

Die junge Frau war zur Seite gesunken. Wimmernd preßte sie sich die Hände auf den Leib. Sie sah so jung und unschuldig aus. Rondarion schluckte hart. Sie war von Dämonen besessen! Er durfte kein Mitleid mit ihr haben! Mitleid bedeutete in diesem Fall den ersten Schritt zur Verdammnis. Er ließ den Schürhaken zurück ins Kohlenbecken sinken und füllte einen Becher mit Wasser. Dann kniete er neben dem Mädchen nieder. Vorsichtig zog er den besudelten Rock ein wenig herab, damit die Scham wieder bedeckt war.

»Einen Namen. Nenn mir nur einen einzigen Namen, und du wirst von der Qual des Verhörs erlöst sein. Bitte!« Rondarion träufelte ihr ein wenig Wasser auf die Lippen.

»Vor drei Nächten … als der Dämon noch nicht in mir …

brannte, kam ein Mann … Er hieß mich in seine Sänfte steigen. Er war in reiche Gewänder gekleidet … Ich liebkoste seinen …« Ein Zittern durchlief ihren Körper. »Er entkleidete sich kaum … Sein Gesicht war hinter einer Maske aus … Pfauenfedern verborgen, und es schien, als habe er … hundert Augen. Er sprach kaum ein Wort … Aber ich weiß, daß er vom Silberberg kam … An seiner linken Hand fehlte ihm der … halbe Ringfinger …«

»Schweig, Frevlerin! Das ist Lüge!«

»Seine Dämonensaat hat sich in mich ergossen!«

»Schweig!«

»Am nächsten Morgen erst hat mich der rote Difar gepackt! Er war es …«

Rondarion hob drohend die Hand. »Halt dein Schandmaul!«

»Der halbe Ringfinger! Du weißt, was das bedeutet …«, schrie Ines wie von Sinnen. »Er hat sich verkauft … Wie alle aus seiner Sippe …«

Schwere Schritte erklangen. Der hochgewachsene Ordensritter erschien im Eingang der engen Kammer. »Was geschieht hier?« rief er mit donnernder Stimme.

»… tausendmal mehr verkauft, als ich mich je verkaufen kann …«, kreischte das Weib. »Tausendmal mehr!«

»Sie redet im Wahn«, stammelte Rondarion hilflos. »Sie …«

Der Ordensritter riß das Schüreisen aus dem Kohlenbecken und drückte es ihr in das helle Fleisch der Waden. »Möge Praios in gestrenger Gnade über dich richten! Möge Rondra ihre schärfste Klinge an deinem Leib wetzen! Möge Boron sich deines Schattens barmherzig annehmen! Möge …«

Rondarion preßte die Lippen zusammen. Ihm war übel. Das Mädchen bäumte sich auf und stieß einen gellenden Schrei aus, dann sank es ohnmächtig in sich zusammen.

»Der Schmerz ist das einzige Mittel, den Dämon zu vertreiben, wenn seine blasphemischen Lügen von ihren Lippen perlen.«

Der Offiziersanwärter nickte.

»Weint Ihr etwa? Mir scheint es, als liefen Tränen über Eure gesegnete Rabenmaske.« Rondarion meinte, in der Stimme des Ordensritters einen Hauch des Vorwurfs zu hören. »Ihr dürft Euer Herz nicht dem Mitleid öffnen!«

»Es ist der Rauch der Kräuter«, entgegnete Rondarion eilig. »Er brennt mir in den Augen.« Etliche Herzschläge lang sahen sie einander schweigend an. In der schwarzen Kutte, das Haupt unter einer weiten Kapuze verborgen und mit der Maske vor dem Gesicht, ähnelte der Ordensritter selbst einem riesigen Raben.

»Der Rauch ...« Die Stimme des Ordensritters war nun ohne jegliches Gefühl. »Geht hinauf in Eure Kammer und reinigt Eure Seele im Gebet. Schützt Euch gegen das Gift, das die Zungen der Verdammten verspritzen!«

Schweigend, das Herz voller Zweifel, verließ der Stadtgardist die düstere Folterkammer. Hatte Ines die Wahrheit gesagt? War ein Grande vom Silberberg bei ihr gewesen? Hatte er den Tod hinauf in die prächtigen Paläste der Reichen getragen? Oder war die tödliche Seuche gar von dort gekommen? *Der halbe Ringfinger ...* Rondarion wußte nur zu gut, was das bedeutete! Doch an wen konnte er sich wenden? Dem Ordensritter traute er nicht. Fast jede der großen Familien stellte einen der Hochgeweihten der Boronkirche. Die Ordensritter der *Basaltfaust,* die Ritter des Todesgottes, würden es niemals erlauben, daß auch nur der Schatten eines Zweifels auf einen der Hohen Geweihten fiel. Und der Stadtmarschall ... Rondarion lächelte verzweifelt. Der einzige Mensch, dem er von diesem Vorfall schreiben konnte, war Alara Olibano. Nur ihr konnte er vertrauen.

3. Kapitel

Alara stand am Fenster ihrer Schreibstube und ballte wütend die Fäuste hinter dem Rücken. Sie hatte am Morgen keine Sänfte bekommen können. Noch vor Sonnenaufgang hatte sie einen Sklaven danach geschickt, doch alle Sänften in der Stadt schienen in dieser Nacht vermietet worden zu sein. So war ihr nichts übriggeblieben, als zu Fuß den Weg zur Kommandantur zurückzulegen. Sie war völlig außer Atem gewesen, als sie schließlich ankam. Ausgerechnet in diesem Zustand hatte sie dem Stadtmarschall in die Arme laufen müssen! Sonst war er nie so früh zugegen. Doch an diesem Morgen schien wohl nichts so zu sein, wie es gewöhnlich war. Er hatte sie mitleidig betrachtet und gefragt, ob sie sich nicht für ein paar Tage freinehmen wolle.

Alara ballte die Fäuste noch fester. Sie haßte Mitleid. Ihr war ohnedies bewußt, daß ihre besten Tage längst hinter ihr lagen, obwohl sie noch nicht einmal Mitte Dreißig war. So sehr war sie in ihre Gedanken vertieft, daß sie erschrak, als sie plötzlich Schritte hinter sich hörte. Hastig fuhr sie herum. Für einen Herzschlag glaubte sie, ein Geist stehe vor ihr. Dann erkannte sie Ilian Naldor. Braungebrannt, mit selbstbewußtem Lächeln und von schlanker, drahtiger Statur, ähnelte er Salpicio. Naldor trug die Uniform der Stadtgarde, den schwarzen Waffenrock mit der goldenen Krone, darunter eine kurzärmelige Iryanlederrüstung, die ihm bis zur Mitte der Oberschenkel reichte. Die Linke des Weibels lag lässig auf dem Knauf des Schwertes, das er umgegürtet hatte, während er mit der Rechten zackig salutierte. Der junge Stadtgardist hatte ein freundliches, offenes Gesicht. Er wirkte fast ein wenig unbedarft, so als versuche er, mit der zur Schau gestellten Lässigkeit in Wahrheit seine Unsicherheit zu überspielen.

»Weibel Ilian Naldor meldet sich wie befohlen aus Mirham zum Dienst, Commandanta Olibano!«

Alara drehte sich nun zur Gänze um und musterte ihn. »Meine Männer pflegen im Dienst keine Uniform zu tragen. Da man uns in der Regel für besondere Aufträge einsetzt, ist es besser, man erkennt uns nicht schon von weitem als Stadtgardisten. Die meisten Schurken merken das auch so noch früh genug ... Sie scheinen geradezu einen siebten Sinn dafür zu haben. Im übrigen bin ich froh, daß Ihr so schnell zur Verfügung steht. Ich bin sicher, es wird Euch gelingen, den Mörder zu entlarven. Leider erlaubt es mir meine Gesundheit nur in den seltensten Fällen, so zu handeln, wie ich es gern möchte.«

Naldor nickte knapp. »Was dies angeht, bin ich bereits im Bilde.«

»Wie es scheint, seid Ihr entschlossen, Eure neue Aufgabe mit dem größten Eifer anzugehen.« Alara legte den Kopf schief und runzelte die Brauen, so daß ihre Tätowierung ein unheimliches Eigenleben zu bekommen schien. »Sehr löblich ... Wißt Ihr, in den letzten fünfzehn Jahren habe ich Hunderte von Gardisten und Schurken jeglicher Art kennengelernt. Oft ist der Unterschied zwischen ihnen gar nicht so groß, wie man meinen sollte. Als Schlüssel zum Erfolg betrachte ich die Fähigkeit, sich in einen Dieb oder Schmuggler hineinzudenken. Wenn man es versteht, wie *er* zu werden, dann kann man ihm auch einen Schritt voraus sein. So wird man ihn bekommen ... Wußtet Ihr, daß man mir nachsagt, ich hätte zur Meuchlergilde der Schwarzen Hand gehört?« Sie lächelte dünn.

Naldor war ganz offensichtlich verlegen. »Das ist mir bekannt ...«

»Und was ist mit Euch? Könnt Ihr Euch in einen Mörder hineindenken?«

»Ich … also …«

»Laßt es gut sein, Naldor. Auch andere Wege führen zum Ziel. Wißt Ihr, Salpicio war der begabteste Mann, der je unter mir gedient hat. Der hätte es in dieser Stadt gewiß noch weit gebracht … Er war ein brillanter Kopf, und er wußte genau, was er wollte. Aber soll ich Euch verraten, was noch wichtiger war, Naldor? Er wußte, wann es klüger war zu schweigen. Das ist in Al'Anfa die bedeutendste aller Tugenden. Ihn sollten wir uns zum Vorbild nehmen … Ich versichere Euch, der war uns beiden über.«

»Schon möglich«, entgegnete der Weibel knapp. Seinem Tonfall war deutlich anzuhören, daß er keineswegs gewillt war, den Toten rückhaltlos zu bewundern. »Doch scheint selbst ihm gelegentlich ein Fehler unterlaufen zu sein, sonst stünde ich wohl kaum hier – an *seiner* Stelle.«

»Erlaubt, daß ich Euch korrigiere. Ihr steht keineswegs an seiner Stelle … Ihr habt lediglich seinen Platz eingenommen. Da besteht ein Unterschied.« Naldor wich ihrem Blick aus. »Doch kommen wir wieder zur Sache … Wir wissen fast nichts über Salpicios Ableben. Nicht einmal was er in den Brabaker Baracken gewollt hat … Dienstlich ist er jedenfalls nicht dort gewesen. Zumindest nicht auf *meinen* Befehl hin.«

»Ich denke, er war auf dem Weg zu seiner Geliebten.« Naldor lächelte triumphierend. »Ich weiß, daß er dort ein Mädchen hatte.«

»Ihr seid gut informiert …«

»Es gibt allerdings eine Schwierigkeit. Salpicio war herausgeputzt wie ein Grandensöhnchen auf Brautschau, als er ermordet wurde. Diese Aufmachung paßt nicht recht zu einem Besuch in den Brabaker Baracken.«

»Woher wißt Ihr das eigentlich, Naldor?«

Der junge Gardist wirkte überrascht. »Ja, habt Ihr denn

den Bericht des Leichenbeschauers nicht gelesen, Commandanta?«

»Ich schätze diesen neumodischen Schreibkram nicht. In meinen Augen hat es keinen Nutzen, über jeden Furz eine Akte anzulegen.«

»Und Ihr habt den Toten auch nicht gesehen?«

»Nur kurz, und da war er schon so nackt, wie seine Mutter ihn geboren hat. Ich schätze Tote nicht. Sie gehören nicht mehr in unsere Welt, und ihre Kadaver sollten so schnell wie möglich unter die Erde oder in die Flammen des Scheiterhaufens. Doch kommen wir zurück zu Salpicios Aufmachung ... So, wie Ihr Euch ins Zeug legt, habt Ihr doch gewiß auch dafür eine plausible Erklärung.« Naldor lächelte noch immer. Offensichtlich hatte er seinen ersten Auftritt genau geplant, um sie zu beeindrucken.

»Ich denke, Salpicio kam aus einer der Villen, die südlich der Baracken liegen. Dort leben mächtige Familien, wie die Pervals. Seine Aufmachung wäre einem Fest in einem dieser Häuser durchaus angemessen gewesen.«

»Woher wollt Ihr das wissen?«

»Er schreibt immer wieder, daß er in einem Hause T verkehrte.« Naldor zog unter seinem Waffenrock ein Notizbüchlein hervor, so wie es Händler auf Reisen benutzen, um sich Namen oder die Preise von Waren zu notieren. »Salpicio hat ein paar Aufzeichnungen über seine Besuche im Hause T hinterlassen.«

»Darf ich das einmal sehen?« Alara mußte sich alle Mühe geben, damit der Gardist nicht bemerkte, wie überrascht sie war. »Wie kommt Ihr zu dem Büchlein?«

»Ich habe mir erlaubt, der Unterkunft Salpicios heute morgen, nachdem ich in der Stadt eingetroffen war, einen Besuch abzustatten. Er hatte seine Aufzeichnungen unter einer losen Holzdiele versteckt.«

»Ihr kanntet ihn recht gut, wie mir scheint ...«

»Vor seiner Beförderung und meiner Versetzung nach Mirham. Danach hatten wir kaum noch Gelegenheit, uns zu sehen.«

Alara blickte von dem Büchlein auf und musterte Naldor. Auch wenn er ganz ruhig gesprochen hatte, war seine Verbitterung nicht zu überhören. »Und wenn T nun einfach nur für den Namen seiner Geliebten steht?«

»Das trifft nicht zu. Die junge Frau heißt Anatewka. Sie ist eine Bornländerin, deren Vater in den Bankrott geriet. Sie lebt mit dem Alten in den Brabaker Baracken. Mehr können sie sich nicht mehr leisten. Wenn Ihr Euch außerdem anseht, was er schreibt, dann wird auch Euch auffallen, daß kein Mann so von seiner Liebsten spricht. Seht Euch nur die letzte Eintragung an, Commandanta.«

HABE SEIN VERTRAUEN GEWONNEN. HOFFE, DAß ICH HEUTE ABEND ZUM INNEREN ZIRKEL VORDRINGEN WERDE. DAS ALLES RIECHT NACH VERSCHWÖRUNG. M. LÄDT DIE KÜNSTLER NUR EIN, UM KULISSE FÜR DIE HOHLKÖPFE ZU SCHAFFEN.

»Wie es scheint, hat Salpicio diesen M. gehörig unterschätzt«, murmelte Alara leise. »Offensichtlich habe auch ich mich in meinem Zögling verschätzt. Eine Geliebte, geheime Notizen und ein Maskenspiel. Ich glaube fast, er hat das Wesentliche aus den Augen verloren. Ein Fehler, den unser Stand nicht verzeiht.«

Naldor schüttelte den Kopf, wagte aber nicht, ihr offen zu widersprechen. »Was seid Ihr nur für ein Mensch … Ich dachte, er sei Euer Liebling. Und nun redet Ihr so von ihm.«

»Ich bin eine böse alte Kobra, die weiß, daß ihr nicht mehr lange bis zum Ritt auf Golgaris Rücken bleibt, und die trotzdem ihre Seele dafür gäbe, noch ein oder zwei Ratten zu verschlingen, bevor ihre letzte Nacht anbricht.«

Einige Herzschläge lang sahen die beiden einander an. Naldor wußte nicht, was er darauf entgegnen sollte. Der Gardist konnte den Anblick der Schlangentätowierung nicht mehr ertragen. Er sah zum Fenster und fragte sich, ob Commandanta Olibano wahnsinnig war. »Ich habe mit dem Stadtmarschall gesprochen. Er sagt, Ihr hättet einen Verdächtigen im Auge.«

»Das stimmt.«

»Ich finde, Ihr solltet mir davon erzählen ... Ich meine, da wir doch jetzt zusammenarbeiten.«

»Wißt Ihr, Naldor, in mancher Hinsicht weichen meine Vorstellungen über das Vorgehen sehr von denen unseres hochverehrten Stadtmarschalls ab.« Alara machte eine kurze Pause und bedachte jedes ihrer Worte gut. »Manchmal ist es klüger, dem Mörder ein wenig Zeit zu geben, damit er selbst jene Beweise liefert, die ihn überführen werden. Man muß nur warten und die eigenen Schritte gut durchdenken.«

»Aber wie soll ich Salpicios Mörder finden, wenn Ihr nicht bereit seid, Eure Erkenntnisse mit mir zu teilen?«

»Erkenntnisse ... tja ... Ihr habt mir jede Menge Dinge über Salpicio erzählt, die ich noch nicht wußte, Naldor. Ihr macht Eure Arbeit wirklich gut. Ich möchte Euch nicht im Wege stehen ... Stellt Euch vor, ich irre mich und teile meinen Irrtum mit Euch. Eure klare Sicht auf die Tatsachen wäre verloren. Ich brauche Euch so, wie Ihr seid. Kopf hoch, Mann! Ich vertraue Euch, daß Ihr mir den Mörder ans Messer liefern werdet. *Ich* vertraue meinem Instinkt, und *Ihr* bringt mir meinen Mörder mit Hilfe dieser neumodischen Methoden, die der Stadtmarschall so sehr zu schätzen weiß.«

Wieder verfielen die beiden in längeres Schweigen. »Seid Ihr mit diesem Vorschlag einverstanden?« fragte Alara schließlich.

Der junge Gardist zögerte kurz, bevor er nickte.

»Schön. Dann erzählt mir doch weiter von den Spuren, die

Ihr zusammengetragen habt. Wie mir scheint, seid Ihr heute morgen schon recht fleißig gewesen.«

Naldor räusperte sich. »Ich habe mich nach den Namen der vornehmen Stadtpaläste erkundigt, die südlich des Elendsviertels liegen. Es gibt nur zwei Häuser, die mit einem T beginnen. Die Villa des großen Theatralo und die Villa Tuzak. Sie liegt gleich gegenüber dem Palast der Pervals. Wer M sein könnte, habe ich allerdings noch nicht herausgefunden. In Salpicios Aufzeichnungen finden sich Hinweise darauf, daß es heute nacht wieder ein Treffen geben wird. Diese Zusammenkünfte haben in letzter Zeit immer häufiger stattgefunden.« Während er sprach, hatte der junge Gardist seine Selbstsicherheit wiedergefunden. Er ging im Zimmer auf und ab und gestikulierte dabei mit den Armen.

»Und was wollt Ihr tun?« unterbrach Alara seinen unruhigen Marsch. Es ärgerte sie, daß er, obwohl er immer schneller redete, dabei nicht außer Atem geriet.

»Ich habe mir überlegt, daß ich die beiden Villen heute nacht beobachten werde. Dann werden wir wissen, wo Salpicio gewesen ist und wo wir nach seinem Mörder suchen müssen. Wollt Ihr mich dabei begleiten, Commandanta?«

»Gern.«

Naldor hielt inne und sah sie verblüfft an. »Gut ...« Augenscheinlich hatte er mit dieser Antwort nicht gerechnet. »Ich dachte, nach Sonnenuntergang zu gehen ...«

»Sehr schön. Holt mich in meinem *Palacio* ab. Es liegt in einem alten Festungsturm nahe dem Ingerimmtempel. Fragt die Kinder dort auf der Straße nach der *Schlange* – das ist der Spitzname, den sie mir gegeben haben. Dann werdet Ihr mich leicht finden. Und nun geht weiter Euren Nachforschungen nach. Ich bin gespannt, womit Ihr mich heute abend überraschen werdet.«

Der Gardist wirkte brüskiert, so plötzlich verabschiedet zu werden. Einen Augenblick lang glaubte Alara, er wolle noch etwas sagen. Sie sah förmlich, wie ihm eine beißende Bemerkung auf den Lippen brannte. Doch dann salutierte er nur kurz und verließ ohne ein Wort die Schreibstube.

Als er die Tür hinter sich geschlossen hatte, öffnete Alara ihren Schreibtisch und nahm die Schriftrolle heraus, die sie dort verborgen hatte. Dann vertiefte sie sich in die Aufzeichnungen des Toten, doch sie fand keine rechte Ruhe. Sie mußte mit dem Stadtmarschall sprechen!

Die Offizierin stand vor der Tür zum Zimmer des Stadtmarschalls und rang nach Atem, so wie es ihr seit etlichen Götternamen zur Gewohnheit geworden war. Sie spürte einen stechenden Schmerz in den Lungen. So wenige Stufen, dachte sie verbittert. Dann reckte sie das Kinn vor, zwang sich, regelmäßig zu atmen, und trat ein, ohne anzuklopfen.

Florios wollte wütend auffahren, doch als er sah, daß sie es war, ließ er sich wieder in seinen mächtigen Lehnstuhl zurücksinken. »Ihr seht immer noch schlecht aus, Commandanta. Habt Ihr Euch mein Angebot vom Morgen überlegt?«

»Ja. Ich denke, ich werde schon bald für ein paar Tage nicht zum Dienst erscheinen. Vielleicht werde ich sogar die Stadt verlassen ...«

»Eine sehr gute Idee. Die stickige, schwüle Luft hier ist Gift für Eure Lungen, Commandanta Olibano. Vielleicht solltet Ihr eine Schiffsreise in den Norden machen.«

»Vielleicht ...« Sie betrachtete mit einigem Erstaunen die schön verzierte Balestrina, die vor Florios auf dem Tisch lag. Der Schaft der Waffe war aus schwarzem Holz, geschmückt mit blaßblau schimmernden Perlmuttintarsien. Über dem Abzugshebel lagen zwei fein ziselierte Metallbüchsen parallel zur tief eingekerbten Führungsschiene für den Bolzen. Die Büchsen schützten die empfindlichen Torsionsbündel der Waffe. Ein schwarzgefiederter Bolzen lag auf der Führungsschiene. »Eine schöne Waffe. Darf ich?« Ohne eine Antwort abzuwarten, griff sie danach.

Florios strahlte. »Nicht wahr? Ein Geschenk von meinem Bruder. Er hat sie von einem Mechanicus in Grangor anfertigen lassen. Man sollte es kaum glauben, aber das kleine Ding noch auf fast zwanzig Schritt jeden Brustharnisch durchschlägt.«

Alara drehte und wendete die Waffe, um sie von allen Seiten sorgfältig zu betrachten. Schließlich nahm sie den Bolzen heraus. Die stählerne Spitze war mit zwei winzigen Nägeln am Schaft befestigt. Ein Stempelabdruck an der Unterseite der Spitze zeigte zwei gekreuzte Hämmer – das Wappen des Mechanicus oder zumindest des Bolzenmachers. »Wirklich ein schönes Stück. Aber nichts für mich! Ich habe schon erlebt, wie eine solche Waffe im entscheidenden Augenblick Ladehemmung hatte und so ihrem Schützen den Tod brachte.«

Florios schnaubte verächtlich. »Ihr seid einfach gegen jede Veränderung, Olibano. Euer Einwand mag auf die ersten Waffen dieser Art zutreffen, aber dieses Modell ist wirklich hervorragend. Ich finde, alle Offiziere in der Stadtgarde sollten zusätzlich zu ihrer Klinge eine Balestrina führen. Sie eignet sich hervorragend zum Einsatz im Nahkampf. Einige Hauptleute haben sich schon auf eigene Kosten damit eingedeckt ... Daß diese verbesserten kleinen Armbrüste bei allerlei lichtscheuen Halsabschneidern immer beliebter werden, wißt Ihr ja selbst, Commandanta.«

Alara musterte den Stadtmarschall unverhohlen. »Ja, ja, bei *Halsabschneidern* ... Ganz, wie Sie sagen.«

Es schien, als verstehe Florios ihre Anspielung nicht. Jedenfalls fuhr er ungerührt fort. »Habt Ihr überhaupt eine Vorstellung davon, welche Kämpfe ich mit dem Rat der Zwölf ausfechte? Das ist ganz so, als würde ich einen Troll zum Armdrücken herausfordern. Aber ich werde nicht aufgeben. Es ist höchste Zeit, daß in der Stadtgarde tiefgreifende Reformen durchgeführt werden und …«

»Und darum habt Ihr quasi über Nacht meine Abteilung aufgelöst, Stadtmarschall?«

»Was?« Florios starrte sie finster an. Eine tiefe Falte zeigte sich auf seiner Stirn. »Wie meint Ihr das? Überhaupt verbitte ich mir Eure frechen Unterstellungen und …«

»Vor zwei Nächten starb mit Salpicio mein bester Mann. Am Morgen danach werden seine beiden Gefährten Rondarion und Manolo auf die Sklaveninsel versetzt, um sich dort um die Opfer der rätselhaften Seuche zu kümmern, die unsere Stadt heimsucht. Eine Aufgabe, die man Therbuniten anvertrauen sollte, aber gewiß keinen Offiziersanwärtern! Ihre Aussichten, diesen Auftrag zu überleben, sind gelinde gesagt gering! Und heute schlagt Ihr mir vor, meinen Dienst aufzugeben, um meine Krankheit zu kurieren. Findet Ihr nicht, daß dies ganz so aussieht, als solle die Sondergruppe unter meinem Kommando zerschlagen werden, ohne daß man offiziell den Befehl zu ihrer Auflösung gab? Ich frage mich, warum dies alles geschieht. Wer hat Angst vor uns? Was sollen wir nicht entdecken?«

Der Stadtmarschall schüttelte eine Spur zu heftig den Kopf. »Hirngespinste, meine Liebe! Ihr leidet an Verfolgungswahn! Habe ich Euch nicht einen neuen Mann zur Verfügung gestellt, um die Nachforschungen über den Mord an unserem Kameraden Salpicio voranzutreiben? Wie steht es damit? Habt Ihr Eure Arbeit getan? Oder seid Ihr schon ganz in Euren Wahnvorstellungen gefangen, Commandanta?«

»Es gibt eine Spur, die wir verfolgen«, antwortete Alara ausweichend. »Ich werde Euch morgen Näheres melden.« Ihr Blick fiel auf den Brief, der vor dem Stadtmarschall auf dem Tisch lag. Sie kannte die Handschrift. Er mußte von Rondarion sein. »Gibt es etwas Neues von der Sklaveninsel?« Sie nickte in Richtung des Schreibens.

»Nein.« Olibano faltete den Brief sorgfältig zusammen. »Dies ist lediglich ein Bericht darüber, wie viele Tote es seit gestern gegeben hat. Ich werde den Rat um Unterstützung durch den Bund des Kor bitten müssen. Ich habe nicht genug Leute, um die Sache länger unter Kontrolle zu halten. Es ist nur noch eine Frage der Zeit, wann die Fanas merken, was vor sich geht, und eine Panik ausbricht. Begreift Ihr jetzt endlich, warum ich Euch nicht mehr Männer geben kann, um den Mord an einem einzelnen Menschen aufzuklären? Hier geht es um das Leben von Hunderten!«

Alara wollte erst noch etwas antworten, schwieg dann aber. Was nutzte es, mit Florios zu reden? Noch nie zuvor hatte sie ihn so gleichgültig gegenüber dem Tod eines Stadtgardisten erlebt. Einer seiner Männer! Sie betrachtete die Balestrina und den zusammengefalteten Brief. Es hatte keinen Sinn, noch länger hierzubleiben. Sie salutierte mit übertriebener Geste. »Bitte um Erlaubnis, mich zurückziehen zu dürfen.«

Florios bedachte sie mit einem bitteren Blick. »Ja, zurückziehen … Ich wünschte, ich könnte mich auch zurückziehen!«

Rondarion betrachtete zweifelnd die vermummte Gestalt, die halb über Ines gebeugt stand. Auf seinen Brief hatte er keine Antwort von Commandanta Olibano erhalten. Statt dessen war ein Magier im Auftrag des Stadtmarschalls erschienen. Ohne daß der junge Offizier einen stichhaltigen Grund hätte nennen können, mißtraute er dem Mann.

Ines hatte seltsam geweitete Augen. Magister Dronte nahm seine Rabenmaske ab und sah dem Mädchen fest in die Augen, während er leise irgend etwas murmelte. Sein Gesicht, gerahmt von einem roten Bart, in dem sich die ersten grauen Strähnen zeigten, wirkte freundlich.

»Würdest du mir sagen, mit wem du in den letzten Tagen

dein Lager geteilt hast? Ich meine, bevor du hierhergebracht wurdest …«

Ines leckte sich die aufgesprungenen Lippen. Ihr Gesicht war eingefallen, von der Krankheit ausgezehrt. Tiefe dunkle Ränder malten sich unter ihren Augen ab. Und doch hatte die Sieche nicht ganz über die Schönheit des Mädchens triumphieren können. »Die meisten meiner Freier nennen ihren Namen nicht. Ich kenne nur sehr wenige. Da war Rafael aus dem Handelshaus Stoerrebrandt, der einäugige Gorbracht …«

Rondarion tauchte die Feder ins Tintenfaß an seinem Stehpult und begann zu schreiben. Sie kamen nicht viel weiter. Vier Namen nannte Ines, bis ihr die Stimme versagte. Sie krampfte die Hände in den Leib und wand sich stöhnend auf ihrem schmutzstarrenden Lager. Der Magier blickte ratlos auf.

»Kannst du sie nicht heilen?« erklang die gedämpfte Stimme des Ordensritters durch die Rabenmaske. Der hagere Krieger stand dicht neben dem Magier und ließ ihn keinen Herzschlag lang aus den Augen. Offensichtlich mißtraute auch er Magister Dronte.

»Sehe ich aus wie ein Medicus?« brummte der Rotbart.

Der Ordensritter richtete sich zu seiner vollen Größe auf. »Wie du aussiehst, schert mich nicht! Von den ersten zwölf Kranken, die man hierhergebracht hat, leben noch drei. Wenn wir herausbekommen wollen, wo oder durch wen die Seuche ihren Ursprung nahm, dann dürfen sie nicht sterben! Sieh dir dieses Weibsbild an. Sie wird noch vor Sonnenuntergang zu Boron gehen, wenn sie keine Hilfe bekommt. Um die anderen beiden steht es nicht besser. Wozu hat man dich überhaupt geschickt, wenn du nicht bereit bist, dein Bestes zu geben?«

»Ich … ich rühre keinen von diesen Elenden an.«

Rondarion und der Ordensritter tauschten einen langen Blick. Dann legte der hagere Krieger den Kopf so schief, daß er mit seiner Maske und der dunklen Robe tatsächlich wie ein kauernder großer Rabe wirkte. »Man hat dir wohl nichts gesagt, Magister …«

»Was hat man mir nicht gesagt?« Der Zauberer ließ von dem Mädchen ab und wandte sich nun ganz dem Ordensritter zu.

Rondarion schnalzte mit der Zunge. »Dann geht es dir ja ganz wie mir. Ich wußte auch nicht, daß ich diese Mauern nicht mehr verlassen werde, als ich hierherkam.«

»Nicht mehr verlassen?«

»Bis nicht geklärt ist, welchen Dämon die Kranken in sich tragen und auf welche Weise sich der verderbenbringende Same des Bösen weiter ausbreitet, wird niemand dieses Kastell verlassen, der die Zugbrücke einmal überquert hat«, erläuterte der Ordensritter kühl.

»Ihr … Ihr werdet mich nicht hindern.«

»Wir brauchen dich gar nicht zu hindern. Erinnerst du dich an die Bogenschützen auf dem Platz vor dem Kastell? Sie haben Befehl, auf jeden zu schießen, der von hier fortzukommen versucht.«

Die Linke des Magiers schloß sich so fest um seinen Zauberstab, daß die Fingerknöchel weiß hervortraten. »Und Ihr? Sind wir denn hier alle zum Tode verdammt …«

»Hüte deine Zunge, Kerl. Ich werde nicht dulden, daß du lästerlich von unserm Herrn Boron sprichst!«

»Aber fürchtest du ihn denn gar nicht …«

Der Ordensritter stieß ein dumpfes, keckerndes Lachen aus. »Ihn fürchten? Ich habe mich vor mehr als zwanzig Götterläufen dem Dienst am Herrn des Todes verschrieben. Es ist meine größte Hoffnung, gnädig in sein Reich aufgenommen zu werden. Es ist meine einzige Furcht, in seinem Dienst fehlzugehen, durch die Lockungen des Lebens verwirrt zu werden und vom Pfad in seinem Schatten abzuweichen, sei es auch nur einen Herzschlag lang.«

Der Magier rang augenscheinlich um Fassung. Er lehnte sich gegen die Wand und schnappte wie ein Ertrinkender nach Luft. »Betrogen ... man hat mich betrogen!«

»Wird er einen Fluchtversuch unternehmen?« Rondarion lehnte im Schatten eines der kleinen Festungstürme. Neben ihm saß Manolo. Beide beobachteten den Magier, der schon seit mehr als einer Stunde auf dem Wehrgang auf der anderen Seite des Hofes stand und zu der prächtigen Hafenstadt hinüberstarrte, deren weißgetünchte Häuser wie marmorne Kaskaden über die schwarzen Steilklippen des Visra perlten. Von Ferne sah Al'Anfa wunderschön aus. Selbst die Elendsviertel fügten sich aus dieser Entfernung harmonisch ins Bild.

Eine halbe Stunde brauchte man, wenn man von der Sklaveninsel auf einem Boot zum Hafen übersetzte. So nahe lag die Perle des Südens, und doch war sie für die Menschen im Schwarzen Kastell unerreichbar. Die Kranken und ihre Wärter, sie alle waren gleichermaßen Gefangene innerhalb der schwarzen Basaltmauern der kleinen Festung, und ihnen blieb nichts übrig, als zu warten, wer als nächster das schwarze Los des Todes zöge.

Manolo zuckte mit den Schultern. »Magister Dronte wird nicht von hier fortkommen. Es sei denn, er beherrscht einen Zauber, der ihm Flügel wachsen läßt.« Der junge Offizier verzog den Mund zu einem schiefen Lächeln, so als sei er der festen Überzeugung, daß eher das Praiosgestirn am Himmel erlöschen werde, als daß dieser Fall eintrete.

Der schwarzgewandete Ordensritter erklomm die Stufen zum Festungswall und trat an die Seite des Zauberers. Die beiden sprachen kurz, schließlich nickte Magister Dronte, und sie stiegen gemeinsam zum Hof hinab.

»Wirst du mit in den Kerker kommen, wenn das Verhör fortgesetzt wird?«

»Ich denke, wir haben eine Vereinbarung?« Das Lächeln war von Manolos Antlitz verschwunden. Er war ein grobknochiger großer Kerl mit unruhigen dunklen Augen. »Ich führe die Aufsicht über die Wachen und kümmere mich darum, daß die Toten in Säcke genäht werden. Mit den Kranken habe ich nichts zu tun!«

»Schon gut! Ich dachte nur … Ich habe noch einmal die Notizen aller Verhöre durchgesehen. Bei fünf unter den ersten, die von der Seuche befallen wurden, gab es eine Gemeinsamkeit. Wir müssen unbedingt die drei Überlebenden befragen und …«

»Zwei. Der Seemann aus Maraskan ist verreckt, als ihr bei dem Mädchen wart. Von den Neuen, die man heute morgen gebracht hat, ist auch schon einer tot.« Manolo blickte zum Himmel auf. »Jede Stunde bete ich zu den Göttern, daß sie uns hier herausholen, bevor es zu spät ist. Heute morgen kam mir einer unserer Männer seltsam vor. Es wird wohl nicht mehr lange dauern, bis es auch den ersten von uns erwischt. Es wäre mir lieber, ich müßte mit bloßen Fäusten gegen einen Gladiator kämpfen, als in dieser schwarzen Festung langsam zu verrotten.«

Rondarion nahm seine Rabenmaske und trat an eine der Räucherpfannen, die überall aufgestellt waren. »Du mußt ja nicht mitkommen …« Mit einem langen Holzspan entzündete er die Kräuter im Schnabel der Maske. Manolos Angst ist fast schon krankhaft, dachte der Gardist, während er die Maske aufsetzte und durch den niedrigen Torbogen trat, der zu den Verliesen unter der Festung führte. Sein Kamerad hatte nicht einen der Kranken oder Toten berührt, seit er hier war. Er betrat auch die unterirdischen Gewölbe oder die großen Sklavenkäfige nicht, die den Innenhof säumten. Manolo hielt sich nur im Freien auf. Selbst bei Nacht!

In der Zelle des Mädchens erwarteten Rondarion bereits der Magier und der Ordensritter. Magister Dronte trug nun auch eine Rabenmaske. Er kniete neben dem Lager des Mädchens und hatte ihm die Hand auf die Brust gelegt. Immer wieder murmelte er eine unverständliche Litanei, bis sich schließlich Farbe auf Ines' Wangen zeigte und sie die Augen aufschlug.

»Fahren wir mit der Befragung fort!« Der Ordensritter nickte Rondarion zu. »Seid Ihr bereit, Schreiber?«

»Ja. Doch würde ich das Verhör gern mit einer Frage von meiner Seite eröffnen, wenn es gestattet ist.«

»Diesem Ansinnen steht, soweit ich sehe, nichts entgegen.« Dronte hatte sich von der Kranken zurückgezogen.

»Kannst du mich hören?« fragte Rondarion ein wenig schüchtern.

Das Mädchen wandte ihm den Kopf zu und lächelte matt.

»Warst du am vergangenen Windstage in der Hafenschenke, die man *Kalifenthron* nennt?«

»Ja ...«

»Und hast du dort gespeist?«

Sie nickte.

»Kannst du dich noch erinnern, was du gegessen hast?«

»Was sollen diese törichten Fragen?« mischte sich der Ordensritter ein. »Die bringen uns doch keinen Schritt weiter. Wir müssen wissen, mit welchen Mannsbildern sie Buhlschaft getrieben hat. Nur so erfahren wir, wer noch den Dämon der Seuche in sich trägt!«

»Verzeiht, wenn ich widerspreche, doch bin ich anderer Meinung. Sie ist die sechste unter jenen, die als erste hierhergebracht wurden und die am Windstag im *Kalifenthron* gespeist haben. Das ist das einzige Gemeinsame dieser Kranken. Ich bin mir sicher, daß der Ursprung der Seuche dort zu suchen ist! Wir sollten nun den Hafenarbeiter befragen. Er ist der letzte, der außer dem Mädchen noch lebt. Alle übrigen sind zu einem späteren Zeitpunkt erkrankt. Wenn auch er dort gespeist hat, kann es keinen Zweifel geben, daß ...«

»Ha! Ihr glaubt, daß Ihr mit Eurem bißchen Verstand den Wegen Duglums folgen könnt? Ich sage Euch, das einzige, was gegen die Seuche hilft, sind Isolation, Gebete und Feuer!«

»Ich möchte mich nicht gegen einen Mann des Glaubens auflehnen, Hochwürden«, meldete sich der Magier zu Wort, »doch was vergeben wir uns, wenn wir den Hafenarbeiter befragen, solange er noch lebt? Uns bleibt vielleicht nicht mehr viel Zeit ...«

Ein Weile herrschte Schweigen in der stickigen Kammer. Plötzlich hob der Ordensritter in beschwörender Geste die Hände. »Im Namen Borons, ich habe eine Vision! Ihr sprecht wahr, Rondarion! Der Hafenarbeiter ist in diesem Augenblick von uns gegangen. Hört Ihr den Flügelschlag? Golgaris Schatten fällt auf die Festung!« Der Ritter kniete nieder und begann inbrünstig zu beten.

Ein kalter Luftzug wehte durch die niedrige Tür zur Zelle. Rondarion überlief ein Schauer. Er drängte zum Ausgang. Es waren nur wenige Schritte bis zu der Kerkerzelle, in der man den Hafenarbeiter eingesperrt hatte. Die Tür stand offen.

In der Zelle war es erstaunlich kalt. Die Flammen der Öllampen waren erloschen. Das einzige Licht kam von der roten Glut des Kohlenbeckens, in dem noch Reste von Kräutern glommen. Der Mann lag grotesk verrenkt in einer Lache von blutigem Erbrochenen.

Rondarion biß sich auf die Lippen und kämpfte mit sich, um die Zelle zu betreten. Trotz der schwelenden Kräuter in der Maske war der gräßliche Gestank in der Kammer noch zu riechen. Endlich faßte der Gardist sich ein Herz, kniete neben dem Hafenarbeiter nieder und zog seinen Dolch. Er hielt dem Mann die Klinge dicht vor die Lippen. Seine Hand zitterte. Kein Atemhauch schlug sich auf dem polierten Metall nieder. Der Mann war tot! Wieder überlief Rondarion ein Schauer. Er mußte hinaus! Hinaus aus der stickigen Enge der unterirdischen Zellen. Fort aus dieser Festung. Sollten ihn die Bogenschützen vor dem Tor doch niederschießen! Manolo hatte recht! Alles war besser, als in diesen schwarzen Mauern langsam zu verrotten!

Stolpernd hastete er den schmalen Gang entlang und dann die gewundene Treppe hinauf, die zu Licht und frischer Seeluft führte. Keuchend erreichte er den Hof und riß sich die Rabenmaske vom Gesicht. So wie ein Verdurstender nach Wasser giert, sehnte er sich nach dem kühlen Hauch, der in der Dämmerung von der offenen See her über die Bucht wehte.

Das Praiosgestirn war bereits hinter dem Visra versunken, und um den schwarzen Vulkan glühte eine Aureole aus rotem Licht. Rondrion hatte sich wieder gefaßt! Was würde Commandanta Olibano von ihm denken, wenn er sich würdelos den wartenden Schützen entgegenwarf. Er hatte zu den besten unter den Offiziersanwärtern der Stadtgarde gezählt. Es war ihm bestimmt, selbst einmal Hauptmann zu werden! Dies konnte kein Todeskommando sein! Es war eine Prüfung. Der Stadtmarschall würde doch nicht seine besten Männer sinnlos opfern.

Rondarion lehnte sich gegen den rissigen Wall und verfluchte den Tag, da er in die Stadtgarde eingetreten war. Hoch über ihm, auf einem der Festungstürme, stand der Ordensritter und gab mit einer Blendlaterne Zeichen. Es dauerte nicht lange, bis er eine Antwort aus der Stadt des Schweigens erhielt, dem mächtigen Tempelbezirk, der sich über Al'Anfa erhob. Ein winziger Lichtpunkt glomm vor den schwarzen Felsen auf, verschwand und erschien aufs neue.

Weit draußen auf der See ertönte ein Donnern. Bald würde es wieder eines jener kurzen, aber heftigen Gewitter geben, die diese Jahreszeit auszeichneten.

4. Kapitel

Ilian Naldor war ein wenig kurzatmig geworden, als er schließlich die höchstgelegene der Terrassen erreichte, auf denen man die Stadt errichtet hatte. Was zum Henker mochte Commandanta Olibano bei ihrem Leiden bewogen haben, sich ausgerechnet hier eine Unterkunft zu suchen? Unwillkürlich mußte er an einen Raubvogel denken, der auf dem höchsten Ast eines toten Baumes hockt, um von dort aus sein Jagdrevier zu überblicken. Alara war ihm unheimlich. Sosehr er sich auch gewünscht hatte, in ihrer Abteilung dienen zu dürfen ... Doch wie es aussah, waren ihre Tage gezählt. Ihm waren Gerüchte zu Ohren gekommen, daß sie kaum noch die Kraft besaß, sich auf den Beinen zu halten. Allein ihr eiserner Wille hielt sie aufrecht. Aus dieser Anstrengung schien auch ihr eigenartiger Starrsinn geboren. Das fast schon lächerliche Festhalten an überkommenen Ehrbegriffen, gepaart mit selbstherrlicher Überschätzung. Daß sie nicht einmal den Bericht des Anatoms eingesehen hatte ... Und wie konnte ihr entgangen sein, daß ihr bester Mann offensichtlich einer tödlichen Intrige auf die Spur gekommen war? Oder täuschte sie ihre Unwissenheit nur vor? Naldor hatte plötzlich ein flaues Gefühl im Magen, so wie man es ein paar Herzschläge, vor Beginn eines Kampfes, verspürt.

Er blickte auf die Stadt hinab, in deren Fenstern das Licht Hunderter von Öllampen flackerte. So friedlich sah sie aus! Der Geruch von Rauch und glühendem Metall lag in der Luft. Kaum wahrnehmbar wie das feine Parfüm einer Grandessa. Naldor sah sich um. Der alte Festungsturm war nicht zu verfehlen. Als drohend schwarzer Schatten erhob er sich auf halbem Weg zwischen der Münze und dem Ingerimmtempel. Verfallene Mauern flankierten den runden Turm. Ganz in der Nähe erklangen helle Hammerschläge. Wieder trug die Abendbrise den rauchigen Atem eines Schmiedefeuers heran.

Neben dem Eingang zum Turm kauerten vier Mohasklaven in einer hohen Mauernische. Klackernd warfen sie Knochenstücke auf den Boden, um dann flüsternd über die Bedeutung des Musters zu sprechen, das sich ergeben hatte. Vor der Mauer war eine prächtige Sänfte mit schweren schwarzen Samtvorhängen abgestellt. Die Tragestangen und der Rahmen des Aufbaus waren aus dunklem Holz gefertigt. Ob Olibano Besuch hatte?

Zögernd stand der Stadtgardist vor dem Tor, das mit rostzerfressenen breiten Eisenbändern verstärkt war. Nur ein matt schimmernder Türklopfer aus Messing war hier in neuerer Zeit ergänzt worden. Er zeigte einen Schlangenkopf. Naldor mußte schmunzeln. Was sonst… Einer plötzlichen Eingebung folgend, griff er nach dem Bronzering und zog daran statt zu klopfen. Die Tür war unverschlossen und schwang ihm lautlos entgegen. Offenbar waren die Angeln neu und gut geölt. Ein gewölbter kurzer Gang durchschnitt die dicke Mauer des Turms; an seinem Ende schimmerte ein Vorhang aus Perlschnüren. Die buntlackierten Holzkugeln bewegten sich leise aneinanderschlagend. Aus dem Innern des Turms erklang das Plätschern von Wasser.

Neugierig zerteilte Naldor den Vorhang und trat in die runde Turmkammer. In ihrer Mitte befand sich ein Brunnen aus schwarzem Stein. Sein Aufbau zeigte Kobras, die sich in wildem Kampf umringten, und schlanke Pelztierchen, die Naldor nicht kannte. Aus den Mäulern des Getiers sprühte silbernes Wasser.

Staunend sah Naldor sich um. Laternen, mit bunter Seide

abgeschirmt, tauchten den Raum in gedämpftes Licht. An der gegenüberliegenden Wand stieg eine gewundene Treppe aus poliertem Mohagoni empor und verschwand in der dunklen Decke. Die Wände waren bedeckt mit Gobelins, die Seidenmalereien in fremdartigem Stil zeigten, offenbar Mitbringsel aus dem fernen Maraskan. Neben der Treppe hingen Waffen an der Wand. Eine Vielzahl exotischer Dolche und zwei Tuzakmesser, eines nach maraskanischem Stil und das andere nach mittelreichischer Art gefertigt. Die Waffen und die Einrichtung mußten ein Vermögen wert sein! Er hätte niemals gedacht, daß Commandanta Olibano so reich war. Woher das ganze Geld wohl gekommen sein mochte? Stammte es noch aus der Zeit, als sie zu den Günstlingen Tar Honaks zählte?

Ein mit rankenden Blumen geschmückter Wandschirm verdeckte halb eine Mauernische. Offenbar befand sich dahinter ein Ruhelager. Naldor räusperte sich leise. Keine Antwort ... Es war angenehm kühl, hier hinter den dicken Mauern. Ein dem Gardisten nicht unbekannter würziger Duft hing in der Luft. Sollte sie etwa ... Er sah sich noch einmal in der Turmkammer um. Nichts! Leise trat er an den Wandschirm. Dahinter befand sich eine breite Bettstatt mit seidenen Laken, übersät mit kleinen bunten Kissen.

Alara lag ausgestreckt zwischen den zerwühlten Seidentüchern. Sie trug eine Bluse mit weit gebauschten Ärmeln aus grobem, schwerem Stoff, darüber eine enge schwarze Lederweste. Auch ihre Hose, die in hohen Schaftstiefeln verschwand, war aus Leder gefertigt. Augenscheinlich hatte sie sich schon für ihren gemeinsamen Ausflug umgekleidet. Sie lag auf der Seite, zusammengekrümmt, die Arme vor der Brust gekreuzt. Ihr Gesicht wirkte entspannt. Die Wange mit der gräßlichen Tätowierung war in den Laken verschwunden. Nur das Schlangenhaupt, das sich über ihrer Stirn erhob, war noch deutlich zu erkennen. Wäre dieses Bild nicht tief in ihre bronzefarbene Haut eingegraben gewesen, hätte man sie hübsch nennen können. Trotz der Krankheit erschien ihr Körper noch immer schlank und wohlgeformt.

Naldor blickte auf. In einer Wandnische gleich neben dem Lager stand ein perlmuttgeschmückter Pfeifenständer, auf dem ein langes Tabakrohr ruhte. Aus dem Pfeifenkopf stieg ein hauchdünner bläulicher Rauchfaden auf. Es war der Duft von Mohacca, versetzt mit Ilmenblatt, der dem Gardisten so vertraut vorgekommen war. Ein Pokal aus buntem Glas, der wie eine Mohnblüte geformt war, erweckte Naldors Neugier.

Der Gardist reckte sich auf die Zehenspitzen. In dem Pokal waren Reste einer milchigen Flüssigkeit zu sehen. Commandanta Olibano bekämpfte ihre Schmerzen also mit Rauschkräutern … Vielleicht war sie gar nicht krank, sondern irgendwelchen exotischen Giften verfallen. Der Gardist streckte sich, um nach dem Pokal zu greifen.

»Eine Mischung aus Boronwein, versetzt mit einer Spur Samthauch. Ihr solltet vorsichtig sein, Naldor. Ein Teil der Wirkung mag sich schon entfalten, wenn man nur daran riecht«, kam eine ruhige Stimme von der Bettstatt. Sie klang ein wenig schläfrig und weicher, als Naldor es von Alara Olibano gewohnt war. »Wie Ihr seht, bin ich schon zum Aufbruch bereit. Wollen wir gehen?«

»Es tut mir leid«, stammelte der Gardist verlegen. »Ich … Die Tür war nicht verschlossen und …«

»Ich verschließe nie meine Tür.«

»In dieser Stadt! Wo es vor Gesindel nur so wimmelt und …«

»Es ist ein Spiel. Wie Euch nicht unbekannt ist, Naldor, habe ich einen gewissen Ruf. Obendrein gibt es hier im Viertel einen einbeinigen Zwergenschmied, der sehr seltsame Geschichten über mich verbreitet.« Sie lachte leise. »Nur weil ich in einem verfallenen Wachturm wohne, bin ich für ihn wohl so etwas wie ein Nachtgeschöpf. Ein Vampir oder

Schlimmeres. Die Geschichten haben zur Folge, daß kaum jemand meine Behausung zu betreten wagt. Sollte trotz alledem jemand zu mir kommen, so weiß ich, daß er mehr als nur ein Dieb ist. So wie Ihr, Naldor.« Sie lächelte hintergründig.

Der Gardist wußte nicht, wie er diese Bemerkung auffassen sollte.

So als habe sie seine Gedanken gelesen, fuhr Olibano fort: »Seid Ihr nicht einer der vielversprechendsten jungen Offiziersanwärter, Naldor?« Sie erhob sich von ihrem Lager. »Auf jeden Fall seid Ihr kein ganz gewöhnlicher Mann. Ich meine, so wie Ihr an den Mordfall herangegangen seid, habt Ihr offenbar den Ehrgeiz, schon bald auf meinem Stuhl zu sitzen.« Ihre Stimme klang freundlich, doch ihre kalten Augen sprachen eine andere Sprache. »Oder sollte ich mich irren?«

Der Gardist war verwirrt. Zum Henker mit diesem Weib! »Ich wollte nie …«

»Vergeßt, was ich gesagt habe.« Alara streckte sich, seufzte leise und nickte zu dem gläsernen Pokal hinüber. »Zum ersten Mal seit Tagen habe ich wieder richtig geschlafen. Verfluchte Atemnot!«

»Ist es so schlimm?« fragte Naldor.

»Ja, es ist so schlimm!« Alara Olibano lächelte kaltblütig. »Ich glaube nicht, daß Ihr Euch auch nur im entferntesten vorstellen können, wie es ist, wenn jedesmal mit der Müdigkeit auch die Angst kommt, im Schlaf zu ersticken. Wenn man um jeden Atemzug kämpfen muß, den man der fauligen, verbrauchten Luft in dieser Stadt abringt. Nur hier, in den kühlen Mauern meines Turms, fällt es ein wenig leichter …«

»Ist es dann nicht klüger, hierzubleiben? Vom Meer kommt Nebel, und wir müssen bis ganz hinunter, dicht an den Hafen. Die Treppen … Es wird Euch viel Kraft kosten, Commandanta.«

Olibano schüttelte den Kopf und lachte leise. »Unsinn, es gilt, einen Mörder zu entlarven. Das werde ich doch nicht Euch allein überlassen. Gehen wir!«

Die Mohasklaven, die die Mietsänfte trugen, waren unruhig. Irgend etwas schien sie mit abergläubischer Furcht zu erfüllen. Alara fragte sich, ob sie wohl von der Seuche wußten.

Naldor saß ihr gegenüber in der Sänfte. Beide hingen schweigend ihren Gedanken nach.

Je näher sie zum Hafen kamen, desto häufiger stockte die Sänfte, weil einer der Träger strauchelte. Jedesmal schwankte das Fahrzeug bedrohlich, so daß sich die Insassen an den zwischen den Kissen verborgenen Bronzegriffen festhalten mußten, um nicht hinausgeschleudert zu werden.

Obwohl Alara ihr Gegenüber in der Finsternis, die hinter den zugezogenen Samtvorhängen herrschte, kaum sehen konnte, hörte sie an seinem Atem deutlich, wie er immer mehr die Fassung verlor. Schließlich riß Naldor die Vorhänge zur Seite und überschüttete die Träger mit wüsten Flüchen und Drohungen. Danach kam es für eine Weile zu keinen weiteren Zwischenfällen, bis die Sänfte jäh anhielt.

»Zum Henker mit diesen Tölpeln!« Naldor zog den Vorhang zur Seite. »Was im Namen der …«

»Diese Straße ist gesperrt, meine Herrschaften. Dürfte ich Euch bitten, einen anderen Weg zu wählen«, erklang eine rauhe Stimme.

Der junge Gardist zog den Kopf eilig wieder in die Sänfte zurück. »Ordensritter«, flüsterte er leise. »Die *Basaltfaust.* Es ist besser zu verschwinden. Wenn die in die Stadt herunterkommen, dann verheißt das nichts Gutes!«

»Ordensritter?« Alara schwang sich aus der Sänfte und prallte fast mit einer stämmigen Frau in schwarzer Rüstung zusammen. Eine Faust in eisenbeschlagenem Handschuh umklammerte ihren rechten Arm.

»Steigt in Eure Sänfte und verschwindet hier! Die Straße ist gesperrt!«

Alara hielt der Ordenskriegerin ihren Siegelring mit dem Kronenwappen unter die Nase. »Commandanta Alara Olibano von der Stadtgarde. Wir sind auf besonderen Befehl des Stadtmarschalls und Granden Oboto Florios unterwegs. Wenn Ihr mir nun Euren Namen nennen würden, Hochwürden, damit ich dem Marschall melden kann, wer uns an der Erfüllung unserer Pflicht hinderte.«

»Stadtgarde ...« Die Kriegerin rümpfte die Nase. »Mitkommen!« Ohne ein weiteres Wort zog sie Alara neben sich her.

Die Offizierin nutzte die Gelegenheit, sich umzusehen. Sie waren irgendwo im Brabaker Viertel. Schmuddelige, ineinander verschachtelte Häuser mit Flachdächern hoben sich dunkel gegen den Nachthimmel ab. Plötzlich fiel roter Lichtschein auf die schlammige Straße. Quietschend flüchteten einige Schweine aus einem Hauseingang, der bis dahin im Dunkel gelegen hatte. Undeutlich erkannte Alara die Reste eines verendeten Tiers, an dem sich die halb verwilderten Hausschweine zu schaffen gemacht hatten.

Am Ende der Straße schlugen Flammen aus den Fenstern eines Hauses. Alara erkannte den diamantengeschmückten Thron, der auf die Hauswand neben dem Eingang gemalt war. Dies war die Schenke, in der sie erst gestern mit dem Weibel Gion gesessen hatte.

»Was geht hier vor?« fragte sie nun mit aller Schärfe die Ordenskriegerin, doch die Frau überging sie einfach und zerrte sie weiter auf das brennende Wirtshaus zu. Schwarze Gestalten in langen Gewändern und mit Rabenmasken vor den Gesichtern hoben sich vor den lodernden Flammen ab. Ein Trupp Ordenskrieger bewachte eine Handvoll Menschen, die man in Ketten gelegt hatte. Vor jedem Hauseingang entlang der Straße stand einer der schwarzgewandeten Ritter.

»Eure Eminenz, diese traurige Gestalt behauptet, Commandanta der Stadtgarde zu sein.« Die Ordensritterin verneigte sich knapp vor einem Mann, der aufmerksam beobachtete, wie die Schenke durch das Feuer zerstört wurde. Als schließlich das flache Dach mit ohrenbetäubendem Krachen in sich zusammenfiel und ein Wolke glühender Funken zum Himmel stob, wandte er sich um. Ein mächtiger, sorgfältig gestutzter grauer Bart rahmte Kinn und Wangen des Ritters ein. Eine breite Narbe zerteilte seine linke Augenbraue und setzte sich in einem bleichen Wulst über die Stirn fort. Das Haupthaar des Mannes war noch füllig. Sorgfältig frisiert, reichte es ihm bis zu den Schultern. Die Augen des Offiziers waren von kaltem Grau, forschend, ohne die geringste Regung dabei zu verraten. Alara kannte den Mann aus Erzählungen. Es mußte Rondrigo Delazar sein, der Großmeister des Ordens der *Basaltfaust,* einer der Mächtigen aus der Stadt des Schweigens. Einige mutige Spötter nannten ihn hinter vorgehaltener Hand auch die Sichel des Patriarchen – in Anspielung auf die sichelförmigen Bidenhänder, mit denen alle Ritter des Ordens bewaffnet waren.

Die Commandanta hob ihren Siegelring, um sich auszuweisen, doch der Großmeister winkte ab.

»Alara Olibano, nehme ich an. Ich habe bereits von Euch und Euren Männern gehört.« Der Tonfall, in dem der Ritter sprach, verriet nicht, ob dies ein Lob oder eine Drohung sein sollte. »Was wollt Ihr hier?«

Olibano straffte sich und hielt dem kalten, musternden Blick ihres Gegenüber stand. »Ich bin im Auftrag des Stadtmarschalls unterwegs …« Sie machte eine Geste zur Straße hin. »Warum ist die Stadtgarde nicht benachrichtigt worden? Ich sehe hier keinen Gardisten, obwohl mindestens zehn Mann für das Viertel eingeteilt sein müßten.«

Delazar gab einigen seiner Krieger einen Wink, und die Gefangenen wurden abgeführt. »Wir handeln in direktem

Auftrag des Patriarchen und sind der Stadtgarde keinerlei Rechenschaft schuldig, wie Euch gewiß bekannt ist, Commandanta Olibano.«

»Und doch mag die Stadtgarde, deren tägliches Geschäft die tausend kleinen und großen Schurkereien der Bewohner dieser Stadt sind, den Rittern, die weitab von allen alltäglichen Belanglosigkeiten in strenger Klausur leben, mit ihrem Wissen von Nutzen sein, wenn es gilt, einen Schlag gegen jene zu führen, die das Licht der Gerechtigkeit scheuen.«

Delazar hob die linke Augenbraue und bedachte sie mit einem Blick, wie man ihn einem Kind schenkt, das lästige Fragen stellt. »Vielleicht vermögen die Würdenträger der Stadt des Schweigens gerade deshalb voller Weisheit zu entscheiden, weil sie nicht in das Netz alltäglicher Nichtigkeiten verstrickt sind, das die Stadtgarde so eng umschlungen hält. Des weiteren rate ich Euch, keine ungesunde Neugier jenen Angelegenheiten gegenüber zu entwickeln, die nicht in Euer Aufgabengebiet fallen.«

Einige Augenblicke lang maßen sie einander schweigend mit Blicken.

»Man sagt Euch nach, daß Ihr in unverbrüchlicher Treue zu Boron und dem Patriarchen steht, Großmeister. Ein Punkt, in dem wir uns vermutlich ein wenig ähneln, ist diese Treue zu unserem Glauben.«

»Dann hoffe ich für Euch, daß Ihr keine Törin seid.« Der Ordensmeister wandte sich eilig um und winkte seinen Rittern, ihm zu folgen.

Ratlos betrachtete Alara die Ruinen des *Kalifenthrons.* Was mochte diese nächtliche Brandstiftung zu bedeuten haben? Schließlich kehrte sie zu ihrer Sänfte zurück, wo Naldor sie bereits neugierig erwartete.

»Was ist hier geschehen?«

»Nichts!« entgegnete sie barsch. »Laß uns den Rest des Weges zu Fuß gehen. Bis zu den Villen ist es nicht mehr weit.«

Alara entlohnte die Sänftensklaven und schickte sie dann fort. Zu Fuß würden sie und Naldor weniger auffallen. Wer wußte schon, was diese Nacht sonst noch an Überraschungen für sie bereithielt?

»Und was gedenkt Ihr nun zu tun, Naldor?« Alara lehnte an einem Pilaster der mit Mosaiken geschmückten Gartenmauer. Die glatten kleinen Steine waren feucht vom Nebel, der in dichten Schwaden vom Hafen in die Stadt heraufstieg. Man konnte kaum mehr zehn Schritt weit sehen.

Der Offiziersanwärter zuckte mit den Schultern. »Warten. Laut Salpicios Notizen gibt es heute nacht ein weiteres Fest oder Zusammentreffen im Hause T. Warten wir also auf festlich gekleidete Gäste und folgen ihnen.«

»Und wenn das Treffen bereits bei Sonnenuntergang stattfand?«

Der Gardist lachte leise. »Wir sind hier in Al'Anfa. Macht und Einfluß zeigen sich auch darin, um wieviel Zeit man verspätet zu einem Fest kommt. Manche erweisen dem Gastgeber schließlich eine Gnade, indem sie kommen.«

Alara schwieg dazu. Im allgemeinen mochte Naldor ja recht haben, doch wenn es sich um etwas wirklich Wichtiges handelte, waren alle pünktlich.

Schritte erklangen im Nebel. Eine schattenhafte Gestalt ging dicht an Alara vorbei, ohne sie auch nur bemerkt zu haben. Die Offizierin sah Naldor an, doch dieser schüttelte den Kopf. »Sieht zu unbedeutend aus«, flüsterte er.

»Was macht Euch so sicher, daß wir unter den Gästen des Festes den Mörder finden? Vielleicht ist Salpicio auch einfach nur einem gemeinen Halsabschneider zum Opfer gefallen.«

»Gewiß nicht! Irgendein Halunke hätte niemals einen Mantel zurückgelassen, der gut und gern seine fünf Dublonen wert ist. Es hätte keine zusätzliche Mühe gemacht, dem Toten den Umhang abzunehmen. Unser Mörder war darauf aus, die Stadtgarde an der Nase herumzuführen. Deshalb hat er den Geldbeutel abgeschnitten und einen Raubmord vorgetäuscht. Ich habe Respekt vor dem Kerl, auch wenn sich das in Anbetracht des Todes eines Kameraden frevlerisch anhören mag. Er ist klug!«

»Ihr würdet ihn also einen respektvollen Frevler nennen?« fragte Alara trocken. »Ist das nicht ein Widerspruch in sich?«

Naldor schwieg. Die Offizierin hätte jetzt gern sein Gesicht gesehen. »Und Ihr glaubt, Ihr werdet diesen klugen Mörder überführen, der hier möglicherweise irgendwo durch den Nebel tappt?«

»Ich werde jedenfalls mein Bestes geben«, entgegnete der Gardist trotzig.

Jetzt schwiegen beide und hingen ihren Gedanken nach, bis das leise Platschen nackter Füße auf dem feuchten Straßenpflaster sie in die Wirklichkeit zurückriß. Es waren viele Füße!

Alara drückte sich gegen die Gartenmauer. Ein riesiger Schatten glitt an ihnen vorbei. Eine Sänfte! Naldor stieß der Offizierin in die Seite und gab ihr einen Wink, ihm zu folgen. »Unsere Beute!«

Wer einen zu großen Bissen nimmt, wird daran ersticken, dachte Alara unwillkürlich und sah dem Schemen nach, der schon fast wieder im Nebel verschwunden war. Obwohl sie die Sänfte kaum richtig zu sehen bekommen hatte, kam ihr irgend etwas daran vertraut vor. Es war keine Mietsänfte, dessen war sie sich sicher. Doch nun blieb keine Zeit zum Grübeln. Eilig folgte sie Naldor.

Schon nach wenigen hundert Schritt verschwand die Sänfte durch ein Tor, das von zwei Fackeln beleuchtet war. Eine hohe Mauer umgab das Grundstück.

»Ich habe es gewußt«, flüsterte Naldor triumphierend. »Die Villa Tuzak!«

Die Offizierin nickte anerkennend. »Und nun? Wir haben

keinerlei Beweise und können nicht einfach das Fest stören.«

»Traut Ihr Euch zu, über die Mauer zu klettern? Bei dem Nebel wird man uns nicht sehen.«

Alara zögerte. »Geht Ihr nur zuerst. Ich komme nach ... Und seid vorsichtig, Naldor, vielleicht ist der Mauerkamm mit Tonscherben bestückt.«

Der Gardist nahm seinen Mantel ab und warf ihn auf die Mauer. Dann zog er sich hoch und duckte sich, um in den Garten zu spähen. Jetzt, da er keinen Umhang mehr trug, sah Alara ein schmales Lederfutteral, das ihm vom Gürtel über das Gesäß hing und aus dem der Griff einer Balestrina ragte. Naldor wandte sich um. »Keine Wachen in der Nähe. Wir sollten aber trotzdem vorsichtig sein!« Er streckte Alara die Hand entgegen. »Kommt, ich helfe Euch hoch, Commandanta.«

Auf dem Mauerkamm angekommen, bedachte Alara den Gardisten mit einem kurzen, spöttischen Blick. Ohne ein Wort zu sagen, sprang sie ins hohe Gras des Parks, landete federnd und war mit einem Satz hinter dem Stamm eines mächtigen Baums verschwunden. Als Naldor hinunterkam, sah er sich suchend nach ihr um. Er ging so dicht an ihrem Versteck vorbei, daß sie ihn mit ausgestrecktem Arm hätte berühren können.

»Hierher, Naldor!« rief sie leise.

Der Gardist fuhr erschrocken herum. »Was soll das?«

»Ihr solltet nur sehen, daß ich trotz meiner Krankheit noch nicht ganz zum alten Eisen gehöre.«

Naldor bedachte sie mit einem mitleidigen Blick. »Es scheint keine Wachen hier draußen zu geben. Ich schlage vor, ich gehe rechts um das Haus herum und Ihr links.«

Alara zuckte mit den Schultern. »Mir soll es recht sein. Ich hoffe, Euch ist klar, daß wir uns mit dieser Sache um Kopf und Kragen bringen können. Wir haben keinen Auftrag des

Stadtmarschalls, und wer immer sich hier versammelt hat, nimmt gewiß nicht einfach hin, daß wir unsere Nasen zur Tür hereinstecken.«

»Wollt Ihr vielleicht kneifen?« Naldor lächelte überlegen. »Es könnte schon genügen, ein paar Sklaven zu belauschen, um zu erfahren, was hier geschieht. Zumindest können wir uns später in einem Gebüsch verstecken und sehen, wer alles aus diesem Haus herauskommt. Wenn wir morgen mit dem Segen des Stadtmarschalls kommen, wird man uns gewiß nicht mehr verraten, wer zu Gast war.«

Naldors Einwände waren vernünftig, und es ärgerte Alara, daß der junge Schnösel ihren Mut in Frage gestellt hatte. »Nun gut, gehen wir!« Sie hatte ein ungutes Gefühl, als der Gardist im Nebel verschwand. Vorsichtig schlich sie näher zum Haus und tastete sich an der Wand des Gebäudes entlang. Die Villa war augenscheinlich ganz neu. Der Verputz wirkte völlig makellos, soweit sie das in der Dunkelheit beurteilen konnte. Es zeigten sich weder Risse noch Schmutzschlieren unter den Fensterbänken. Wer immer hier wohnen mochte, legte offensichtlich größten Wert auf Äußerlichkeiten.

Zahlreiche Fensterchen wiesen zum Garten hinaus, doch nirgends brannte ein Licht. Hätte sie nicht beobachtet, wie die Sänfte durch das Tor gekommen war, hätte sie geglaubt, niemand sei im Haus. Sie umrundete eine Ecke und sah das mächtige Eingangsportal in der Finsternis aufragen. Auch hier nirgends ein Licht! Dafür standen etliche Prunksänften neben dem Weg, der durch den kleinen Park führte. Doch es war kein einziger Diener zu sehen. Alara blieb geduckt im Schatten der Mauer. Es war unüblich, die Träger und Leibwächter, die mit den Besitzern der Sänften kamen, ins Haus zu bitten. Warum in Borons Namen mochte man hier von dieser Regel abgewichen sein? Sie spürte, wie sich ihr die feinen Härchen im Nacken sträubten.

Alara wagte kaum zu atmen und verharrte still neben der Mauer. Plötzlich erklang leises Flötenspiel. Eine novadische Kabbasflöte ... Bewegt lauschte sie den klagenden Tönen. In besseren Zeiten, als sie noch Kommandantin der Stadtwache in Jergan gewesen war, hatte sie selbst zwei Flötenspieler in ihren Diensten gehabt. Wer immer dort spielte, war ein Meister seines Fachs. Sie sah zu den Sänften hinüber. Durch die wirbelnden Nebelschleier wirkten sie halb aus dieser Welt entrückt. Mit den Vorhängen, die sich leicht bewegten, und den mit prächtigen Schnitzereien geschmückten Dächern erinnerten sie entfernt an die winzigen Pavillons in den Wassergärten unterhalb des Rabenfelsens.

Ich sollte hinübergehen und nach Wappen oder Siegelzeichen suchen, aus denen ich auf die Besitzer der Sänften schließen kann, dachte sie. Doch die Musik hatte sie völlig in ihren Bann geschlagen. Sollte Naldor sich doch darum kümmern! Einem solchen Flötenspieler würde sie gewiß so bald nicht wieder lauschen können. Vielleicht sogar nie wieder ... Alara verdrängte die Gedanken an ihre Krankheit. Nicht jetzt ... Nicht hier!

Ein leises, kehliges Knurren ließ sie herumfahren. Er lief also tatsächlich frei herum! Ein gewaltiger Schatten zeichnete sich gegen den Nebel ab. Die Bestie reichte ihr ohne weiteres bis zum Ellenbogen.

Unbeweglich starrte die Offizierin zu der gewaltigen Raubkatze hinüber. Ein Schattenlöwe! Nie zuvor hatte sie davon gehört, daß es gelungen war, einen von ihnen zu zähmen.

Noch immer erklang das Flötenspiel. Diese Melodie ist also mein Totenlied, dachte Alara kühl. Wieder kam ein leises Knurren aus der Kehle der Bestie. Blitzend schimmerten die zollangen Fangzähne im Dunkel. Die Größe und Majestät des Raubtiers erfüllten die Commandanta mit einem Gefühl – fast wie Andacht. Ganz so, wie man es empfand, wenn man in einem Tempel vor einem besonders eindrucksvoll gestalteten Götterbildnis stand. Obwohl Alara ihre kühle Vernunft keineswegs verlor und sie sich ihrer Lage völlig bewußt war, hatte sie die Notwendigkeit des Handelns vergessen. Sie musterte das Tier, unerschrocken, aber gebannt. So hatte das Böse sie stets in seinen Bann gezogen, das große Rätsel, das zu lösen sie immer wieder aufs neue verlockte.

Wie Stunden erschien ihr der kurze Moment, den sie Auge in Auge mit dem Lioma stand, wie die Waldmenschen die prächtigste der Raubkatzen des Dschungels nannten. Silbern schimmerten die winzigen Tropfen des ersten Taus in der Mähne des Raubtiers, als der Schattenlöwe sich duckte und mit aller Kraft abstieß. Seine Kiefer klafften weit auseinander, und sein triumphierendes Brüllen mochte man wohl noch bis hinauf zur Stadt des Schweigens hören, als er der Commandanta gleich einem lebenden Geschoß entgegensprang.

Die Wucht des Aufpralls riß Alara von den Beinen. Es war mehr ein Reflex als eine bewußte Handlung, daß sie den Arm hochriß, um die Kehle zu schützen. Noch immer gab sie keinen Laut von sich, so als stünde sie wie ein unbeteiligter Beobachter neben dem tödlichen Ringen. Krallen schrammten über ihre Brust. Das Gewicht des Schattenlöwen preßte ihr die Luft aus den Lungen, als sie rücklings ins Gras fiel. Sie spürte den Atem der Bestie auf dem Gesicht, als plötzlich ein Zucken den Leib des Raubtieres durchlief. Fauchend bäumte sich der Schattenlöwe auf. Etwas Warmes tropfte Alara ins Gesicht. Im ersten Augenblick hielt sie es für Geifer … Doch es war zuviel! Ein warmer Strom tröpfelte herab. Sie spürte den metallischen Geschmack von Blut auf den Lippen.

Das Raubtier brach über ihr zusammen, und sein schieres Gewicht hielt sie auf dem Boden fest. Undeutlich sah Alara etwas aus dem rechten Auge des Löwen ragen. Der gefiederte Schaft eines Bolzens.

Mit zitternder Hand versuchte die Offizierin, den mächtigen Leib von ihrer Brust zu wälzen. Ihre Finger krallten sich in schweißnasses, glattes Fell. Noch immer tröpfelte es in ihr Gesicht. Endlich gelang es ihr, sich zu befreien. Aus den Augenwinkeln sah sie Naldor, der seine Balestrina nachspannte. Hinter den Fenstern der Villa erschienen gelbe Lichter.

Der Gardist trat an Alaras Seite und streckte ihr die Hand hin. »Seid Ihr unverletzt, Commandanta?«

Sie strich sich über den zerfetzten Ärmel. »Ich hatte Glück. Der Lioma konnte nicht zubeißen.« Sie betrachtete den toten Löwen, in dessen linkem Auge sich matt das Licht der Fenster spiegelte. Fast empfand sie Mitleid für dieses prächtige Tier.

Naldor kniete sich neben den Kadaver und betrachte die Reißzähne. »Scharf wie Dolche«, murmelte er leise. »Die Götter müssen Euch lieben, Commandanta. Jeden anderen hätte die Bestie in Stücke gerissen.«

Alara musterte die grauweißen Federn des Armbrustbolzens. »Aus dem Gefieder der Schädeleule, nicht wahr?«

Naldor wirkte überrascht. Dann nickte er. »Ja. Ihr kennt Euch gut aus.«

»Sagt man nicht, daß man einen Pfeil mit Eulenfedern nicht kommen hört. Heißt es nicht, er trifft immer überraschend? Ich habe solche Pfeile einmal bei einem Meuchler gesehen, der ein Geschäft mit mir abwickeln wollte.«

»Dummer Aberglaube ...«, brummte Naldor.

»Und doch scheint etwas Wahres daran zu sein. Ich habe noch nie einen so meisterhaften Schuß gesehen. Als hätte die Befiederung den Pfeil von selbst ins Ziel getragen.«

Der Gardist grinste breit. »Dabei hatte ich eigentlich auf den Hals gezielt. Das Auge konnte ich in der Finsternis nicht einmal sehen ... Und nur ein Narr würde mit einer Balestrina auf den Kopf der Raubkatze zielen. Die Pfeile sind viel zu schwach, um den Schädelknochen durchschlagen zu können und ...« Das Tor der Villa wurde aufgestoßen, und kaum einen Herzschlag später waren die beiden umringt von grimmig dreinblickenden Leibwächtern, die gezückte Schwerter in den Händen hielten.

Vor den Fenstern des Hauses waren schwarze Schattenrisse zu sehen. So müssen sich jene Gladiatoren fühlen, dachte Alara, die nach hartem Kampf besiegt im Sand der Arena liegen und ängstlich aufblicken, um zu sehen, ob der Patriarch den Daumen senkt, um mit einer einzigen Handbewegung das Schicksal der Kämpfer zu besiegeln.

Naldor hatte unter den mißtrauischen Blicken der Bewaffneten vorsichtig seine Balestrina ins Gras gelegt.

Einige der Schattengestalten tuschelten miteinander. Da niemand von ihnen ein Licht mit zum Fenster genommen hatte und die Sklaven mit den Kerzen und Öllampen diskret hinter den vornehmen Gästen standen, war es unmöglich, auch nur ein einziges Gesicht zu erkennen.

Etwas seitlich von den anderen stand eine schlanke, hochgewachsene Gestalt ganz allein an einem der Fenster. Sie fragte mit gelassener, doch deutlich zu verstehender Stimme, was den beiden einfalle, sich bei Nacht wie Diebe in den Garten zu schleichen.

»Wir sind von der Stadtgarde«, antwortete Naldor laut, so als würde das alles erklären. »Im übrigen sind wir gekommen, um den Gastgeber zu sprechen.«

Alara biß sich auf die Lippen. Begriff Naldor denn nicht, in welcher Lage sie sich befanden? Seine Dreistigkeit brächte sie beide noch um Kopf und Kragen!

»Gehört es neuerdings zum guten Ton bei der Stadtwache, zunächst einen Löwen zu töten, bevor man sich vorstellt?«

Alara und Naldor schwiegen, und die Gestalt im Fenster sagte, sie habe sich nun lange genug mit ihnen aufgehalten. Ohne Eile trat der Schatten vom Fenster zurück und verschwand im Innern der Villa. Unter empörtem Gemurmel zogen sich auch die übrigen Gäste zurück. Die Leibwächter eskortierten die beiden Gardisten zum Gartentor, wo sie bereits erwartet wurden. Ein Mann in der schwarzen Robe eines Borongeweihten ging aufgeregt auf und ab. Der breite silberne Streifen am Saum des Gewandes wies den Mann als *Hüter der Nacht* aus, als einen Hochgeweihten des Totenkultes. Als der Priester Alara und Naldor kommen sah, blieb er stehen und gab den Leibwächtern mit einem Wink ein Zeichen, sich zurückzuziehen.

»Was im Namen der Zwölfe fällt euch beiden eigentlich ein, hier bei Nacht einzusteigen wie Diebe?« Der Priester war von stattlicher Gestalt und hielt sich so gerade wie ein Gardeoffizier. »Wie heißt ihr? Ich werde gleich morgen früh den Stadtmarschall aufsuchen, um über euch beide Beschwerde zu führen!«

»Weibel Ilian Naldor und Commandanta Alara Olibano«, antwortete die Offizierin halblaut. »Und mit wem haben wir die Ehre, Erhabener?«

»Was fällt dir ein, Weibsbild, dir gegenüber einem Hohen Priester solche Vertraulichkeiten herauszunehmen – und nach seinem Namen zu fragen? Glaubst du, dein Rang als Commandanta bei der Stadtgarde mache dich unberührbar? Zu Zeiten Tar Honaks hätte ich dich bei Nacht von der Rabengarde holen lassen und …« Der Boroni hob drohend die Hand, so als wolle er Golgari selbst aus dem Nachthimmel herabrufen.

Alara sah den verstümmelten Ringfinger an der Linken und wußte, mit wem sie es zu tun hatte. Immuel Florios, Ordinarius und seines Zeichens oberster Lehrmeister in der Stadt des Schweigens. Der Stadtmarschall war ein Onkel des Ordinarius. Soweit sie wußte, verstanden sich die beiden nicht besonders gut.

»Ich könnte mir vorstellen, daß man euch beide zu Gemeinen degradiert und zur Hafenwache in Mirham abkommandiert, wenn nicht gar eine Hand aus den Schatten nach euch greift.« Der Hochgeweihte sprach gelassen, so als schicke er einen Sklaven, um eine Kleinigkeit für ihn zu erledigen. Nicht die geringste Spur von zynischer Häme oder gar Haß schwang in seiner Stimme mit.

Alara spürte, wie ein eisiger Schauer sie überlief. *Eine Hand, die aus den Schatten greift* … Sie wußte nur zu gut, was das bedeutete. War es diese Hand, die auch nach Salpicio gegriffen hatte? Aber diesmal hatte es der Geweihte mit mehr als lediglich einem Offiziersanwärter zu tun! Sie ließ sich doch nicht durch den Ordinarius einschüchtern! »Naldor, die letzte Bemerkung des Erhabenen nehmt Ihr nicht in den Bericht auf.«

Der Hochgeweihte lachte trocken auf. »Wenn ihr vermeiden wollt, von den Leibwächtern hinausgeschafft zu werden, solltet ihr beide nun gehen.« Ohne sie eines weiteren Blickes zu würdigen, wandte er sich ab und ging auf das Haus zu.

Alara nickte zum Tor. »Tun wir besser, was er sagt.«

»Verflucht«, murmelte Naldor. »Wer ist dieser M? Wer hält sich eine solche Bestie als Wachhund? Und wer kann einen Hochgeweihten schicken, um uns aus seinem Garten zu weisen? Wäre ich nur in Mirham geblieben …«

»Habt Ihr schon genug, Naldor? Ich hätte mehr Durchhaltevermögen von Euch erwartet. Oder wollt Ihr plötzlich nicht mehr auf meinem Stuhl sitzen?«

Der Gardist hob den Kopf und sah sie trotzig an. »Habe ich gesagt, daß ich gehen werde? Ich wüßte gern, mit wem wir es zu tun haben …«

»Das weiß man immer erst ganz zum Schluß, Naldor. So ist das nun einmal in unserem Beruf.« Alara lächelte hintergründig. »Und selbst dann wissen wir es manchmal noch nicht wirklich … Was werdet Ihr nun unternehmen?«

»Mich nach den Stadtgardisten umsehen, die zum Nachtdienst in diesem Viertel eingeteilt sind. Sie müßten etwas über den Hausherren wissen.«

»Möglich … Kennt Ihr den *Mohakopf?* Eine Schenke in den Brabaker Baracken.«

»Ja.«

»Ich für meinen Teil brauche einen Schluck …«

»Dann sehen wir uns dort.« Der junge Gardist eilte mit langen Schritten davon. Alara sah ihm nach, bis sein Schatten im Nebel verschwunden war.

5. Kapitel

Als der Hochgeweihte in den Innenhof trat, kam eine zierliche Bedienstete auf ihn zu. »Mein Herr erwartet Euch schon, Erhabener.« Das Weib grinste frech und wies zu der Stiege, die hinauf in den ersten Stock führte. Dem Aussehen nach war es eine heidnische Maraskanerin.

Immuel nickte. So erlesen der Kunstsinn Markuds auch ausgeprägt sein mochte, so wenig Gespür hatte er augenscheinlich für die Auswahl von annehmbaren Domestiken. Verärgert erklomm Immuel die steile Stiege und blickte noch einmal zu der Flötenspielerin im Hof hinab. Ein wundervolles Weib! Vielleicht sollte er Markud fragen, wo er sie gefunden hatte ...

Die beiden Wachen vor dem Rauchsalon öffneten dem Ordinarius stumm die Tür. Der mit dunklem Holz getäfelte Raum war durch rote Lampen in ein bedrückendes Licht getaucht. Die drei anderen erwarteten ihn bereits. Markud und sein Gast lagen auf samtgepolsterten Ruhebetten, während Irschan Perval unruhig in der Kammer auf und ab ging.

Immuel bedachte Irschan mit einem abfälligen Blick. Der Geweihte mochte den jungen Magier nicht, der sich auf fragwürdige Weise das Vertrauen des Patriarchen erschlichen hatte. Irschan kam immer elegant gekleidet daher. Seine Gewänder waren aus Seide gefertigt und mit Hunderten winziger Perlen bestickt. Fast an jedem Finger trug der hochnäsige Schnösel einen protzigen Ring. Nachdem es diesem Luftikus gelungen war, seine Schwester mit dem Patriarchen zu verkuppeln, hatte ihm Amir sogar einen Sitz im Rat der Zwölf verschafft.

Irschan schien Immuels Blick bemerkt zu haben. Der Magier blieb stehen. »Wie erfreulich, daß Eure Erhabenheit auch noch zu uns stoßen.«

Immuel verbiß sich eine passende Antwort und wandte sich dem Gastgeber zu. »Die beiden Stadtgardisten haben das Grundstück verlassen. Ich werde gleich morgen dafür sorgen, daß sie diese Nacht noch bis ans Ende ihrer Tage verfluchen werden.«

Markud nickte. Der Gastgeber mochte Mitte Dreißig sein. Er war ein schlanker, drahtiger Mann von gepflegtem Äußeren. Obwohl er auf den ersten Blick unscheinbar wirkte, strahlte er eine gewinnende Ruhe und Gelassenheit aus. Nur wenn man ihn länger kannte und etwas über seine Vergangenheit ahnte, entdeckte man, daß etwas Dunkles hinter der Fassade des redegewandten, stets zuvorkommenden Geschäftsmanns lag. Dann bemerkte man, daß die Fältchen um seine Augen gewiß keine Lachfalten waren und daß die Muskeln um die Mundpartie viel zu ausgeprägt waren. Immuel hatte so etwas schon bei Galeerensklaven gesehen, die zäh genug waren, um länger als nur zwei oder drei Jahre zu überleben. Wenn sie gezwungen waren, im höchsten Takt zu rudern, nahmen sie Beißhölzer zwischen die Zähne, hölzerne Klötze mit einem Loch in der Mitte, die an einem groben Seil um den Hals hingen. Sie dienten dazu, die Zähne der Sträflinge zu schützen, die diese in äußerster Anstrengung so fest aufeinanderbissen, daß sie splittern mochten.

Ein Blick auf Markuds gepflegte Hände genügte, um sicher zu sein, daß er nie auf einer Galeere gedient hatte. Diese Hände waren sicherlich stark, doch mit den breiten, schwieligen Händen eines Ruderers nicht zu vergleichen. So blieb die Frage offen, was ihn veranlaßt haben mochte, die Zähne zusammenzubeißen. Doch ganz gleich, was es gewesen sein mochte, es hatte ihm weder seinen feinen Sinn für Humor zu nehmen vermocht, noch seinen Blick für die unausgesprochenen Bedürfnisse seiner Besucher getrübt, was ihn zu einem vollkommenen Gastgeber machte.

»Kommen wir doch endlich zum Wesentlichen.« Der gewiß bedeutendste Gast des Abends hatte das Wort ergriffen. Eine junge Frau mit aufgedunsenem Körper und einer seltsam blassen Haut. Sie trug ein durchscheinendes schwarzes Kleid, doch Immuel fragte sich, welcher Mann wohl einen solchen Leib begehren mochte. Bemerkenswert war auch, wie schnell sie zugenommen hatte. Bei ihrer ersten Zusammenkunft war sie fast schlank gewesen. Als sie sich dann ein zweites Mal trafen, war ihr Leib bereits so aufgebläht, daß sie kaum noch aus eigener Kraft zu gehen vermochte. Seitdem hatte sie wieder ein wenig abgenommen ... Schon ihr Anblick bereitete dem Hochgeweihten Ekel. Und wenn er erst daran dachte, wer sie geschickt hatte ... Nur ihre Augen waren schön. Mandelförmig und schwarz wie eine sternenlose Nacht. Nakandoa nannte sie sich. Der Ordinarius hatte diesen Namen nie zuvor gehört, und er bezweifelte, daß sie wirklich so hieß.

»Habt Ihr Euch das Angebot überlegt, das ich Euch bei unserem letzten Treffen unterbreitete, meine Herren?« fragte sie mit öliger, einschmeichelnder Stimme.

Immuel lächelte, ohne dabei die Zähne zu entblößen. »Wir haben das Geschwür in dieser Nacht ausgebrannt. So wie die Dinge nun stehen, sind wir weniger denn je gewillt, uns erpressen zu lassen ...«

»Ich bitte Euch, mein Freund«, fiel Markud ihm ins Wort. »Wir sprechen hier über ein Geschäft. Es steht uns gewiß allen besser zu Gesicht, wenn wir sachlich bleiben.«

»Ich bin mir sicher, daß diese fette Schlampe uns die Seuche in die Stadt geschleppt hat! Warum also sollte ich ihr gegenüber höflich bleiben?« ereiferte sich der Ordinarius.

»Vielleicht weil es Eurem Stand geziemt …«

»Gebt Euch keine Mühe, Markud. Geweihte haben stets ein gespanntes Verhältnis zu mir. Ich bin diesen Ton gewöhnt.« Nakandoa wandte sich an Irschan Perval. »Und was habt Ihr zu sagen? Wie man hört, steht Ihr dem Patriarchen näher als irgendein anderer.« Ein anzügliches Lächeln spielte um die Lippen der Frau.

»Ich bin der Auffassung, daß sich unsere Stadt auf kein Geschäft einlassen sollte, das uns zum Nachteil gereichen könnte.«

»Zum Nachteil?« Nakandoa zog einen Schmollmund. »Was sollen wir Euch denn noch alles bieten? Wir würden für die Ware, nach der wir fragen, nicht nur einen besseren Preis zahlen als jeder andere Käufer, wir bieten obendrein auch noch unseren Schutz. Es ist doch nur allzu bekannt, wie leicht hier im Süden tödliche Seuchen ausbrechen … Ich meine nicht die wenigen Krankheitsfälle der letzten Tage. Ich spreche von einer wahren Epidemie, die Hunderte, ja Tausende von Leben fordert. Ich begreife wirklich nicht, wie Ihr bei einem solchen Angebot noch zögern könnt!«

»Ihr vergeßt, daß wir erpreßbar werden, wenn jemals ruchbar werden sollte, auf welchen Handel wir uns mit Euch eingelassen haben. Das Mittelreich und das Horas-Reich könnten ein solches Geschäftsabkommen mit Euch sogar als Grund betrachten, uns den Krieg zu erklären.«

»Und das fürchtet Ihr?« Sie schnaubte verächtlich. »Vom Schneid des Tar Honak scheint sein Sohn ja nicht viel geerbt zu haben! Die Perlenmeerflotte ist so gut wie vernichtet. Das Mittelreich hat also keine Waffe mehr, die es gegen Al'Anfa richten könnte, und die bornischen Schiffe wagen es kaum noch, ihre Häfen zu verlassen. Meinem Herrn verdankt Ihr es, nun über die größte Flotte zu verfügen, die sich frei auf den östlichen Meeren bewegt. Vielleicht hülfe es ja, wenn wir eines unserer Schiffe vor der Durchfahrt durch den Koloß ankern lassen, um den Patriarchen und den Rat ein wenig entschlußfreudiger zu stimmen.«

»Ich sagte bereits, daß wir uns gewiß nicht erpressen lassen«, mischte sich Immuel ein. »Falls Euch zu Ohren gekommen sein sollte, auf welche Weise die Schlacht am Szinto gewonnen wurde, dürfte Euch wohl klar sein, daß ein Schiff, das ohne unsere Billigung vor unserem Hafen ankert, möglicherweise verlorengehen könnte!«

»Mein Freunde«, ergriff nun wieder der Gastgeber das Wort. »Auf diese Weise werden wir uns niemals einigen. Vielleicht solltet Ihr, verehrte Nakandoa, noch einmal das Angebot nennen, das Euer Herr uns unterbreiten möchte. Möglicherweise haben sich die Bedingungen ja ein wenig verschoben ... Ich denke, wenn statt über Politik lediglich über Gold und Geschäfte gesprochen wird, sollte eine Einigung zu unser aller Zufriedenheit möglich sein.«

»Da unsere Handelsbedingungen bereits sehr gut sind, wüßte ich nicht, welches Angebot ich noch unterbreiten könnte.« Nakandoa legte eine Hand auf die kleine Holztruhe, die sie mitgebracht hatte. »Wenn dies also Euer letztes Wort sein sollte, meine Herren, könnten wir noch auf ein kleines Ärgernis zu sprechen kommen. Ich weiß nicht, wer von Euch den Einfall hatte, mir einen Meuchler zu schicken, doch möchte ich darum bitten, dies in Zukunft zu unterlassen. Ich habe darüber meinem Meister bereits Meldung erstattet, und er zeigte sich aufs äußerste verärgert. Rechnet also in den nächsten Tagen mit einer Antwort.« Sie erhob sich mit einem Seufzer und ruderte einen Augenblick lang ungeschickt mit den Armen, um ihr Gleichgewicht zu finden. »Ich betrachte unser Gespräch hiermit als beendet. Wenn Ihr es Euch anders überlegen und endlich bereit sein solltet, auf das wirklich großzügige Angebot meines Herrn einzugehen, wißt Ihr, was Ihr tun müßt, um mich zu benachrichtigen. So verfahren, wie die Lage ist, erscheint es mir sinnlos, schon jetzt einen Abend für eine weitere Zusammenkunft zu verabreden. Ich empfehle mich.«

Immuel ballte wütend die Fäuste. »Ihr könnt doch nicht so einfach …«

Markud trat ihm in den Weg. »Ich bitte Euch … Nakandoa ist eine Gesandte und unberührbar. Ganz gleich, *wessen* Gesandte sie ist!« Der Gastgeber warf einen ärgerlichen Blick auf die Truhe, die zwischen den Ruhebetten auf einem niedrigen Tisch stand.

»Wir hätten nicht einmal genug Ware, um Ihren Herrn länger als ein halbes Jahr zu beliefern. Es wäre unehrenhaft, auf ein Handelsabkommen einzugehen, das nicht zu halten ist.«

Nakandoa wandte sich unter der Tür um. »Es erstaunt mich zu hören, welch empfindsamen Ehrbegriff Ihr habt, Irschan Perval. Ich muß gestehen, ich habe Euch bislang offenbar falsch eingeschätzt.« Sie schüttelte den Kopf. »Man sollte doch nicht darauf hören, was unter den Fanas gesprochen wird. Im übrigen ist es nicht meine Sorge, ob und wie lange Ihr die Ware liefern könnt, die mein Herr bei Euch einkaufen möchte.« Mit einer für ihre Leibesfülle erstaunlich gewandten Bewegung drehte sie sich auf dem Absatz um und entschwand durch die Tür.

Markud sah ihr einen Augenblick lang nach und trat dann an den Tisch zwischen den Ruhebetten. »An ihrer Stelle wäre ich auch verärgert.« Er klopfte auf den mit Messingbändern beschlagenen Deckel der Truhe. »Wer hat den Befehl hierzu gegeben?«

Als die beiden Männer schwiegen, öffnete der Hausherr die Truhe. Auf einem Samtkissen lag der Kopf eines jungen Mannes. Man hatte ihm eine schwarz verfärbte Hand in den Mund geschoben. Starker Verwesungsgeruch ging von den Leichenteilen aus.

Der Magier zog ein parfümiertes Tuch aus dem Ärmel und

schwenkte es vor der Nase hin und her. »Weder originell noch einschüchternd.«

»Das gleiche hat Nakandoa wohl auch gedacht, als der Kerl versuchte, sie zu ermorden«, entgegnete Markud beißend. »Wer ist denn auf diesen blendenden Einfall gekommen? Ich dachte, wir hätten eine Absprache!«

»Der Patriarch wollte es!« Immuel mißfiel die Art, wie sich ihr Gastgeber aufspielte. Hoffentlich wußte Markud noch, auf wessen Seite er stand!

»Das wird es in Zukunft schwerer machen … Nun ist sie gewarnt. Was habt Ihr eigentlich damit gemeint, das Übel sei ausgebrannt worden.«

Der Hochgeweihte lächelte triumphierend. »Einer der Ritter der *Basaltfaust* hat herausgefunden, daß die Sieche ihren Ursprung in der Kaschemme *Kalifenthron* nahm. Dort muß verseuchtes Fleisch an die Gäste verkauft worden sein. Wir wissen mittlerweile auch, daß die Krankheit nicht sonderlich ansteckend ist. Nur wer von diesem Fleisch gegessen hat oder« – er lächelte anzüglich – »oder aber sehr engen Umgang mit einem oder einer Erkrankten pflegte, kann sich angesteckt haben. Ich denke, am heutigen Abend haben wir das Übel bei der Wurzel gepackt und ein für allemal ausgerottet!«

Der Magier wiegte nachdenklich den Kopf. »Ich muß sagen, Nakandoa wirkte auf mich keineswegs eingeschüchtert. Ob sie schon wußte, was im *Kalifenthron* vorgefallen ist? Was aber, wenn diese Sache nur eine kleine Demonstration war und sie sich durch unser Eingreifen herausgefordert fühlt, zu einem neuen Schlag auszuholen?«

»In dieser Nacht sind die Wachen auf den Straßen verdreifacht worden! Soll sie nur kommen!« Immuel hatte sich in Zorn geredet. »Sie wird beschattet, damit wir endlich wissen, wo sie untergekrochen ist! Wenn die *Basaltfaust* ihr Versteck umstellt, wird ihr auch ihre Schwarze Magie nicht mehr helfen!«

»So …« Der Magier trat an den niedrigen Tisch und strich mit der Rechten über den Deckel der Truhe. »Ich glaube nicht, daß Ihr wirklich wißt, womit wir es hier zu tun haben …« Er wandte sich an Markud. »Und wie weit sind Eure Vorbereitungen gediehen?«

»Ich werde morgen zu Balura gehen und hoffe, daß sie mit den Arbeiten für mich fertig ist. Dann werden wir sehen …« Auch der Gastgeber blickte auf die Truhe hinab. »Ich fürchte allerdings, daß nun alles ein wenig schwieriger wird.«

»Habt Ihr denn einen Plan?«

Markud schnaubte verächtlich. »Einen Plan? Ich habe Erfahrung! Das ist besser als jeder Plan. Bei einer Person wie Nakandoa ist es gefährlich, wenn man sklavisch an einem einmal aufgestelltem Plan festhält. Ich werde …«

Naldor erinnerte sich noch gut aus seiner Zeit bei den einfachen Gardisten an den Ort, wo sich die Männer trafen, wenn sie keinen Streifendienst hatten. Es gab eine verfallene kleine Villa am Fuß der Klippen. Nur ein Raum mit gewölbter Decke und einem gemauerten Kamin war dort erhalten geblieben. Hier suchten die Stadtgardisten gelegentlich Schutz vor Regen oder Sturmwind. Meistens saßen sie aber nur zusammen, um zu reden und eine Flasche zu leeren.

Der Nebel war in der letzten Stunde noch dichter geworden. Man konnte kaum drei Schritt weit sehen. Vorsichtig tastete sich Naldor an den Gartenmauern der großen Villen entlang. Manchmal blieb er plötzlich stehen und lauschte, ob hinter ihm Schritte zu hören waren. Die Geschehnisse des Abends hatten ihn zutiefst beunruhigt. Daß sogar ein Hochgeweihter in die Sache verwickelt war! In welches Wespennest mochte Salpicio nur gestoßen haben, als er sich in diese verfluchte Villa einschlich? Wenn er wenigstens mehr über diese geheimnisvollen Zusammenkünfte niedergeschrieben hätte!

Der junge Offiziersanwärter versuchte, seine Gedanken zu ordnen. Irgendwo mußte es einen Schlüssel geben. Vielleicht war er ja sogar zum Greifen nahe …

Ilian Naldor war wieder am Ende einer Gartenmauer angekommen. Wenn er richtig gegangen war, dann sollte der Unterschlupf höchstens noch zwanzig Schritt entfernt sein. Wenn dieser verfluchte Nebel nicht wäre! Bislang hatte er seine rechte Hand über die groben Oberflächen der Mauern gleiten lassen … Doch ohne diese Hilfe fühlte er sich nun so, als liefe er geradewegs ins Nichts hinein. Er zog sein Schwert und tastete damit vorsichtig im Nebel umher, um nicht gegen einen Baum zu stoßen oder über eine niedrige Mauer zu stürzen. Sein Umhang verfing sich in einem Dornengestrüpp. Leise fluchend versuchte Naldor, sich loszumachen. Vielleicht wäre es klüger, einfach umzukehren. Morgen, bei Tageslicht, würde er die Gardisten, die zum Dienst in diesem Viertel eingeteilt waren, viel leichter finden … Aber wer mochte schon wissen, was Commandanta Olibano sich für morgen alles für ihn ausgedacht hatte … Nein, es war besser, die Sache jetzt zu erledigen. Diese Schlange! Verfluchtes Glück hatte sie gehabt! Wäre er nur einen Atemzug später gekommen oder hätte er nur einen Zoll tiefer geschossen, dann wäre sie von der Bestie zerfleischt worden. Wie ein Kaninchen vor der Schlange hatte sie vor dem Schattenlöwen gestanden. Naldor schmunzelte. Diese Gerüchte, daß sie einmal zur Hand Borons gehört hatte, waren offensichtlich nichts als dummes Gerede. Kein Meuchler hätte so reagiert. Einfach so dazustehen … Vielleicht lag es ja an ihrer Krankheit? Ob sie sich wohl insgeheim den Tod wünschte? Wieviel Zeit ihr wohl noch blieb?

Der Gardist verharrte. Es roch nach Rauch. Wahrscheinlich hatten sich die Nachtwachen ein kleines Lagerfeuer gemacht, um sich die klamme Kälte, die mit dem Nebel in die Stadt zog, aus den Knochen zu vertreiben. Jetzt sah er auch einen matten Lichtschimmer vor sich. Er hatte es geschafft.

»Hallo?«

»Wer dort?« erklang eine barsche Stimme.

»Weibel Ilian Naldor, vierte Kompanie der Stadtgarde.«

»Die Vierte steht doch in Mirham, Kerl!« rief nun eine Frauenstimme.

Naldor glaubte, das leise Scharren von Metall zu hören, so als würden Schwerter gezogen. »Ich bin zur besonderen Unterstützung von Commandanta Alara Olibano abkommandiert worden.« Ein Stück weiter links hörte der Gardist einen dürren Ast knacken. Diese Trottel wollten ihn doch nicht etwa überrumpeln! »Leuchtet mit einer Blendlaterne herüber, damit ihr mich sehen könnt.«

Blasses gelbes Licht schnitt in den Nebel. Es vermochte die dichten Dunstschwaden kaum zu durchdringen.

»Dann kommt doch erst einmal herein in die gute Stube, Weibel Naldor«, erklang jetzt wieder die Frauenstimme.

Zögernd trat Naldor ins Licht. Mit einem solchen Empfang hatte er nicht gerechnet. Der Gardist konnte nur Schatten im Nebel erkennen. Jemand hob die Laterne und kam näher. Das Licht fiel Naldor nun so in die Augen, daß es ihn blendete.

»Den kenne ich«, sagte jemand mit einer heiseren Stimme. »Das ist wirklich Naldor. Ich hab Dienst mit ihm geschoben, als er noch ein grüner Junge war.«

Das Licht wurde zum Boden gerichtet. »Nichts für ungut, Kamerad«, sagte nun die Frau, »aber du hast dir einen schlechten Zeitpunkt ausgesucht, um uns zu überraschen. Sind unruhige Zeiten ...«

Naldor stand nun nahe genug, um die Gardisten genauer erkennen zu können. Der Schnelle Bardir war der Mann mit der heiseren Stimme gewesen, der für ihn gesprochen hatte, ein alter graubärtiger Gardist, der seit seiner Verwundung im Khomkrieg das rechte Bein nachzog. Die anderen drei, zwei Männer und eine Frau, kannte Naldor nicht. Sie leuchteten mit der Blendlaterne zu einem breiten Spalt in einer Mauer, von der schon vor Jahren der letzte Putz abgebröckelt sein mußte.

»Kennst den Platz noch von früher, nicht wahr«, brummte Bardir.

Naldor nickte. »Verdammt lange her ...«

»Sind schlechte Zeiten. Hast du die Sache über Salpicio gehört? Daß sie 'nen Offizier der Stadtgarde umgelegt haben, das hat es schon ewig nicht mehr gegeben. Einen Gardisten vielleicht ...« Bardir zuckte mit den Schultern. »Das gehört zum großen Spiel. Aber 'nen Offizier!«

»Und? Hast du einen Verdacht?«

Der alte Gardist ließ sich auf einem Säulenstumpf nieder. »War wohl irgendein Verrückter. Vielleicht ein Rauschkrautsüchtiger. Von den richtig schweren Jungs wäre keiner so dämlich, 'nem Offizier die Kehle durchzuschneiden.«

Naldor ließ sich neben seinem alten Kameraden nieder. Im Kamin brannte ein kleines Feuer. Dicht daneben lag in einer Mauernische dürres Geäst aufgestapelt. Es sah noch alles so aus wie vor zwei Jahren, als Naldor zum letzten Mal hiergewesen war.

Bardir kramte einen tönernen Pokal mit rissiger Glasur hervor und füllte ihn mit Wein, der blutrot im flackernden Licht des Feuers glänzte. »Auf die alten Tage, Kamerad!« Der Alte prostete ihm mit der Weinflasche zu und nahm einen tiefen Schluck.

»Auf dem Weg nach hier draußen hörte ich in einem Park ein Raubtier fauchen. Hat mir das Mark in den Knochen gefrieren lassen. Was ist denn das für eine Bestie?«

Bardir tauschte einen Blick mit den anderen und lächelte breit. »Das *Schoßtierchen* des Kaufherrn Markud. Ich sag dir, wenn du das Mistvieh siehst ...« Der Alte rülpste. »Hab einmal 'nen Blick durchs Tor auf dieses Monster erhascht. Oder besser gesagt, beinahe hätte es mich erhascht. Bin eines Nachts dem Tor zu nahe gekommen. Das Kätzchen hat mich nur um ein paar Zoll mit seinem Prankenhieb verpaßt. Ich hab's nicht mal kommen hören ... Die meiste Zeit wird es in einem Zwinger gehalten, sagt man.«

»Und beschwert sich denn keiner von den Nachbarn? So ein Vieh muß doch gefährlich sein ... Und dann noch dieses Fauchen.«

»Über Markud wird sich sicher so schnell keiner beschweren, oder was meint ihr?« Bardir sah zu seinem Kameraden hinüber.

»Bestimmt nicht«, bestätigte die Gardistin. »Von 'nem Nachbarn wie dem kann man nur träumen.«

»Wie meint ihr das?«

»Ganz einfach. Wann immer der dir die Hand reicht, bleibt ein bißchen Gold an deinen Fingern kleben. So jemanden vergrault man nicht, nur weil sein Kätzchen ein bißchen laut ist. Der soll jedem seiner Nachbarn ein Geschenk von tausend Dublonen gemacht haben, als er die Villa Tuzak kaufte. Natürlich hat er ihnen kein Geld gegeben. Für den einen war's 'ne prächtige Sänfte, ein anderer hat 'ne Sklavin bekommen oder ein kostbares Schmuckstück. So 'nen Kram eben. Aber er hat auch für uns Gardisten was übrig. Du weißt ja noch von früher, daß alle zwei Wochen die Wachen in den Vierteln ausgetauscht werden. Jeder von uns, der hierherkommt, erhält von Markud einen ganzen Monatssold dafür, daß wir ein bißchen ein Auge auf seine bescheidene Hütte haben ...«

Naldor pfiff leise durch die Zähne. »Der kann wohl Gold scheißen, wie! Woher stammt denn sein Reichtum?«

Bardir hatte erneut einen tiefen Schluck aus der Flasche genommen und seufzte zufrieden. »Es ist nie gut zu fragen, woher Geld stammt. Es gibt 'ne Menge Gerüchte über ihn. Angeblich hat er für ein paar Jahre was mit dem Adamantenkonvoi zu tun gehabt und besitzt eine Mine irgendwo tausend Meilen aufs Meer hinaus, noch östlich der Menschenfresserinsel. Andere behaupten, er hat 'ne Menge Gold damit gemacht, sowohl die Rebellen als auch die Kaiserlichen auf Maraskan mit Waffen zu beliefern. Das würde auch erklären, warum er sich jetzt ein Haus hier in der Stadt gekauft hat. Mit dem Dämonenmeister ist gewiß nicht gut Geschäfte machen ...«

»Ich hab gehört, daß dieser Markud auch viele Feste gibt.«

»Stimmt. Alle paar Tage steht sein halber Garten voller Sänften, und man hört Lachen und Musik bis auf die Straße heraus. Und auch anderes ...« Bardir rollte bedeutungsschwer mit den Augen und seufzte. »Nirgendwo anders in diesem Viertel gibt es so viele Feste wie bei Markud. Wie es scheint, lädt er aber nicht nur die Reichen und Mächtigen ein. Auch Musiker, Gaukler, Dirnen und Poeten gehören zu seinen Gästen ...«

»Findest du nicht, daß du ein bißchen viel redest, Alter?« unterbrach ihn die Gardistin. Dann wandte sie sich an Naldor und musterte ihn mißtrauisch. »Warum willst du eigentlich über unseren Wohltäter so genau Bescheid wissen?«

Der junge Offizier zögerte und überlegte, wieviel er der Kriegerin verraten durfte. Olibano zöge ihm wahrscheinlich bei lebendigem Leib die Haut ab, wenn sie herausfände, daß er mit einer einfachen Gardistin über ihre Erkenntnisse plauderte. »Unser Kamerad Salpicio hielt sich in der Nacht, als er starb, auf einem Fest in der Villa Tuzak auf. Vielleicht war sein Mörder unter den Gästen. Wenn ihr also von jemandem wißt, der euch verdächtig erscheint und der in diesem Haus ein und aus geht, so verratet es mir. Ich werde dann dafür sorgen, daß unser Kamerad gerächt wird.«

Bardir verdrehte die Augen zum Himmel und kratzte sich am Bart. »Alle Götter! Du hast Einfälle! Es sind wahre Heerscharen, die dort verkehren ... Außerdem haben wir andere Dinge zu tun, als unseren Gönner zu bespitzeln!«

»Aber es gibt jemanden, der nicht ganz geheuer ist«,

mischte sich einer der beiden Soldaten ein, die bisher geschwiegen hatten. »Diesen Gottlosen … Das Spitzohr. Ich glaub, Sirlon oder so ähnlich heißt er … Man erzählt sich, er sei älter als die Stadt und daß er keine Seele hat.«

»Sirlon«, murmelte Naldor. Er kannte den Elfen dem Namen nach. Er war der beste Bogenbauer in der Stadt. »Du hast recht. Diese Spitzohren sind eigentlich immer verdächtig. Man sagt, er habe schon vor der Herrschaft Bal Honaks hier gelebt. Er muß also weit über hundert Jahre alt sein. Jemand, den Boron nicht in seine Hallen rufen will, ist unbedingt verdächtig. Aber ich werde dem Kerl schon beikommen! Und diesem Markud werde ich morgen auch einen Besuch abstatten.«

»Dann nimm dich aber in acht vor dieser Bestie!« Bardir sah besorgt zu Naldor auf, der sich plötzlich erhoben hatte.

Der Offiziersanwärter klopfte dem alten Gardisten auf die Schulter. »Das ist doch auch nur ein zu groß geratenes Kätzchen.«

6. Kapitel

Als Naldor den Unterschlupf der Nachtwachen verlassen hatte, lud er zunächst einmal seine Balestrina nach. Der Nebel hatte sich inzwischen ein wenig gelichtet. Vom Kriegshafen hallten gedämpfte Kommandorufe und das Quietschen eines schweren Lastkrans herüber. Offenbar wurde dort ein Schiff zum Auslaufen vorbereitet. Mitten in der Nacht …

Nachdem die kleine Armbrust wieder einsatzbereit war, verstaute er sie unter seinem Umhang. Der Schattenlöwe gäbe eine prächtige Trophäe ab, dachte er. Eigentlich stand ihm als Jäger mindestens das Fell des Untiers zu … Aber es wäre wohl klüger, nicht danach zu fragen. Er grinste. Wenigstens gab es Zeugen für seinen Meisterschuß … Und Olibano würde sich wahrscheinlich bis ans Ende ihrer Tage darüber ärgern, daß sie ihm, den sie einst nicht in ihrer Truppe hatte dulden wollen, nun ihr Leben verdankte! Dieser Abend hatte bewiesen, daß man weder ein gutes Elternhaus noch jede Menge Bücherwissen brauchte, um ein hervorragender Stadtgardist zu sein. Ein kühler Kopf und eine sichere Hand – darauf kam es an. Hoffentlich hatte auch Olibano dies endlich begriffen und hörte auf, ihn von oben herab zu behandeln.

Als Naldor an der Villa Tuzak vorbeikam, brannte dort in allen Fenstern Licht. Er hörte leise Musik. Seine Hände schlossen sich um die eisernen Stangen des Gartentors. Eines Tages würde man auch ihn zu solchen Festen einladen, das schwor er sich. Salpicio war das alles in den Schoß gefallen.

Als Sohn aus einer reichen Familie hatte er nie erfahren, was es heißt, um alles kämpfen zu müssen. Das hatte ihn leichtfertig gemacht … Und deshalb war Salpicio nun tot! Solche Fehler würden ihm, Ilian Naldor, nicht unterlaufen!

Naldor warf einen letzten Blick auf die hell erleuchtete Villa und machte sich dann auf den Weg. Einen Augenblick lang dachte er daran, nicht zum *Mohakopf* zu gehen, um sich mit Olibano zu treffen. Doch damit würde er gewiß das Ansehen wieder verspielen, das er gewonnen hatte, als er ihr das Leben rettete. Nein, solche Nachlässigkeiten durfte er sich nicht erlauben! Er war der Straßenköter und kein Glückskind wie Salpicio. Wenn er es zu etwas bringen wollte, dann mußte er seinen toten Kameraden in allem übertreffen!

Unwillig bog er nach rechts ab und wandte sich in Richtung der Brabaker Baracken. Die Straßen waren wie leergefegt. Noch immer lag der Brandgeruch des Feuers in der Luft, das die Tempelgardisten gelegt hatten. Ab und zu sah man hinter verschlossenen Läden ein Licht flackern. Doch es gab kein Geräusch außer dem leisen Plätschern der Wellen im nahen Hafenbecken. Naldor fühlte sich plötzlich unwohl. Die Stille hatte etwas Bedrückendes. Als er in einer nahen Gasse den Marschtritt einer Patrouille hörte, fühlte er sich besser. Es war gut zu wissen, nicht allein in der Nacht unterwegs zu sein.

Er lächelte über seine Angst. Er war doch kein Kind mehr, das sich vor der Dunkelheit fürchtete! Suchend blickte er sich um. Naldor war sich nicht mehr ganz sicher, wo er sich befand. In diesem verfluchten Nebel sahen alle Gassen gleich aus.

Ein paar Schritte vor ihm ertönte ein leises Quietschen. Der Gardist ging dem Geräusch entgegen. Am Ende der schmalen Straße stand ein Haus, aus dessen verschlossenen Läden rotes Licht fiel. In rostigen Angeln schwang ein hölzernes Schild über der Tür. Es zeigte einen abgeschlagenen Mohakopf, aus dessen Halsstumpf Blut quoll. Das Schild war so alt, daß sich unter der verwitternden Farbe Blasen gebildet hatten, und das Gesicht wirkte wie von Wasserpocken übersät. Dort, wo die Farbe abgeplatzt war, sah man dunkles Holz. In der Finsternis, beleuchtet von schwachem roten Licht, ähnelten diese Stellen jedoch mehr verschorften Wundmalen.

Eine wirklich einladende Schenke hat sich Olibano da ausgesucht, dachte der Gardist. Als Naldor die Tür öffnete, hoffte er darauf, seine Vorgesetzte betrunken vorzufinden. Ihr Eingeständnis, nach dem Angriff des Schattenlöwen etwas trinken zu müssen, war die erste Schwäche, die sie ihm gegenüber gezeigt hatte. Das Alter und die Krankheit würden Olibano zermürben! Es dauerte gewiß nicht mehr lange, bis sie als Offizierin der Stadtgarde nicht mehr tragbar wäre. Dann hätte seine Stunde geschlagen! Er mußte nur noch einen Mörder für den toten Salpicio finden, damit auch der Stadtmarschall erkannte, welch fähiger Mann da in die Fußstapfen der verfaulenden Commandanta getreten war!

Die Kneipe war nahezu leer. Ein wenig verwundert sah sich Naldor um. Die Wände schmückten gräßliche Masken mit großen Augen und Mäulern, aus denen riesige Hauer ragten. Daneben hingen Schilde und Waffen, wie sie die Eingeborenen benutzten. Einige der hölzernen Stützbalken waren zu Statuen mit dürren Gliedern und großen Köpfen umgearbeitet worden, die mit Federn, bunten Lederriemen und Glasperlen geschmückt waren. Gleich neben dem Gardisten hing ein ausgestopftes Krokodil unter der Decke und ein Stück weiter eine ganze Sammlung von Schrumpfköpfen mit vernähten Augenlidern und Mündern. Ganz offensichtlich war der *Mohakopf* ein Treffpunkt für Sklavenjäger und Abenteurer, die es in die Dschungel westlich der Stadt zog. Auf den Tischen standen Laternen mit roten Glaswänden, deren düsteres Licht die unheimliche Stimmung noch unterstrich.

Naldor trat an die Theke, von wo aus eine stämmige Frau mit kahlrasiertem Schädel ihn musterte, seit er den Schankraum betreten hatte.

»Was darf's sein?«

»Ich suche eine Frau mit einer Schlangentätowierung im Gesicht. Sie wollte hier auf mich warten. Hast du sie gesehen?«

Die Wirtin hob lediglich die rechte Augenbraue und schwieg. Der Gardist hatte verstanden. Verärgert kramte er nach seinem Geldbeutel, holte eine Silbermünze hervor und legte sie vor der Frau auf den Tresen.

»Dein Liebchen war vor nicht einmal einer halben Stunde hier. Machte 'nen angespannten Eindruck. Sie hat ein Glas Branntwein hinuntergestürzt und ist sofort wieder verschwunden. Hättest dich wohl besser nicht verspäten sollen …« Die Wirtin grinste schief. »Willst du was trinken? Es gibt ja noch andere Weibsbilder …«

Naldor blickte auf die tätowierten Oberarme der Frau, die jedem Grobschmied gut angestanden hätten, und auf das speckige Mieder, unter dem sich gewaltige Brüste wölbten. Ihn beschlich das unbestimmte Gefühl, daß eine Liebesnacht mit der Wirtin eher Rondra als Rahja zur Ehre gereicht hätte.

»Ich muß die Frau finden …«

Die Wirtin schnalzte mit der Zunge. »Hüte dich vor ihr! Wenn sie neben einem steht, spürt man schon den Atem Borons.«

So ist das, wenn man schon mit einem Bein im Grab steht, so wie Olibano, dachte Naldor und nickte der Wirtin freundlich zu. Dann verließ er die Schenke.

Auf der Straße sah er sich einen Augenblick lang unschlüssig um. Seltsam, daß die Olibano nicht einmal eine Nachricht für ihn hinterlassen hatte. Ihre Geheimniskrämerei und die Art, wie sie immer ihren eigenen Weg ging, reizten ihn bis aufs Blut. Wie sollte man mit so jemandem zusammenarbeiten?

Schließlich beschloß er, nach Hause zu gehen. Er würde Olibano morgen in der Kommandantur sehen.

Vom Meer her war eine leichte Brise aufgekommen und zerriß die Nebelschwaden. Naldor zog sich den Umhang enger um die Schultern und eilte mit langen Schritten der Kommandantur entgegen, wo man ihm in der Kaserne ein Zimmerchen freigeräumt hatte. Er war so in Gedanken versunken, daß er den Schatten unter dem bröckelnden Torbogen erst bemerkte, als es schon zu spät war. Eine Hand strich ihm über die Kehle. Naldor griff nach der Balestrina, doch sein Arm wurde festgehalten.

»So muß wohl Salpicio sein Ende gefunden haben«, erklärte eine vertraute Stimme.

Der Gardist seufzte erleichtert. »Bei allen Göttern, Commandanta, Ihr habt mich fast zu Tode erschreckt!«

Die Augen der Offizierin erschienen in der Finsternis wie Kugeln aus poliertem Onyx. Schwarz, abgründig ... Zwei Höhlen, in deren Tiefen sich eine dunkle Seele verbarg. Naldor hatte das Gefühl, als starre sie ihn stundenlang an – dabei waren nur wenige Atemzüge vergangen, seit sie aus dem Schatten getreten war.

Endlich wandte Olibano den Kopf zur Seite und sah zu dem Torbogen hinüber, unter dem sie sich verborgen hatte. »Auf dem Hof dort hinten hat man Salpicio gefunden.«

Naldor nickte. »Ich weiß.« Obwohl augenscheinlich keine Gefahr drohte, pochte sein Herz immer noch wie rasend.

»Ich gehe nach Hause«, erklärte die Offizierin gleichgültig. »Ich sehe *dich* dann morgen in der Kommandantur.«

Naldor zuckte zusammen, als er hörte, wie Olibano ihn zum ersten Mal duzte. Von nun an sollte sie dabei bleiben.

Keuchend stieß Alara die Tür zu ihrem Wachturm auf. Zitternd glitten ihre Hände die kalte Mauer entlang, als sie in den großen runden Raum im Erdgeschoß taumelte. Die Wirkung des Tranks, den Orlando Oros ihr gebraut hatte, hielt nicht so lange vor, wie sie erhofft hatte. Aber was wollte man von einem Medicus für Gladiatoren erwarten, wenn ihr nicht einmal Magier hatten helfen können. Sie betrachtete den Pokal neben ihrem Bett. Einen Augenblick lang war sie versucht, sich noch einmal einzuschenken. Doch der Heiler hatte sie eindringlich gewarnt. Boronswein und Samthauch waren giftig. Ein zweiter Becher nach so wenigen Stunden konnte ihren Tod bedeuten.

Seufzend ließ sie sich auf dem Bett nieder und versuchte, nicht noch schneller zu atmen. Ihre Lungen brannten, so als hätte man sie mit flüssigem Feuer gefüllt.

Noch immer zitterten ihr die Finger, und es dauerte lange, bis sie die Verschnürung ihrer Lederweste geöffnet hatte und das weite Hemd mit dem zerrissenen Ärmel über den Kopf streifen konnte. Den linken Unterarm hatte sie mit Lumpen umwickelt, unter denen sich noch eine Armschiene aus geschwärztem Stahl verbarg – und ihre Brust war durch einen Muskelpanzer geschützt gewesen. Am rechten Unterarm trug Alara eine Ledermanschette, in der vier Wurfmesser steckten. Aus einer eingenähten flachen Tasche zog sie die Beute hervor, die ihr diese Nacht eingebracht hatte.

Mit einem Seufzer erhob sie sich. Sie mußte die beiden Stücke sicher unterbringen. Keuchend schleppte sie sich zum Brunnen in die Mitte des Raums. Sie hatte das Gefühl, als drücke ihr eine unsichtbare Faust die Kehle zu. Jeden Atemzug mußte sie diesem grausamen Feind abtrotzen.

Alara ging in die Knie und lehnte die Stirn gegen den kühlen Stein. Sie tastete nach dem Auge eines der Mungos auf dem Brunnenrelief und drückte es. Mit leisem Knirschen hob sich eine der Bodenplatten neben ihr. In dem Versteck lagen zwei Balestrinas von einem Feinmechanicus aus Grangor, ein Sortiment von Dolchen, ein Tuzakmesser, das nach maraskanischer Art geschmiedet war, ein Wurfanker, um den ein dünnes Seidenseil gewunden war, und daneben zwei zerbrechliche Kristallphiolen mit seltenen Waffengiften. Hier liegt meine Vergangenheit begraben, dachte Alara und kämpfte gegen einen plötzlichen Hustenreiz an. Sie ließ ihre Beute in das Versteck fallen und schob die Bodenplatte in die ursprüngliche Lage zurück.

Würgend hustete sie blutigen Schleim aus. Der Griff der unsichtbaren Faust wurde immer stärker. Sie ließ sich zu Boden sinken und schlug mit den Händen blindlings um sich. Mit jedem Atemzug bekam sie weniger Luft. Alara spürte die nahende Ohnmacht. Sie hechelte jetzt wie ein Hund. Ihr hing die Zunge aus dem Mund … Die Wände der Turmkammer begannen um sie zu tanzen. Sie wollte schreien, doch außer dem gehetzten Hecheln brachte ihre Kehle keinen Laut mehr hervor. Grelle Lichtpunkte wirbelten um ihren Kopf. Stumm betete sie zu Boron, daß er sie noch nicht zu sich rufen möge … Sie durfte noch nicht gehen … bevor …

Rondarion hob den Kopf der jungen Frau und half ihr, aus einer flachen Holzschale Suppe zu trinken. Sie war erschreckend dürr. Ihre Haut lag in Falten, so als wäre sie weit über fünfzig Jahre, doch ihre Augen waren jung geblieben. Sie sprühten vor Feuer und Lebenswillen.

Als Rondarion die Schüssel für einen Augenblick von ihren Lippen nahm, nutzte sie die Gelegenheit, um zu sprechen. »Warum hilfst du mir?« Ihre Stimme war kaum mehr als ein heiseres Flüstern. »Was willst du von mir?«

Der junge Gardist war verwirrt. Was sollte er ihr antworten, war er sich über seine Gefühle ihr gegenüber doch selbst nicht im klaren. »Ich … ich will, daß es dir besser geht!« antwortete er schließlich.

»Damit mich der Ordensritter wieder foltern kann?«

Der Soldat blickte auf das Brandmal an ihrem Bein und biß sich wütend auf die Lippen. »Das wird er nie wieder tun!«

»Und wer sollte ihn daran hindern? Du?«

»Ja, ich. Ich werde nicht zulassen, daß er dich noch einmal verletzt. Du hast uns alles gesagt, was du zu sagen hattest, nicht wahr?«

Ines lächelte bitter. »Also daher weht der Wind! Das ist eine neue Art, mich zu befragen. Einer von euch mimt den Folterknecht, und der andere spielt den edlen Ritter, der mich beschützen will. Nur daß du leider nicht aussiehst wie die Ritter aus den Kindermärchen.« Sie lachte jetzt laut. »Wo sind deine Rüstung und dein Zauberschwert, mein Retter?«

Rondarion schluckte. Er konnte nur zu gut verstehen, wenn sie keinem hier traute, doch hatten ihre Worte ihn zutiefst verletzt. »Ich werde nun gehen«, murmelte er leise. »Wenn du magst, kann ich dir noch mehr Suppe bringen. Ansonsten sehe ich in zwei oder drei Stunden noch einmal vorbei, wie es dir geht. Du solltest schlafen, wenn du kannst. Dann kommst du wieder zu Kräften.«

Müde ging der Gardist zur Tür. Er dachte an Commandanta Olibano. Was sie jetzt wohl tat? Ob sie den Mörder Salpicios schon gefunden hatte? Fast hätte Rondarion die leise Stimme hinter sich überhört. Überrascht drehte er sich noch einmal um.

»Soldat?«

»Was ist?«

Ines sah ihn lange an. »Es tut mir leid, wenn ich dir Unrecht getan haben sollte ...«

Er lächelte verlegen. »Schon gut ...«

»Nein, da irrst du dich. Nichts ist gut an diesem Ort ... Was ist ...« Sie schüttelte müde den Kopf. »Wie heißt du?«

»Rondarion.«

»Ein Name, der zu einem Helden paßt.«

»Ja ...« Der Gardist räusperte sich. »Und doch hat das Schicksal mich zu deinem Kerkermeister bestimmt.«

»Und was ist, wenn du das Schicksal selbst in die Hand zu nehmen wagst?«

»Ich kann keinen Verrat an meinen Kameraden begehen. Ich …« Die Art, wie Ines sprach, beunruhigte ihn zunehmend.

»Dann hoffe ich, daß deine Kameraden dir deine Treue stets mit gleicher Münze vergelten werden …«

»Ich muß nun gehen … Ähm … Ich bin zum Wachdienst eingeteilt.«

»Ich wünsche dir eine ruhige Nacht. Und danke für deine Hilfe …«

Rondarion verließ eilig den Raum. Ihre Reden hatten ihn zutiefst aufgewühlt. Hatte der Ordensritter am Ende sogar recht, wenn er ihr mißtraute? Der Gardist hatte einmal von Philosophen reden gehört, die angeblich in der Lage waren, einem mit Worten so sehr den Kopf zu verdrehen, daß man nach einigen Minuten nicht mehr zwischen Gut und Böse unterscheiden konnte. Für gewöhnlich landeten solche Aufwiegler schnell auf dem Scheiterhaufen … Ob auch Ines … Nein! Rondarion lachte leise. Wie konnte er solchen Unsinn denken! Sie war doch nur eine Hafenhure! Und doch übte sie einen eigenartigen Zauber auf ihn aus, obwohl ihre Schönheit vergangen war. Es war nicht leicht, aus diesem Mädchen schlau zu werden.

Rondarion trat auf den Hof der kleinen Festung hinaus. Eine leichte Brise war aufgekommen und zerriß die Nebelschwaden. Die gegenüberliegende Kasematte war von Fackeln erleuchtet. Er schlenderte hinüber und sah zu, wie zwei Gardisten die Leichen dieses Tages in Säcke aus dünnem Leinen einnähten. Zu Füßen der Toten packten sie ein paar Bruchsteine mit in die Säcke. So hatte man es ihnen befohlen. Am nächsten Morgen würden jene Söldner, die die Gefangenen dieser Nacht zur Festung brachten, den Karren mit den Toten mit sich nehmen. Weit draußen in der Bucht würde man sie ins Meer werfen.

Manolo kam über den Hof auf Rondarion zu. Sein Kamerad wirkte besorgt. Die Schrecken der letzten Tage hatten tiefe Furchen in das jugendliche Gesicht seines Freundes geschnitten. »Der Zauberer treibt sich schon den ganzen Abend auf den Wällen herum … Er hat sich auch eine Laterne verschafft und Lichtzeichen gegeben, aber bei dem Nebel kann ihn natürlich niemand sehen. Sein Verhalten mißfällt mir. Ich brauche ein paar Stunden Schlaf. Wirst du auf ihn achten?«

Rondarion nickte. »Der Ordensritter gibt doch auch Nachrichten ans Festland weiter …«

»Wenn er der Stadt des Schweigens meldet, was hier vorgeht, finde ich das nicht weiter verwunderlich. Aber mit wem, zum Henker, paktiert dieser Zauberer? Vielleicht hofft er ja, daß man ein Boot schickt und er fliehen kann.«

Rondarion zuckte mit den Achseln. »Wer weiß. Ich werde auf jeden Fall auf ihn achten.«

»Es ist Euch wieder einer gefolgt, Herrin!«

»Ich weiß. Habt Ihr ihn gefangen?«

Der Bettler nickte ergeben. »Es war nicht schwer … Der Mann scheint ein Novize aus der Stadt des Schweigens zu sein. Was sollen wir mit ihm anfangen?«

»Bringt ihn in die Grube, und dann laßt mich allein mit ihm!«

»Wie Ihr befehlt, Herrin.«

Der Mann verbeugte sich unterwürfig und humpelte aus der Kammer, in der Nakandoa ihr Quartier aufgeschlagen hatte. In früheren Zeiten mochte der Raum einmal als Weinkeller gedient haben. Jetzt war er nur noch ein halb mit Trümmern angefülltes Gewölbe tief unter dem Schlund, dem Bettlerviertel Al'Anfas.

Ein Mauerdurchbruch verband den Keller mit einem Labyrinth aus längst vergessenen Kanälen und Geheimgängen, die in besseren Tagen die nun verfallenen Prachtbauten dieses Stadtteils miteinander verbunden hatten. Hierher flüchtete sich der Auswurf der Stadt, verkrüppelte Kriegsveteranen, entflohene Sklaven und die von Alter oder Siechtum Gezeichneten, denen kein anderes Zuhause als die Straße geblieben war.

Es hatte Nakandoa keine Mühe bereitet, unter diesen Verdammten zwei Dutzend Helfer zu rekrutieren, und täglich wurden es mehr. Die Zauberin streifte selbstzufrieden ihre Gewänder ab. Vom fauligen Herzen der Stadt aus würde sie Al'Anfa unterwerfen! Der Dämonenmeister war zufrieden mit ihrer Arbeit und hatte ihr weitere Unterstützung versprochen. Mit jedem Tag, den der Rat der Zwölf und der Patriarch sich weigerten, die Vorschläge Borbarads anzunehmen, wuchs ihre Macht.

Der Rat würde für seine Sturheit bezahlen! Sie würde ihnen zeigen, was eine Seuche war. Die Sache im *Kalifenthron* war nur ein kleines Vorspiel gewesen. Ein zaghaftes Andeuten ihrer Möglichkeiten ... Doch diesmal würde es anders werden! Nach dem Fest war sie hierher zurückgekehrt, um Duglum anzurufen, den großen Verpester. Die Stadt sollte eine Seuche erleben, von der man noch nach Jahrhunderten sprechen würde! Sie lachte böse. Während die Einfältigen schliefen, hatte sie den Tod auf die Straßen herabgerufen.

Nakandoa rekelte sich und betrachtete ihren Leib. Das Beschwörungsritual hatte sie viel Kraft gekostet. Sie fand, daß sie hager geworden war. Ihre Brüste waren spitz, und darunter sah sie deutlich ihre Rippen hervorstechen. Die Anrufung und Bindung des Dämons hatten ihr das Fleisch von den Knochen geschmolzen.

Ein schmaler Streifen grauen Morgenlichts fiel durch eine Spalte in der Decke. Sie hörte, wie man den Gefangenen vor dem Mauerdurchbruch in die Grube stieß. Er wimmerte leise. Es klang wie ein Gebet. Nakandoa lächelte böse. Sollte er nur seinen Gott anrufen! Hier unten hülfe ihm nicht einmal Boron! Dies war ihr Reich!

Die Zauberin kniete sich auf den Boden. Sie hatte seit Tagen nicht mehr gegessen. Langsam kehrte ihr Hunger zurück. Leise murmelte sie die Worte der Macht. Ein Prickeln überlief ihre Haut. Ihre Beine verkrampften sich. Sie begrüßte stumm den süßen Schmerz der Wandlung.

Nakandoa hatte einen fleckigen alten Spiegel auf den Boden gestellt. Sie genoß es stets, ihre Verwandlung zu beobachten. Zu sehen, wie ihre Beine miteinander verschmolzen, ihre Haut dunkler wurde und sich zuletzt ganz und gar mit glänzenden schwarzen Schuppen überzog. Ihr Schmerzensschrei wurde jäh zu einem Zischeln, als sich ihr Kopf veränderte. Er wurde kleiner, flach und länglich, die Augen wanderten zur Seite und trübten sich. Sie sah die Kammer um sich herum nur noch undeutlich, und auch das Spiegelbild des mächtigen Schlangenleibs erahnte sie mehr, als daß sie es sah. Dafür eröffnete sich ihr eine neue Welt der Gerüche. Wenn ihr die lange gespaltene Zunge über die verhornten Lippen schnellte, schmeckte sie das trockene Alter der Ziegelsteine des Gewölbes und mehr noch das Aroma der Angst, das die feuchtschwüle Luft anreicherte und immer stärker wurde, je näher sie zum Durchbruch in der Wand kroch. Es war der Duft des würzigen, ein wenig säuerlichen Schweißes, den Menschen in Todesangst absonderten. Nichts war mit diesem Duft vergleichbar! Sie verharrte, um zischelnd den Augenblick zu genießen.

Der Mann in der Grube hatte sie inzwischen bemerkt. Er starrte zu ihr herauf. Seine Augen waren so blau wie der Himmel an einem Sommertag. Er hatte weizenblondes Haar und sonnenverbrannte Haut. Ein hübscher Junge ... Was ihn wohl in die Arme der Priesterschaft getrieben haben mochte? Vielleicht eine unglückliche Liebesgeschichte?

Ein alter Balken ragte schräg aus der Grube. Nakandoa

glitt über das zerfaserte Holz und ließ dabei keinen Herzschlag lang ihr Opfer aus den Augen. Der Novize war kaltblütig. Er stand noch immer ungerührt in der Mitte der Grube. Nur sein Gebet war etwas lauter geworden ... Seine blauen Augen wichen nicht von ihr. Vielleicht hielt der Narr sie ja für eine Abgesandte seines Gottes. Offensichtlich hatte er es sich in den Kopf gesetzt, ihr den Spaß zu verderben. Andere versuchten schreiend, die glatten Wände der Grube hinaufzuklettern, sobald sie die Schlange erkannten.

Wie ein Blutstrahl schnellte ihre dünne rote Zunge vor. Auch wenn er noch so ruhig wirkte, das Aroma der Angst wurde immer stärker, je näher sie ihm kam. Wie ein Netz aus unsichtbaren Fäden, dessen Maschen immer feiner wurden, hing der Duft der Angst in der Luft.

Sie legte den flachen Kopf auf seinen rechten Fuß und blickte zu ihm empor. Er verdrehte die Augen, um sie sehen zu können. Immer noch bewegte er sich keinen Zoll. Sie hatte so etwas schon bei Tieren erlebt, doch daß ein Mensch auf diese Weise erstarrte, war ihr neu.

Nakandoa hob den Kopf, rieb ihn an seiner Wade entlang und schob ihn unter die schwarze Kutte des Geweihten. Hier, gefangen unter dem schweren schwarzen Stoff der Priesterrobe, gewann der Duft des Novizen eine fast körperliche Beschaffenheit. Er roch nach Weihrauch und parfümierten Kerzen, nach fettigem Essen und Kloake. Nur der Moschusduft fehlte, den ein Liebender verströmt.

Die Zauberin spürte kurz den Widerstand der Seidenschnur, mit der das Gewand des Geweihten gegürtet war. Der Novize stöhnte. Sie fühlte, wie seine Knie zu zittern begannen. Überkam ihn nun doch die Panik, oder war es ihr Gewicht, das ihn zittern ließ? Sein Herz schlug laut wie eine Trommel, und die Gebete kamen ihm nur noch stockend über die Lippen. Sie zog die Windungen ihres Leibes ein wenig enger um seine Brust. Er stöhnte ...

Nakandoa schob den Kopf im Nacken des Mannes aus dem Gewand hervor und krümmte den Leib so, daß sie dem Todgeweihten in die Augen sehen konnte. Sie wünschte, sie hätte nun mit ihm reden können, doch mit ihrem menschlichen Leib hatte sie auch die Fähigkeit zu sprechen verloren. Es wäre ihr ein Genuß gewesen, den Jüngling zu verhöhnen und ihm, der sein Leben machtlosen Priestern geweiht hatte, die Herrlichkeit Borbarads zu verkünden.

Die blauen Augen starrten trotzig. Nakandoa zog den Leib noch ein wenig mehr zusammen. Der Geweihte versuchte, seine Muskeln zu spannen und sich ihr zu widersetzen. Endlich wurde die Sache ein wenig amüsanter! Doch sein Widerstand währte nur kurz ... Seine Gelenke knackten. Wann er wohl endlich mit dem Beten aufhören würde?

Seine Beharrlichkeit beunruhigte die Zauberin allmählich. Kannte der Priester denn keine Angst vor dem Tod? War dies das Geschenk Borons an seine Geweihten? Sie spannte den Leib und vermittelte ihm noch mehr von ihrer Kraft. Mit trockenem Krachen brach eine seiner Rippen. Fleh um Gnade! dachte sie wütend. Du bist nur ein Mensch!

Ein dünner Faden dunklen Blutes perlte von der Unterlippe des Mannes.

Unterwirf dich! Wütend spannte Nakandoa den Leib. Ihre Umarmung war nun so stark, daß der Geweihte nur noch japsend atmen konnte. Er brach in die Knie und kippte zur Seite. Siebenmal hatte sie sich um seinen Leib gewunden – und zog nun nur die mittlere der fleischlichen Schlingen enger. Weitere zwei Rippen brachen. Der Geweihte verdrehte die Augen. Ihr blauer Glanz wurde matter. Ein Blutschwall schoß über seine Lippen und benetzte warm ihren Leib. Der Kerl war tot! Vielleicht hatte einer der geborstenen Knochen sein Herz durchbohrt?

Zornig spannte sie die Muskeln bis zum äußersten, so

daß dem Toten dutzendfach die Knochen brachen. Nakandoa hob den Kopf und öffnete weit das Maul. Leise knackend schnappte der Unterkiefer aus seinem Gelenk. Dann senkte sie sich auf den Toten und begann zu schlucken. Sein Haar schmeckte nach Angstschweiß, doch da war noch etwas. Ein Aroma, das der Magierin fremd war und sie beunruhigte.

7. Kapitel

Noch vor dem Morgengrauen war der Stadtmarschall Oboto Florios geweckt worden. Er hatte Besuch von Ilian Naldor erhalten, dem Offiziersanwärter, den Commandanta Olibano zur Unterstützung angefordert hatte. Nun saß Oboto auf dem hohen Lehnstuhl hinter seinem Schreibtisch in der Kommandantur und erwartete den Besuch, der an diesem Morgen unausweichlich kommen würde. Er hatte die Hände hinter dem Kopf verschränkt und ließ die Fingerknöchel knacken. Dieser Naldor war ein fähiger Mann. Man sollte ihn befördern. Vielleicht war er sogar geeignet, den Posten der Olibano zu übernehmen …

Oboto hörte Schritte. Dann wurde die Tür aufgestoßen, ohne daß man sich auch nur die Mühe gemacht und angeklopft hätte. Sein Neffe trat ein: Immuel Florios, der Ordinarius aus der Stadt des Schweigens. Er hatte die Arme vor der Brust verschränkt und trug eine prächtige schwarze Robe mit breiten Silberborten. Sein buschiger Schnauzbart zitterte vor Zorn.

»Ist Er bereits darüber im Bilde, was sich Sein Banditenhaufen in der letzten Nacht geleistet hat?«

»Falls du auf die Observation der Villa Tuzak anspielen solltest, so bin ich bereits unterrichtet«, entgegnete Oboto ruhig. Sein gelassener Tonfall trieb Immuel zur Weißglut. Es dauert sicher nicht mehr lange, und er hat Schaum vor dem Mund, dachte Oboto schmunzelnd.

»Ich kann nicht nachvollziehen, was Er an einem Einbruch, verübt von Offizieren der Stadtgarde, sowie der Tötung eines sehr kostbaren Haustiers komisch findet. Wie Er weiß, sieht das Ius Meridiana im Falle von Eigentumsdelikten drakonische Strafen vor. Um den ohnehin schon beschädigten Ruf der Stadtgarde nicht noch weiter zu verschlechtern, bin ich zwar geneigt, nicht auf eine öffentliche Auspeitschung der beiden Offiziere zu bestehen, doch erwarte ich, daß sie umgehend degradiert und aus der Stadt entfernt werden. Ihre Namen lauten Alara Olibano und Ilian Naldor. Im übrigen wäre es klüger für Ihn, wenn Er die fortgesetzten Spitzeleien um die Villa Tuzak einstellen würde. Seine Neugier hat bereits an höchster Stelle Unmut erweckt.«

»Fortgesetzte Spitzeleien? Wovon redest du?« Oboto beugte sich auf seinem Stuhl vor und begann damit, die linke Spitze seines gezwirbelten Schnauzbartes zwischen Daumen und Zeigefinger zu drehen.

»Es ist nicht nötig, mir noch etwas vorzuspielen. Statt dessen sollte Er mir lieber sagen, aus welchem Grund der Offiziersanwärter Salpicio als Spitzel in die Villa Tuzak geschickt wurde. Der ehrenwerte Kaufmann Markud, der Besitzer des Anwesens, zeigt sich mehr als nur befremdet darüber, auf welch rabiate Art die Stadtgarde gegen ihn vorgeht! Ich warne Ihn hiermit noch einmal auf das dringlichste! Was in diesem Hause geschieht, geht Ihn und seine Männer einen Dreck an.«

Der Stadtmarschall war wie vor den Kopf gestoßen. »Warum sollte Salpicio einen Kaufmann bespitzelt haben, von dem ich noch nie etwas gehört habe? Da muß ein Mißverständnis vorliegen!«

»Wenn Er tatsächlich keine Ahnung davon hat, daß der Offiziersanwärter Salpicio als Lukian Borso, seines Zeichens Dichter aus Mirham, an den Gesellschaften in der Villa Tuzak teilgenommen hat, so stellt sich die Frage, ob jemand, der augenscheinlich nicht einmal weiß, was seine eigenen

Leute tun, noch geeignet ist, den Posten des Stadtmarschalls zu bekleiden.«

Oboto brauchte einen Augenblick, um die Fassung wiederzugewinnen. »Da Salpicio nicht im Auftrag der Stadtwache handelte, wird er wohl aus eigenem Antrieb und außerhalb seiner Wachdienste an diesen Festen teilgenommen haben.«

Der Hochgeweihte trat bis dicht vor den Schreibtisch. Er hatte die Stirn gerunzelt, so daß seine Augenbrauen eine Linie bildeten. »Dann war Salpicio wohl ein Spitzel in fremden Diensten«, kommentierte er ironisch.

»Wer zum Henker ist denn dieser Markud, daß solches Aufhebens um ihn gemacht wird? Ich will, daß dieser Kerl noch heute nachmittag in der Kommandantur vorstellig wird und darlegt, welche Art von Geschäften er in unserer Stadt tätigt.«

»Hast du Trottel denn noch immer nicht begriffen, daß Markud *unberührbar* ist?« Der Hochgeweihte hatte offenbar beschlossen, seine Strategie zu ändern, und schlug nun einen versöhnlicheren Ton an. »Du bist Blut von meinem Blute, der jüngste Bruder meiner Mutter. Ich werde nicht zusehen, wie du dir selbst die Schlinge um den Hals legst. Laß Markud aus dieser Sache heraus!«

Was fällt diesem aufgeblasenen Hurenbock ein, mich wie ein Kind zu behandeln? dachte Oboto wütend. »Mein lieber Neffe, bei dieser *Sache* handelt es sich immerhin um den Mord an einem meiner Offiziere. Wenn die Stadtgarde dem Fall nicht mit allergrößter Strenge nachgeht, dann sind wir als Ordnungsmacht in dieser Stadt schon bald keinen roten Heller mehr wert. Dir ist wohl nicht klar, daß dein Markud in der Reihe der Verdächtigen an allererster Stelle steht. Mir scheint es ganz so, als habe er, nachdem er entdeckte, daß Salpicio ein Spitzel ist, keine Zeit mehr verloren, um ihn aus dem Weg zu räumen.«

Immuel seufzte und schnitt dabei ein Gesicht, als spräche

er mit einem dickköpfigen Kind. »Mein lieber Onkel, ich will nur dein Bestes. Ich werde dir nun reinen Wein einschenken und vertraue darauf, daß du dich über unser Gespräch unter keinen Umständen gegenüber einem Dritten ausläßt. Die Gäste, die Markud in seinem Hause empfängt, lassen sich in drei Gruppen unterteilen. Zum einen gibt es dort die Künstler, Dirnen und Rahjadiener, die den Festen einen gefälligen Rahmen verleihen und im übrigen zu vernachlässigen sind, da sie nicht die geringste Ahnung davon haben, was wirklich vor sich geht. Gleiches trifft auf die zweite Gruppe der Gäste zu. Es sind jene mehr oder minder bedeutenden Tunichtgute, die ihren Lebensinhalt darin sehen, kein Fest in dieser Stadt, zu verpassen, und ihr Vermögen für Kleidung und ansehnliche Leibdiener verprassen. Beide Gruppen dienen der Fassade, um den wahren Zweck der Zusammenkünfte in der Villa Tuzak zu verschleiern. Bei der dritten Gruppe handelt es sich um einige Mitglieder des Rates der Zwölf, deren Namen hier im einzelnen nichts zur Sache tun. Sie führen Verhandlungen mit einer Gesandten aus Maraskan, die in ihrer Überspanntheit unter den anderen Gästen nur wenig Aufsehen erregt.«

Oboto hörte auf, an seiner Schnurrbartspitze zu drehen, und schluckte. »Eine Gesandte aus Maraskan? Du meinst …«

»Genau das!« Der Hochgeweihte sah sich um, als befürchte er, man könne ihr Gespräch belauschen. »Keine Namen! Nach dem Wunsch des Patriarchen höchstselbst soll nicht bekannt werden, daß sich diese Gesandte in der Stadt aufhält.«

»Aber …«

»Mein lieber Onkel, ich schulde dir keine Erklärungen und hoffe, du begreifst, daß die Wünsche des Patriarchen wie Befehle aufzufassen sind. Dies ist keine Angelegenheit für die Stadtgarde! Haben wir uns verstanden?«

»Und der Tote? Ein Mord ist geschehen!«

»Hier handelt es sich um Politik. Offengestanden weiß ich

nicht, wer die Exekution Salpicios angeordnet hat …« Der Hochgeweihte machte eine wegwerfende Geste. »Aber was bedeutet das schon? Betrachte ihn als einen Kriegsgefallenen … Dann mußt du dein Gewissen nicht damit belasten, einen Mord nicht weiter verfolgt zu haben. Das heißt, falls du so etwas wie ein Gewissen hast, Onkel. Du weißt, daß man mit derlei Gebrechen in unserer Stadt nicht weit kommt. Also pfeif deine Hunde zurück und vergiß die Villa Tuzak!«

»Und wenn ich das nicht täte? Zum Beispiel deshalb, weil ich es nicht gewohnt bin, einfach zu kuschen?«

Der Hochgeweihte lächelte überlegen. »Dann wäre es wohl möglich, daß der Patriarch dich auffordert, nach mehr als fünfzehn Jahren des aufopferungsvollen Dienstes an der Spitze der Stadtgarde dein Amt niederzulegen, um in den wohlverdienten Ruhestand zu treten und für einen Jüngeren Platz zu machen.«

Der Stadtmarschall ließ sich in seinen Lehnstuhl zurücksinken, der unter dem Gewicht des massigen Körpers leise knarrte. »Und ich nehme an, daß du, obwohl ich unserer Familie dank meiner Stellung so manchen Dienst erweisen konnte, dennoch für meinen Rücktritt plädieren würdest, sollte dich der Patriarch nach deiner Meinung zu diesem Fall fragen.«

»Nun ja, nimm es nicht persönlich, aber wenn du untragbar wirst, gefährde ich meine Stellung. Man würfe mir im Rat der Zwölf Vetternwirtschaft vor, wenn ich zu entschieden für dich Partei ergriffe. Das könnte mich meinen Sitz im Rat kosten … Sicher ist der Verlust eines Stadtmarschallspostens für unsere Familie ein schwerer Schlag, doch sollten wir auch den Sitz im Rat der Zwölf verlieren, so wäre dies eine Katastrophe!«

»Ich nehme deine Äußerungen aber persönlich, du miese kleine Schlange! Wem gilt eigentlich deine Treue? Deiner Familie oder dem Rat?« Es kostete Oboto einige Willenskraft,

Immuel nicht einfach anzuschreien. Obwohl sie Neffe und Onkel waren, hatten beide fast dasselbe Alter. Sie kannten sich ein Leben lang, und Oboto wußte, daß es Immuel wesentlich mehr beeindruckte, wenn es ihm gelänge, sich zu beherrschen.

»Deine Beleidigungen führen zu nichts. Was verlange ich schon von dir? Du sollst lediglich deine Schnüffler an die Leine nehmen.«

»Was hieltest du davon, wenn ich in die Stadt des Schweigens käme, um dir zu erklären, was du als Ordinarius zu tun hast?«

Immuel räusperte sich. »Ich bin auf Anweisung des Patriarchen hier …«

»… und weil es dir Vergnügen bereitet, mich zu demütigen. Der Patriarch hätte auch einen anderen schicken können. Wieviel zählt dein Blut eigentlich noch für dich, seit du die Priesterrobe angelegt hast? Wem gilt deine Treue? Ich habe mich erst gestern über eine Anweisung des Patriarchen hinweggesetzt, um dich zu decken.« Oboto setzte ein triumphierendes Lächeln auf. »Und wenn du nicht schon jetzt zu mir gekommen wärest, so hätte ich dich spätestens zur Mittagsstunde aufgesucht, um dich zu warnen.«

Immuel schien verwirrt. »Mich zu warnen? Ich glaube, du verwechselst etwas!«

»Du bist wahrscheinlich über das Vorgehen in bezug auf die Verhinderung der Ausbreitung einer Seuche im Bilde.«

»Natürlich. Ich selbst habe gestern den Befehl erteilt, den *Kalifenthron* niederzubrennen …«

»Was für jemanden, der sich im Khomkrieg in keiner Weise hervorgetan hat, sicherlich eine besondere Befriedigung war«, spottete Oboto.

Immuel überhörte die Bemerkung und fuhr einfach fort. »Wir haben die Seuche im Griff! In der letzten Nacht sind – abgesehen von den Verhaftungen, die der Ordens-Großmeister Delazar vornehmen ließ – nur noch sechs Kranke aufgegriffen worden.«

»Ich weiß … Die Hälfte von ihnen wurde zur Sklaveninsel gebracht, weil sie Umgang mit einer Hure aus dem Hafenviertel hatten … Das Mädchen hat alle Namen ihrer Freier genannt.«

Der Hochgeweihte schien eine Spur blasser geworden zu sein. »Und was hat das mit mir zu tun?«

Oboto streckte ihm den verstümmelten Ringfinger seiner Linken entgegen. »Manche Dinge machen uns unverwechselbar, Neffe. Auch wenn wir eine Maske tragen. Wie fühlst du dich eigentlich in letzter Zeit? Du siehst gar nicht gut aus, weißt du das?« Der Stadtmarschall verschränkte die Hände hinter dem Kopf und genoß das Entsetzen des Hochgeweihten. »Hielte ich mich buchstabengetreu an die Befehle des Patriarchen, so hätte ich dich im Grunde in der vergangenen Nacht abholen lassen müssen. Ich trüge natürlich dafür Sorge, daß du auf der Sklaveninsel bevorzugt behandelt würdest.«

»Du bist dir ganz sicher?« fragte der Hochgeweihte mit gebrochener Stimme.

»Die Kleine hat dich als Hochgeweihten erkannt und deinen Ringfinger gesehen. Da hättest du ihr auch gleich deinen Namen nennen können. Warum mußt du deinen Schwanz auch in jede Fotze stecken, du Trottel? Ines de Porta nannte sich dein Vögelchen. Erinnerst du dich noch an sie?«

Immuel nickte. »Ja.« Der Geweihte ließ sich auf dem niedrigen Stuhl vor dem Schreibtisch des Stadtmarschalls nieder. Er konnte seinem Onkel nicht mehr in die Augen sehen. »Wirst du deine Männer schicken, um mich holen zu lassen?«

»Das hängt ganz von dir ab.«

»Was willst du?«

»Der Sold der Stadtgarde ist seit fünf Jahren nicht mehr erhöht worden. Das ist schlecht für die Moral der Männer. Und wenn man die Sache in der Villa Tuzak einfach vergessen könnte, wäre das auch nicht von Übel.«

»Wer weiß außer dir Bescheid, Onkel?«

»Das Mädchen und einer meiner Offiziere. Außer ihnen gibt es keine Zeugen.«

»Und der Name des Offiziers ...«

»Langsam.« Oboto erhob sich und begann im Zimmer auf und ab zu gehen. Er wußte, was diesem Rondarion blühen würde, wenn er dem Ordinarius seinen Namen nannte. Auf der anderen Seite war der Kerl nur ein junger Offiziersanwärter aus einer unbedeutenden Familie ... »Wenn ich einen meiner Männer opfere, erwarte ich greifbare Gegenleistungen. Zum einen muß ich davon hören, daß du dich in deiner Cella in der Stadt des Schweigens in strenge Klausur begeben hast. Wir wollen schließlich nicht, daß die Seuche unter der Geweihtenschaft um sich greift ... Des weiteren gibt es sicherlich noch jemanden im Rat, der dir einen Gefallen schuldet. Es sähe schließlich schlecht aus, wenn ausgerechnet du um höheren Sold für meine Männer bätest. Sobald ich höre, daß dieses Thema vor dem Patriarchen wenigstens zur Sprache gebracht wurde, nenne ich dir den Namen.«

Als Alara erwachte, blickte sie auf ein paar schmutzige Füße in abgewetzten Sandalen. »Erstaunlich, welch leichten Schlaf Ihr habt, Commandanta. Und das in dieser Lage ...«

Müde hob die Gardistin das Haupt. Sie fühlte sich zerschlagen. Die Glieder schmerzten, und sie fror. Vor ihr stand Orlando Oros, der Medicus aus der Gladiatorenarena. »Was wollt ... Ihr ... hier?« keuchte sie kurzatmig.

»Als Ihr gestern Euren *Zaubertrunk* bei mir abgeholt habt, dachte ich mir, daß Ihr sicher nicht lange warten würdet, davon zu kosten. Im Grunde wollte ich nur sehen, ob Ihr noch lebt, und gegebenenfalls alle Spuren verwischen, die auf mich hinweisen.«

»Ein beruhigendes Gefühl, an einen so fürsorglichen Heilkundigen geraten zu sein ...« Mit einem Seufzer stand Alara auf und setzte sich auf das Bett.

»Sagt nicht, daß ich Euch nicht gewarnt hätte, Commandanta. Dieser Trunk ist nicht ganz ungefährlich. Ihr solltet ihn unter keinen Umständen regelmäßig zu Euch nehmen.« Oros musterte sie wie einen Gaul auf dem Pferdemarkt. »Habt Ihr etwas dagegen, wenn ich Euch einmal näher untersuche? Vielleicht kann ich ja etwas für Euch tun.«

»Glaubt mir, gegen mein Leiden ist kein Kraut gewachsen ...«

Der Heiler nickte zu der Pfeife neben dem Bett. »Falls Ihr damit meint, daß Pfeifenkraut für Euch nicht mehr das rechte ist, so kann ich Euch nur zustimmen. Würdet Ihr Euch nun bitte freimachen?« Er holte eine lederne kleine Tasche, die er neben dem Brunnen abgestellt hatte, und kramte ein hölzernes Hörrohr daraus hervor.

Als Oros seine Instrumente wieder verstaute, machte er ein ernstes Gesicht. Alara hatte diesen Augenblick gefaßten Schweigens, bevor man ihr das Todesurteil verkündete, schon bei so vielen Heilkundigen beobachtet, daß er seinen Schrecken für sie fast verloren hatte.

Oros sah sie an und schüttelte den Kopf. »Warum seid Ihr nicht schon früher zu einem Medicus gegangen, Commandanta? Gegen dieses Lungenleiden hätte man etwas tun können ...« Er blickte sich in dem Turmzimmer um. »Ihr seid doch nicht arm. Ihr hättet auch den Preis eines heilkundigen Magiers bezahlen können.«

»Glaubt Ihr, ich hätte nicht alles versucht? Haltet Ihr mich für eine Närrin?« Sie zuckte ergeben mit den Schultern. »Welche Rolle spielt das noch? Ich sagte ja schon, daß dagegen kein Kraut gewachsen ist ...« Alara sah ihn geradeheraus an. »Wie lange noch?«

»Das liegt ganz in Eurer Hand«, antwortete der Heiler ausweichend. »Wenn Ihr vernünftig seid, bleibt Euch vielleicht noch eine ganze Weile. Die schwüle, stickige Luft hier im Süden tut Euch nicht gut. Ihr solltet in den Norden reisen, Commandanta Olibano, und das am besten auf dem Seeweg, damit Ihr keinen großen Strapazen ausgesetzt seid. Wenn Ihr so weitermacht wie in der letzten Nacht, gebe ich Euch höchstens noch eine Woche.«

»Eine Woche muß also reichen«, murmelte sie. »Das ist wenig!«

»Ihr wißt, daß Euer Ende … Es wird ein langsamer und qualvoller Tod sein. Ihr werdet ersticken.«

Alara lächelte breit. »Ihr macht mir wirklich Mut, Oros. Unter Gladiatoren gewöhnt man sich wohl etwas rauhere Umgangsformen an.«

»Ihr scheint mir niemand zu sein, der es schätzt, wenn man ihm etwas vormacht, Commandanta.«

»Vielleicht täuscht das ja …«

»Wenn Ihr von dem Trunk, den ich Euch gestern angefertigt habe, zwei Gläser innerhalb von zwei Tagen zu Euch nehmt, dann … Ich meine, vielleicht ist es zum Schluß leichter so.« Der Medicus setzte sich, kramte ein Blatt Papier aus seiner Tasche und machte mit einem Kohlestift ein paar Notizen.

»Was tut Ihr da, Oros?«

»Ich schreibe mir auf, wie es um Euch steht.«

Alara schnaubte. »Was soll das nutzen?«

Der Heiler sah sie eindringlich an. »Ich habe die Hoffnung noch nicht ganz aufgegeben, daß es vielleicht einen kleinen Rest von Vernunft in Eurem Dickschädel gibt und ich Euch noch länger als nur eine Woche lang besuchen werde. Ich glaube, mit einer Krankheit ist es ein wenig so, wie wenn man einem Mörder nachstellt. Ihr müßt wissen, daß jeder Mensch unterschiedlich reagiert. So wie bei den Mördern gibt es auch unter den Krankheiten solche, deren Handschrift unverkennbar ist. Sie zu stellen, ist leicht. Anderen hingegen muß man lange nachspüren, bis man sie beim Namen nennen kann. Dann ist es besser, ein paar Notizen zu haben, damit man sich an alles richtig erinnert. Ihr seid schließlich nicht die einzige Kranke, die ich besuche, und es könnte schlimme Folgen haben, wenn ich eine Einzelheit verwechsle oder mich nicht mehr richtig erinnere.« Er lächelte verschmitzt. »Man wird schließlich nicht jünger.«

Alara starrte auf den Boden und dachte nach. Fröstelnd zog sie sich die Decke um die Schultern, doch die Kälte wollte nicht weichen. Sie war zu einem Entschluß gelangt. »Wenn Ihr mir ohnehin nur noch eine Woche gebt, dann kann ich Euch alles sagen. Ihr braucht Euch keine Mühe zu geben. Ich leide unter keiner Krankheit. Es ist ein Fluch!«

Oros zwinkerte mit den Augen. »Das meint Ihr sinnbildlich …«

»Keineswegs. Drei Jahre meines Lebens habe ich damit verbracht, in Jergan den geheimen Zirkel der weißen Lilie zu zerschlagen. Als ich dort das Kommando über die Stadtwache übernahm, war ich jung und ehrgeizig. Ich hatte mich aus alanfanischen Diensten zurückziehen müssen, als sich zeigte, welche Politik Amir Honak gegen die Günstlinge seines Vaters verfolgte. Als ich nach Jergan kam, war ich fest entschlossen, den kaiserlichen Beamten zu zeigen, wie man in einer solchen Stadt aufräumt. Ich habe mich mit Schmugglern, Falschmünzern, Verschwörern und Rebellen herumgeschlagen. Zu den Verschwörern gehörte auch der Geheimbund der weißen Lilie, so dachte ich jedenfalls … Deren Mitglieder hatten eine Todesliste aufgestellt und verschiedene Attentate auf Beamte und Offiziere durchgeführt. Es war verdammt schwer, diesen Rebellen beizukommen, da sie von fast jedem Maraskaner unterstützt wurden. Schließlich spielte uns ein Verräter eine Namensliste der führenden Mitglieder der weißen Lilie zu. Es waren so viele, daß ich das

Eliteregiment der Drachengarde um Unterstützung bitten mußte, denn damit keiner entkommen konnte, sollten alle Verhaftungen zur gleichen Stunde durchgeführt werden. Siebenundvierzig Männer und Frauen waren es. Sie wurden noch in derselben Nacht nach Kriegsrecht abgeurteilt. Die meisten hat man nach Rulat geschickt, wo sie in den kaiserlichen Kerkern verschwanden. Die vier Anführer jedoch wurden noch am nächsten Tag am Hafen von Jergan öffentlich verbrannt.« Alara starrte zu Boden. Jetzt, da sie davon sprach, sah sie die Scheiterhaufen wieder vor sich. Es war ein strahlender Sommermorgen gewesen …

»Und der Fluch?«

»Drei Männer und eine Frau wurden hingerichtet. Sie hieß Salide. Ich stand vor der Wachkette, die von den Stadtgardisten um den Richtplatz gezogen worden war. Salide befand sich keine drei Schritt von mir entfernt. Sie hatte hellgraue Augen … Ihr Blick war wie ein gesprochener Befehl. Ich mußte ihr in die Augen sehen, als man die Fackel an ihren Scheiterhaufen legte. Und in diesem Augenblick verfluchte sie mich. Sie sagte, ich würde denselben Tod wie sie erleiden, nur unendlich viel langsamer.«

»Dann solltet Ihr Euch also vor dem Feuer hüten …« Oros wollte lachen, doch sein Gesicht geriet nur zur Grimasse.

Alara sah ihn nun an. »Ihr wißt es doch besser, oder? Als Heilkundiger sollte Euch bekannt sein, daß man auf dem Scheiterhaufen meist im Rauch erstickt, lange bevor einen die Flammen töten.«

Der Medicus nickte. »Ja … Ihr seid also von einer Hexe verflucht worden …«

»So scheint es.« Sie zuckte mit den Schultern. »Es hat fast ein Jahr gedauert, bis ich merkte, wie ich allmählich kurzatmiger wurde. Zunächst bin ich zu Heilkundigen gegangen. Man glaubte, ich litte an der blauen Keuche. Als mir niemand helfen konnte, versuchte ich es bei Magiern … Vergebens!

Danach beschäftigte ich mich noch einmal mit den Akten zur weißen Lilie. Ich fand heraus, daß ein Mann, den ich seit Jahren verfolgte, dafür gesorgt hatte, daß mir die Namensliste zugespielt wurde. Das geschah nur einen Monat vor der Eroberung Borans. Zu dieser Zeit häuften sich die Indizien dafür, daß eine ungeheuerliche Verschwörung im Gange war. Als Boran fiel und ganze Regimenter der kaiserlichen Armee zum Dämonenmeister desertierten, begriff ich, welche Ausmaße mein Irrtum hatte. Wie alle, die ihr Haupt nicht vor dem Dämonenbanner beugten, mußte ich fliehen ... Doch ich verließ die Insel mit dem Wissen, wesentlich zu dem Geschehen beigetragen zu haben. Die Namen auf der Todesliste der weißen Lilie gehörten ausnahmslos Beamten und Offizieren, die beim großen Verrat zu Borbarad überliefen.«

Oros sah sie lange an. Dann fragte er leise: »Wie hättet Ihr das wissen sollen?«

»Solche Dinge zu wissen, ist mein Beruf!«

Die beiden schwiegen eine Weile, und es war nur das beruhigende Plätschern des Brunnens zu hören. Schließlich stand der Medicus auf und nahm seine Tasche. »Ich muß in die Arena zurück. Für heute nachmittag sind Übungskämpfe mit scharfen Waffen befohlen«, murmelte er entschuldigend. Er zwinkerte und blieb unschlüssig stehen. »Was werdet Ihr jetzt tun?«

»Meinen Dienst.« Alara lächelte bitter. »Ich hätte schon vor Stunden in der Kommandantur sein sollen.«

»Ihr wißt, daß es klüger wäre, nach dieser Nacht zu ruhen. Es wird sonst nicht lange dauern, bis Ihr den nächsten Erstickungsanfall bekommt. Sie werden in immer kürzeren Abständen auftreten ...«

»Erzählt mir etwas Neues, Oros! Was Ihr da sagt, spüre ich mit jedem Atemzug. Ich darf jetzt noch nicht krepieren ... Ich ... Dieser Schurke, der mir damals die Namensliste zuspielen ließ, hält sich in der Stadt auf. Und ich weiß, daß er auch diesmal in die Intrigen des Dämonenmeisters verstrickt ist. Wie könnte ich da ruhen?«

Oros strich sich nachdenklich über das Kinn. »Wart Ihr jemals seit dem Vorfall in Jergan in einem Tempel, um die Götter um Vergebung zu bitten?«

»Die Götter haben Borbarad auf Maraskan nicht aufgehalten … Ihnen ist das Schicksal der Menschen gleich. Meine Prüfung besteht darin, ob ich den Schurken diesmal aufhalten kann, bevor er erneut Unheil anrichtet.«

»Habt Ihr nie darüber nachgedacht, ob Borbarad vielleicht nur deshalb zurückkehren konnte, weil es zu viele wie Euch gibt, Commandanta Olibano? Offiziere, die entschlossen ihre Pflicht tun, ohne nachzudenken, was sie dabei anrichten.«

Alara ballte wütend die Fäuste. »Ihr seid lediglich mein Heiler, Oros … Oder haltet Ihr Euch nun auch für mein Gewissen? Darf ich Euch daran erinnern, mit welchem Eifer Ihr Eurer Pflicht nachgingt, als Salpicio aufgeschnitten werden sollte? Manche halten auch den Wissensdurst der Anatomen für gottlos!«

8. Kapitel

Alara war in schlechter Stimmung, als sie in der Kommandantur ankam. Ihre Lungen schmerzten, und sie litt unter Hustenkrämpfen. Sie hatte mehr als eine halbe Stunde für den Weg gebraucht, und die ganze Zeit über hatte es in Strömen geregnet. Zu allem Überfluß fand am späten Nachmittag auch noch das Totenfest für Salpicio statt. Als seine Vorgesetzte mußte sie dort erscheinen ...

Stumm brütend starrte sie auf den Fluß hinaus. Sie kam nicht weiter, und die Zeit lief ihr davon. Wie lange ihr wohl noch bleiben würde?

»Commandanta?«

Mürrisch drehte sie sich um. Sie war nicht in der Stimmung, Ilian um sich zu haben. »Was willst du?«

Der junge Offiziersanwärter wirkte aufgeregt. Zu seinen Füßen sammelte sich eine Pfütze. Offensichtlich war auch er im Regen unterwegs gewesen. »Ich weiß nun, warum Salpicio kein Blut auf seinen Kleidern hatte. Es gibt nur eine Erklärung dafür.«

»Und die wäre?«

»Das solltet Ihr sehen, Commandanta. Ich zeige es Euch. Das ist besser als viele Worte.«

»Willst du mir vielleicht die Kehle durchschneiden?« fragte sie spöttisch.

»Kommt einfach. Dann werdet Ihr es sehen.«

Alara zögerte kurz, dann nahm sie ihren Umhang von dem Haken neben der Tür und folgte Ilian. Er führte sie über den Hof der Kommandantur bis zur Brücke, die zum Ostufer des

Hanfla führte. Daneben erhob sich düster der Tempel des Mantikors. Das ganze Gebäude war aus schimmerndem schwarzen Obsidian erbaut. Regennaß wirkten die Steine wie poliert. Unter dem Portikus vor den hohen Bronzetoren hatte eine Handvoll Söldner vor dem Regen Zuflucht gesucht. Kor, dem dieser Tempel geweiht war, galt als ihr Schutzgott, und wer immer in Al'Anfa nach Männern und Frauen suchte, die ihre Klingen vermieteten, kam zuerst hierher.

Auch zwei Händler, die allerlei Getier feilboten, hatten sich unter den Säulenvorbau geflüchtet. Bei einem von ihnen kaufte Ilian ein schwarzes Lamm. Die Beine des Tiers waren mit einer Lederschnur zusammengebunden, damit der Gardist es sich leichter über die Schulter legen konnte.

»Hast du mich hergebeten, um mir zu zeigen, zu welchem Gott du betest, wenn dein Verstand dir nicht mehr weiterhilft?«

»Es kann nicht schaden, den Gott des Blutes günstig zu stimmen, wenn es darum geht, einen Verantwortlichen für den Mord an Salpicio zu finden. Kor hilft allen, die kühlen Mutes sind!« Ohne sich weiter nach ihr umzuschauen, stieg Ilian die Stufen zum Bronzetor hinauf.

Alara folgte ihm. Das Innere des Tempels bestand aus einer einzigen großen Halle. Dem Eingang gegenüber stand das steinerne Bildnis eines wohl drei Schritt großen Mantikors, einer gräßlichen Gestalt mit dem Leib eines Löwen, einem Menschengesicht und dem Schwanz eines Skorpions. An den Wänden brannten Fackeln in eisernen Haltern. Daneben waren schartige Waffen, Schilde und zerschlagene Rüstungen aufgehängt. Schlachtentrophäen, der Tribut, den die Gläubigen dem Gott des Blutes zollten.

Ilian sprach kurz mit einem Geweihten, dessen Gesicht hinter einer polierten Messingmaske verborgen war. Diese zeigte ein Menschengesicht, umgeben von einer Löwenmähne. Schließlich reichte der Gardist dem Geweihten das Lamm, das jämmerlich zu blöken begann. Das Tier auf den Armen, trat der Mann an den breiten Altar, der vor dem Götterbild stand.

Alara mußte an die Worte des Heilers denken. Vielleicht war es vermessen von ihr, nicht mehr an die Gnade der Götter glauben zu wollen. Sie spürte, wie ihr Herz schneller zu schlagen begann. Der düstere Tempel wirkte beklemmend. Es roch nach Blut und Weihrauch. Das Atmen fiel ihr noch schwerer … Sollte sie schon jetzt den nächsten Anfall bekommen? Oder war es ein Zeichen Kors, daß er keine Zweiflerin in seinem Haus duldete?

Ilian war an ihre Seite getreten. »Seht genau hin, was der Geweihte tut, Commandanta.«

Alara biß sich auf die Lippen, um nicht keuchend nach Atem zu ringen. Sie wollte neben Ilian keine Schwäche zeigen.

Der Geweihte hatte das Lamm auf den schwarzen Altar gelegt und den Kopf geneigt. Es schien, als spräche er ein stummes Gebet. Dann plötzlich hob er ein Obsidianmesser vom Altar und bog den Kopf des Lamms weit auf den Rücken. Mit einem schnellen Schnitt durchtrennte er die Kehle des Tiers. Das ängstliche Blöcken erstarb zu einem leise gurgelnden Geräusch.

»Seht Ihr, wie das Blut aus der Wunde spritzt. Wenn der Geweihte den Kopf nur weit genug zurückbeugt, fällt kein einziger Blutstropfen auf das Brustfell. Ihr erinnert Euch? Salpicios Kleider waren überhaupt nicht mit Blut besudelt … Erstaunlich bei einem Mann, dem man die Kehle durchgeschnitten hat!«

»Du meinst also, man hätte unseren Kameraden wie ein Opferlamm geschächtet? Ich denke, Salpicio hätte sich gewehrt! Er wies aber keine Schrammen oder andere Verletzungen auf, wie man sie bei einem Kampf erwarten sollte.«

»Dafür kann es viele Erklärungen geben, Commandanta. Vielleicht war der Mörder ein Gast, dem er vertraute? Jemand, der hinter ihm ging, hätte Salpicio leicht bei den Haaren packen können, um ihn zurückzureißen und ihm dann den Dolch über die Kehle zu ziehen. Das Ergebnis wäre dasselbe wie bei dem Opferlamm. Tödlich verletzt hätte sich Salpicio nicht mehr wehren können. Der Mörder zerrt ihn hinüber in den Hof, legt ihn auf die gemauerte Bank und läßt ihn wie ein Stück Schlachtvieh ausbluten. Dann schneidet er noch schnell den Geldbeutel ab, um einen Raubmord vorzutäuschen. Ich war heute morgen noch einmal auf dem Hof und habe mir alles genau angesehen. Die Örtlichkeiten dort sind wie geschaffen für einen Überfall dieser Art.«

Alara musterte den Gardisten. »Du hast eine bemerkenswerte Vorstellungskraft, Ilian. Was du da erzählst, klingt wirklich einleuchtend. Dann müssen wir also nur noch herausfinden, mit welchem der Gäste unser Kamerad einen gemeinsamen Heimweg hatte. Hast du schon einen Verdacht?«

»Ja. Zu den Gästen gehörte ein Elf. Sirlon heißt er. Und soll ich Euch das Erstaunlichste verraten? Er wohnt keine hundert Schritt von dem Hof entfernt, auf dem man Salpicio gefunden hat.«

»Ein Elf ...« Alara schüttelte den Kopf. »Das kann ich mir nicht vorstellen.«

»Habt Ihr einen besseren Vorschlag?« fragte Ilian trotzig. »Was ist mit dem Verdächtigen, dessen Namen Ihr mir nicht nennen wollt?«

»Alles zu seiner Zeit. Wir werden den Elfen aufsuchen. Vielleicht kann er uns ja ein wenig über den Hausherrn und seine Gäste erzählen. Du hast schon recht, Ilian ... In unserer Lage können wir es uns nicht leisten, eine Spur außer acht zu lassen. Ich schlage vor, wir besuchen deinen Elfen nach dem Leichenfest.«

Der Gardist nickte zufrieden. Gemeinsam verließen sie den düsteren Tempel.

»Ach, Ilian, hast du heute morgen eigentlich schon etwas vom Stadtmarschall gehört? Ich bin erst spät zum Dienst gekommen …«

»Nein. Der Alte ist mir nicht begegnet.«

»Eigenartig … Ich hätte darauf gewettet, daß wir wegen gestern abend noch einigen Ärger bekommen.«

Markud blieb neben der Turmruine kurz stehen und musterte das verfallene Gemäuer. Wie konnte man sich nur einen solchen Platz als Wohnstätte aussuchen? Er schmunzelte. Alara war schon immer ein wenig verschroben gewesen, aber das hier … Er dachte an den kurzen Bericht, den ihm der Diener erstattet hatte, der ihr nach dem Zwischenfall in der Nacht gefolgt war. Der Heiler aus der Gladiatorenarena war früh am Morgen bei ihr zu Besuch gewesen. Markud schüttelte den Kopf. Sie war wirklich verschroben geworden!

Er setzte seinen Weg fort. Nicht weit vom Turm entfernt lag das Anwesen Baluras von Mirham. Ein hübsches, weiß verputztes Haus in einem großen Garten. Wie weit man es doch als Schmiedin bringen konnte! Eine hohe Mauer schützte das Gelände vor den Blicken Neugieriger. Das schmiedeeiserne Tor bildete den einzigen Zugang. Man erwartete ihn dort bereits. Ein hochgewachsener Jüngling mit breitem Kreuz und Rußflecken im Gesicht führte Markud zu der Schmiede, die ein wenig abseits des Hauses unter einer Gruppe alter Brotfruchtbäume lag. Durch den ganzen Park hörte man den rhythmischen Schlag der Hämmer.

Balura selbst stand am Amboß. Als sie Markud sah, legte sie ihre Arbeit zur Seite und trat dem Kunden entgegen. »Ich bin in der Nacht fertig geworden. War ein hartes Stück Arbeit. Ich denke, es ist ganz brauchbar.«

Markud lachte. »Nur keine falsche Bescheidenheit. Wir wissen beide, daß Ihr zu den drei oder vier besten Schmieden gehört, die man finden kann. Ich erwarte von Euch nicht weniger als ein Meisterwerk.«

Balura hüstelte verlegen. Sie war eine mittelgroße, stiernackige Frau um die Vierzig. Die Schmiedin trug lediglich eine Lederschürze und eine abgewetzte braune Hose. Ihre Hände erschienen Markud so groß wie Spatenblätter, die braunen Arme waren von knotigen Muskeln bedeckt. Ihre ganze Erscheinung konnte man nicht anders als ehrfurchtgebietend nennen, und doch schoß ihr bei Markuds Kompliment das Blut in die Wangen, und sie blickte bescheiden zur Seite.

»Ihr macht mich verlegen«, brummte sie mit einem tiefen Baß. »Seht es Euch lieber erst einmal an, bevor Ihr mir so reichliche Vorschußlorbeeren spendet.« Sie gab dem jungen Mann, der Markud zur Schmiede geleitet hatte, einen Wink. »Hol das Schwert, das du gestern poliert hast!«

Es dauerte einen Augenblick, bis der Gehilfe mit einer wundervoll gearbeiteten Klinge aus bläulich schimmerndem Stahl zurückkehrte. Es war ein Tuzakmesser mit einem Griff, über dem sich ein bronzener Handbügel spannte, der auf der Rückseite in eine aufwärts gekrümmte Parierstange überging. Der Griff war mit dunkelrot gefärbten, breiten Riemen aus Kalbsleder umwickelt. In den Knauf der Waffe hatte Balura einen schillernden Opal eingesetzt.

»Darf ich Euch die Schärfe der Klinge vorführen?« Balura wartete Markuds Antwort nicht ab, sondern zog ein schmuddeliges Seidentuch hinter ihrer Schürze hervor und warf es in die Luft. Dann streckte sie die Klinge aus, so daß das Seidentuch daran hängenbleiben mußte, wenn es herabschwebte.

Beide beobachteten, wie das Tüchlein sanft schaukelnd herniedersank und von der fein geschliffenen Schneide in zwei Teile zerschnitten wurde, ohne daß Balura das Schwert auch nur im geringsten bewegt hätte.

Markud nickte anerkennend. »Beeindruckend.«

»Ihr werdet kein schärferes Schwert in der Stadt finden …« Sie blinzelte und bedachte ihn mit einem schelmischen Blick. »Allerdings sind noch ein paar andere Klingen von mir im Umlauf, die dieser in nichts nachstehen.« Balura packte das Tuzakmesser bei der Spitze, bog den Stahl und ließ ihn federnd wieder zurückschwingen. »Brechen wird dieses Schwert nicht«, erklärte sie stolz.

»Und Ihr habt alle Angaben, die ich Euch gemacht habe, genauestens berücksichtigt?«

»Selbstverständlich! Es wurde nur der Stahl verwendet, den Ihr brachtet. Das glühende Metall wurde in einer Nacht, da sich Madas Antlitz nicht am Himmel zeigte, in Stierblut gehärtet, und ich habe Knochenmehl in die Esse gestreut, bevor ich mit der Arbeit begann.«

»Sehr schön … Darf ich einmal?«

Balura reichte ihm das Schwert mit dem Griff voran. Die Klinge war leicht gekrümmt und der Griff so lang, daß man die Waffe auch mit beiden Händen führen konnte. Zufrieden stellte Markud fest, daß der Parierbügel ihn nicht behinderte und doch seine Hände schützen würde. Er trat ein Stück zurück und vollführte eine schnelle Folge von Schlägen, wobei er mehrfach die Führungshand wechselte. Dann sah er wieder zu Balura hinüber. »Ist alles vorbereitet?«

»Selbstverständlich!« Sie führte ihn um das Gebäude der Schmiede herum. Auf einer kleinen Wiese steckten armdicke Stangen aus Brabaker Rohr im Boden, auf denen Melonen aufgespießt waren.

»Die Stangen sind genau an den Stellen aufgestellt, die Ihr gestern ausgesucht habt. Ich hoffe, auch die verschiedenen Höhen sind so getroffen, wie Ihr es wünscht.«

Markud schritt prüfend die Wiese ab. Er sah auf den ersten Blick, daß die Stangen nicht korrekt aufgestellt waren. Er schmunzelte. Wieder einmal fand er sich darin bestätigt, daß jeder Plan an einer Unzahl von Unabwägbarkeiten des Lebens scheitern konnte. Das hieß nicht, daß es sinnlos war, sich ein Ziel zu setzen und es mit aller Kraft erreichen zu wollen, sondern es zeigte lediglich, wie müßig es war, zu viele Schritte im voraus zu planen. Zuletzt würde immer der siegen, der die Gabe besaß, sich am schnellsten auf die neuen Umstände einzustellen.

Prüfend strich Markud mit der Stiefelspitze durch das nasse Gras. Der Regen hatte den Boden rutschig gemacht. Eine echte Herausforderung! Markud streifte seinen weiten tulamidischen Mantel ab und ließ ihn ins Gras fallen. Dann schleuderte er seinen Filzhut zur Seite, streckte sich und prüfte ein letztes Mal die Ausgewogenheit der Waffe. Markud spürte die Blicke Baluras im Rücken. Er schmunzelte. Publikum spornte ihn stets an.

Mit einem Satz schnellte er vor, zerteilte eine Melone und traf sie mit einem Rückhandhieb noch ein zweites Mal, bevor sie zu Boden fiel. Markud setzte mit einem Salto über zwei Stangen hinweg und hieb noch im Flug eine weitere Melone in Stücke.

Schneller, als ein Geweihter die erste Strophe des *Vater Praios* beten konnte, hatte Markud zehn Melonen zerschlagen und dabei eine Reihe von Kunststücken vorgeführt, die jedem Artisten zur Ehre gereicht hätten. In einem zweiten Durchgang spaltete er dann noch die Rohrstangen.

Als er wieder vor Balura trat, ging sein Atem so ruhig wie zuvor. Sein weißes Seidenhemd war voller Schlamm und Grasflecken. »Bin nicht mehr ganz so gut in Form. So kommt es, wenn man anfängt, sich sein Gold mit schönen Worten zu verdienen. Vier von zehn Melonen habe ich nicht mehr genau in der Mitte getroffen …«

Die Schmiedin schwieg. Ihr Blick wanderte über die verwüstete Wiese.

»Nun, für gewöhnlich kämpfe ich nicht gegen Früchte und

Rohrstangen.« Markud wischte mit einem Hemdsärmel über die Klinge, die mit blaßrotem Melonensaft verschmiert war. »Aber ich denke, mit dieser Waffe brauche ich mir keine Sorgen vor der Bluttaufe zu machen.« Er griff nach seinem Mantel und dem Schlapphut, dann drehte er sich zu Balura um. »Ich werde die Person, die Euch bereits den Vorschuß zukommen ließ, davon in Kenntnis setzen, daß Ihr Eure Arbeit zu meiner vollsten Zufriedenheit vollendet habt. Ich denke, Ihr werdet noch vor Sonnenuntergang das ausstehende Geld bekommen.«

Die Schmiedin deutete eine Verbeugung an. »Es war mir wie stets ein Vergnügen, mit Euch Geschäfte zu tätigen.«

Kein anderes Viertel in Al'Anfa hatte einen so schlechten Ruf wie der Schlund. Niemand, der seine Sinne beieinander hatte, kam freiwillig hierher, schon gar nicht wenn er so gekleidet war wie Markud. Mit dem perlenbestickten Mantel, den Pumphosen und dem prallen Geldbeutel am Gürtel, sah er aus wie ein novadischer Kaufmann. Markud mochte diesen Ort. Nirgends lagen vergangene Größe und die Verheißung einer goldenen Zukunft so dicht beieinander. Einst hatten die Mächtigen der Stadt hier im Schlund ihre Paläste errichtet, bis eine gewaltige Feuersbrunst in einer einzigen Nacht das ganze Viertel vernichtete. Die Überlebenden aus den großen Familien hatten sich daraufhin auf den Silberberg zurückgezogen und dort neue, noch prächtigere Häuser errichtet. Lange Zeit hieß es, das ganze Viertel sei verflucht. Manche Überlebende behaupteten, große, lodernde Gestalten in der Nacht des Feuers inmitten der Brände gesehen zu haben. So blieb das Viertel gemieden, und nur die Ärmsten der Armen, die nirgends anders eine Bleibe fanden, kamen hierher. Sie errichteten sich Hütten aus verkohlten Balken und alten Decken, gruben sich mit bloßen Händen zu verschütteten Kellern durch und eroberten sich diesen einzigen

Ort, von dem sie niemand vertreiben mochte, bis in den letzten Winkel. Jetzt schliefen zahnlose alte Huren auf zersplitterten Mosaiken der alten Könige, und zwischen den steinernen Pranken enthaupteter Marmorlöwen kauerten Kinder, denen man Arme und Beine gebrochen hatte, um sie als Bettler auf die Straße zu schicken.

Tagsüber kamen jene Händler in den Schlund, die sich nicht einmal einen Stand auf dem Efferdsmarkt im Brabaker Viertel leisten konnten. Mit heiseren Stimmen buhlten sie um die Gunst eines jeden, der aussah, als trüge er wenigstens ein Kupferstück in der Tasche. Zugleich kämpften sie auch gegen das Geschrei der Vögel in ihren geflochtenen Käfigen und das vielstimmige Geheul all jener anderen Tiere an, die auf das Messer warteten. So dicht war der Gestank nach Schweiß, lebenden und toten Tieren, Kot und Unrat, dem Rauch von Garfeuern, Gewürzen und jeder Art von Erzeugnissen und Geschöpfen der Erde, der Luft und des Wassers, daß man glaubte, ihn mit den Händen berühren zu können.

Markud sah unter einem verfallenen Portal, das von Greifen flankiert wurde, eine mit purpurnem Tuch verhängte, silbergeschmückte Sänfte stehen. Eine Leibwächterin in funkelndem Bronzeküraß lehnte daneben und beobachtete ihn mißtrauisch. In manchen Kellergewölben des Schlunds wurden Vergnügen angeboten, denen man selbst im ruchlosen Al'Anfa an keinem anderen Ort nachzugehen wagte. Aber an welchem anderen Ort fand man früh am Morgen Neugeborene, nackt im Schlamm der Straße liegen? Markud hatte sie niemals vergessen können, diese Bilder von Kindern, denen es nicht einmal vergönnt war, eine einzige Nacht zu überleben, die ertrunken in dunklen Pfützen trieben oder auf verlassenen Hinterhöfen wimmerten, bis sie von den Rattenrudeln überfallen wurden, die im Schutz der Dunkelheit aus den verborgenen Gängen der Abwasserkanäle heraufstiegen. Niemand wollte sie in diesem Viertel. Wo der Hunger ein steter Gast war, hatte man keine warmherzigen Gefühle für ein zusätzliches Maul, das es zu stopfen galt. Markud wußte, welches Glück es bedeutete, ein Junge und der Erstgeborene zu sein. Der Schlund hatte seine Sinne geschärft, ihn gelehrt, ein besonderes Auge für die Schwächen der anderen zu haben und die eigenen Stärken nicht zu überschätzen. Er war nicht einmal zehn Jahre alt gewesen, als er begriff, daß einer, der es schafft, von hier fortzukommen, alles erreichen konnte. Und er hatte recht behalten. Seine Hand strich über die polierte Holzscheide seines Schwertes. Die Waffe war mehr wert, als sein Vater in seinem ganzen Leben verdient hatte.

Markud spürte, wie ihm gierige Blicke folgten, und bald beobachtete er aus den Augenwinkeln einige dürre Gestalten, die ihm nachschlichen. Er hielt an einer Ecke inne, an der eine alte Frau über einem Topf mit kochendem Wasser kauerte. Neben ihr stand ein Korb, in dem sich kleine weiße Krebse übereinanderschoben und einander die Gliedmaßen abzuzwacken versuchten. Der falsche Kaufmann lächelte. Dieser Korb mit den Krebsen, das war wie eine Metapher für das ganze Elendsviertel.

Auf dem Wasser im Kochtopf hatte sich ein schillernder Film gebildet. Wahrscheinlich hatte die Alte es schon seit Tagen nicht mehr ausgetauscht. Markud sah sich nach seinen Verfolgern um. Wenn ihm keiner entgangen war, waren es vier.

»Koch mir vier Krebse!«

Die Alte sah mit trüben Augen zu ihm auf. »Zwei Kupferstücke.«

Der falsche Kaufmann schnippte ihr einen Silbertaler zu. »Gib mir die fettesten.«

Mißtrauisch drehte die Frau die Münze zwischen den Fingern und biß dann darauf. Als sie sich überzeugt hatte, daß das Geldstück echt war, ließ sie es in einer Falte ihres schmutzstarrenden Kleides verschwinden und durchsuchte mit gichtkrummen Fingern den Korb mit den Krebsen. Ohne noch einmal zu Markud aufzublicken, warf sie die Tiere ins kochende Wasser. Es gab ein kurzes, kreischendes Geräusch, fast wie einen Schrei.

»Sie mögen Krebse?« murmelte die Alte, während sie auf die buntschillernden Blasen starrte, die auf dem kochenden Wasser tanzten.

»Eigentlich nicht«, entgegnete der falsche Kaufmann. »Es ist so etwas wie ein Ritual ...«

Die Frau stellte keine weiteren Fragen. Mit einem Sieb fischte sie die Krebse aus dem Topf, legte sie auf ein großes Seerosenblatt und schüttete ein wenig dunkle Sauce darüber.

Markud nahm das Mahl zu sich und blickte über die Schulter. Seine Verfolger hatten sich aufgeteilt und versuchten möglichst unauffällig zu wirken. Er lächelte, packte einen der bleichen, nun halb durchscheinenden Krebse und verschlang ihn mit einem einzigen Bissen. Er mochte es, den dünnen Panzer zwischen den Zähnen knirschen und brechen zu fühlen. Vom Geschmack her fand er Krebse langweilig bis abstoßend, aber darum ging es jetzt nicht. Markud spuckte einige Beine aus und nahm den nächsten Krebs. Langsam schlenderte er die Gasse hinauf und kam in eine Gegend, wo es weniger Händler gab. Er kannte den Schlund gut. Der Verfall und die Gesetzlosigkeit reizten ihn. Er war schon oft abends hierhergekommen, hatte dabei jedoch stets schlichtere Gewänder getragen, um kein unnötiges Aufsehen zu erregen. Doch diesmal wollte er auffallen!

Nachdem er den letzten Krebs gegessen hatte, bog er in eine unscheinbare Seitengasse ab und trat durch ein Mauerloch auf einen verlassenen Hinterhof. Als Markud sich umdrehte, verwehrten ihm vier Gestalten mit Knüppeln und schartigen Messern den Rückweg.

»Wenn du deine Geldbörse zu uns herüberwirfst und dann

deine Kleider ausziehst, lassen wir dich am Leben, Pfeffersack!« rief ihm die Anführerin der Gruppe zu, eine junge Frau, vielleicht Mitte Zwanzig, deren Gesicht von gräßlichen Flechten entstellt war. Auch ihre drei Kumpane waren auf ähnliche Weise verunziert. Sie alle wirkten so ausgezehrt, als hätten sie sich seit Wochen nicht mehr sattgegessen.

»Ich fürchte, meine Scham gestattet mir nicht, nackt durch die Stadt zu laufen. Wenn ihr vielleicht noch ein anderes Angebot zu machen hättet ...«

Die Straßenräuber lachten. »Ich glaube, du hast gerade das schlechteste Geschäft deines Lebens gemacht.« Die Anführerin trat einen Schritt vor und hob ihr Messer.

»Ich fürchte, da irrst du dich!« Markud streifte den Mantel zurück, zog mit fließender Bewegung sein neues Schwert und hackte der Räuberin die Hand mit dem Messer ab. Sie krümmte sich unter Schmerzensschreien zusammen. Mit einem Satz sprang Markud über sie hinweg und griff die übrigen drei an. Bevor die Banditen begriffen hatten, was geschah, hatte er dem ersten von ihnen die Kehle durchschnitten. Markud duckte sich unter einen Knüppelhieb und stach das Schwert rückwärts unter dem linken Arm hindurch. Ein weiterer Dieb ging zu Boden.

Der dritte Mann wollte fliehen, doch Markud stellte ihm ein Bein und brachte ihn zu Fall. Wie ein Dämon war er über dem Gestürzten und beendete dessen Leben mit einem Stich durch das rechte Auge.

Zufrieden drehte sich Markud um. Die Bluttaufe für sein Schwert war ganz so verlaufen, wie er es sich vorgestellt hatte. Auf einem Schutthaufen kauerte die verstümmelte Anführerin und preßte sich den blutenden Armstumpf gegen die Brust.

»Wie war das noch gleich mit dem schlechtesten Geschäft meines Lebens?« Markud lachte und bückte sich nach einem der Toten, um ihm den geflickten Umhang von den

Schultern zu ziehen und sein Schwert daran sauberzuwischen. »Ich danke dir für den kleinen Dienst, den du mir erwiesen hast. Auch wenn wir uns nicht kennen – ich bin hierhergekommen, um jemanden wie dich und deine Männer zu treffen.«

Er öffnete mit der Linken die Lederschnüre seiner Geldkatze und zog sie vom Gürtel. »Hier findest du Münzen und Opale im Wert von rund zweihundert Dublonen. Genug, um ein neues Leben zu beginnen …« Er warf ihr den Geldbeutel vor die Füße. »Eine kleine Aufmerksamkeit für deine Dienste, Mädchen. Man kann sich zwar kein neues Gesicht kaufen, aber vielleicht läßt das Gold die anderen für eine Zeitlang vergessen, wie du aussiehst.«

Rondarion tupfte Ines mit einem Seidentuch das Kinn sauber. Die Hälfte der Suppe war danebengelaufen, als er sie aus der flachen Holzschüssel hatte trinken lassen. Sie lächelte dankbar und seufzte leise.

»Mach dir nicht soviel Mühe mit mir, mein Ritter. Boron hat mich auf seine Liste gesetzt … Du kannst nicht verhindern, daß er mir Golgari schickt.«

»Red keinen Unsinn! Deine Krankheit heilt. Du bist stark und wirst schließlich siegen … Es ist der Kampf mit dem Dämon in dir, der dich erschöpft hat. Du wirst sehen, wenn du ein wenig geschlafen hast, fühlst du dich wieder besser.« Er strich ihr das strähnige Haar aus dem Gesicht. Ihre Haut war schon nicht mehr so faltig wie am Tag zuvor. Er hatte ihr alle zwei Stunden zu trinken gebracht, und sie hatte keinen Durchfall mehr, seit der Zauberer ihr gestern seine heilende Hand auf den Leib gelegt hatte.

Dennoch wußte auch Rondarion, daß sie sterben würde. Ihr Körper war ausgezehrt. Die Krankheit hatte sie so sehr geschwächt, daß sie sich nicht mehr davon erholen würde. Ihre Stirn glühte im Fieber … Ines' Kopf sank zurück. Sie war eingeschlafen. Rondarion bettete sie sanft auf das frische Stroh, das er ihr hinuntergebracht hatte.

Lange saß er neben ihrem Lager und sah ihr beim Schlafen zu. Ihr Atem ging unregelmäßig. Er beobachtete, wie sich ihre Augäpfel unter den geschlossenen Lidern bewegten. Sie stöhnte leise, ohne zu erwachen.

Schließlich stand der junge Gardist auf und verließ die Kerkerzelle, um seine Runde durch die übrigen Gewölbe zu machen. Von all den Erkrankten, die man auf die Sklaveninsel gebracht hatte, zeigten nur zwei Anzeichen für eine Besserung. Bei den übrigen war es nur eine Frage der Zeit, wann sie sterben würden. Es schien jedoch so, als hätten die Ratsherren die richtige Entscheidung getroffen, als sie befahlen, alle Kranken hierher zu verbannen. Heute morgen waren von den Gardisten nur sechs neue Gefangene gebracht worden. Es machte ganz den Eindruck, als hätte der Ausbruch einer Seuche in der Stadt verhindert werden können.

Verwunderlich war auch, daß kein einziger unter den Gardisten auf der Insel Anzeichen zeigte, von dem Dämon dieser seltsamen Krankheit befallen zu sein. Vielleicht hielt Boron ja seine schützende Hand über die Männer?

Rondarions Gedanken kehrten zu Ines zurück. Wenn kein Wunder geschah, würde sie sterben. Er wußte nicht mehr, was er noch tun sollte. Der einzige, der ihr vielleicht helfen konnte, war Magister Dronte. Doch der Magier war viel zu sehr mit seinen eigenen Sorgen beschäftigt. Er hätte wohl alles darum gegeben, aus der kleinen Festung zu entkommen. Im Augenblick jedoch mußte man schon tot sein, um das Tor in die Freiheit passieren zu dürfen …

Der Gardist blieb stehen. Tot! Das war die Lösung! Er eilte die Treppe zum Hof hinauf. Der Zauberer lehnte wie die meiste Zeit, seit er hierhergekommen war, an der Brüstung des Wehrgangs und starrte sehnsüchtig zur Stadt auf der anderen Seite der Bucht hinüber.

Rondarion stieg zur Mauerkrone hinauf und trat an die Seite des Magiers. »Traust du dir zu, einen Dämon auszutreiben?«

Dronte drehte sich halb um und musterte ihn durchdringend. »Ist unten in den Gewölben etwas geschehen, das ich wissen sollte?«

»Das Mädchen, das wir gestern befragt haben, liegt im Sterben …«

Dronte zuckte ergeben mit den Schultern. »Da ist sie nicht die einzige. Ich sage dir, keiner von uns wird diese verfluchte Festung lebend wieder verlassen …«

»Und wenn ich einen Weg wüßte, auf dem du sicher in die Freiheit gelangen könntest?«

Der Zauberer streckte sich und drehte sich dann ganz zu Rondarion um. »Ich denke, du sollst *verhindern,* daß jemand von hier fortkommt. Also bist du wohl der letzte, der mir zur Flucht verhilft.«

»Es sei denn, ich stünde in deiner Schuld, weil du mir einen Gefallen getan hättest …«

»Und dieser Gefallen dreht sich um den Dämon, von dem du gesprochen hast?« Dronte lächelte dünn. »Ich weiß zwar nicht, was du von mir willst, doch ich fürchte, du überschätzt meine Möglichkeiten.«

Der Gardist ließ sich von den Einwänden nicht beirren. »Kannst du schwimmen?«

»Was zum Henker hat das mit meiner Flucht zu tun? Willst du mir vielleicht raten, von der Mauer ins Meer zu springen? Mir sind die Boote der Marine, die rings um die Insel patrouillieren, durchaus aufgefallen.«

»Willst du fliehen oder nicht, Dronte?« fragte Rondarion. »Wenn du mir hilfst, verrate ich dir einen Fluchtweg, der nur ein geringes Risiko birgt. Ein einfaches Entkommen gibt es nicht von dieser Insel!«

Der Magier zögerte und sah wieder zur Stadt auf der anderen Seite der Bucht hinüber. »Ich bin kein Medicus«, sagte er schließlich leise. »Ich denke, ich könnte einen Teil des Schadens heilen, den die Krankheit in ihrem Körper angerichtet hat. Es liegt aber nicht in meiner Macht, die Krankheit selbst zu besiegen.«

»Das verstehe ich nicht! Du bist doch ein Zauberer, Dronte ... Warum kannst du den Dämon nicht bannen, der von Ines' Körper Besitz ergriffen hat und sie zerstört?«

Der Zauberer zupfte sich nachdenklich am Bart. »Den Dämon ... Ja ... Ich bin mir nicht sicher, ob eine Krankheit wie diese dämonischen Ursprungs ist. Ich habe auch schon mit Heilern gesprochen, die der Auffassung sind, daß es reichen mag, wenn man fauliges Wasser trinkt oder verdorbenes Essen zu sich nimmt, um das empfindliche Gleichgewicht der Säfte in unserem Körper durcheinanderzubringen. Sie sehen Krankheiten als eine Vergiftung ... Und hier beginnt mein Dilemma. Ich kann zwar den Schaden heilen, den dieses ... nennen wir es einmal Gift ... bei Ines angerichtet hat, verfüge aber nicht über die Möglichkeit, das Gift aus ihrem Körper zu ziehen. Das heißt, es wird ihr für eine Zeitlang bessergehen, wenn ich mich ihrer annehme. Sollte ihr Körper in der Frist, die ich gewinnen kann, genügend Kraft sammeln, um das Gift zu besiegen, so wird sie genesen. Schafft sie es nicht, so wird schon nach kurzer Spanne alles wieder so sein wie zuvor. Das heißt, ich hätte nur ihre Qual verlängert ... Nun weißt du, was ich dir zu bieten habe. Wenn es dir wert ist, dafür das Wagnis einzugehen, mir zur Flucht zu verhelfen, so stehe ich zu deiner Verfügung, Rondarion.«

Der Stadtgardist zögerte. »Ich muß mit Ines sprechen ... Das kann ich nicht entscheiden, ohne sie gefragt zu haben.«

Dronte wandte sich ab und starrte wieder auf das Meer. »Ganz, wie du meinst. Ich warte auf dich.«

9. Kapitel

Alara war dankbar, daß der Stadtmarschall sie eingeladen hatte, ihn in seiner Sänfte zu begleiten. Nach den Ereignissen der letzten Nacht hätte sie sonst nicht mehr die Kraft gehabt, am Begräbnis von Salpicio teilzunehmen. Die Tradition des Totenritus forderte, daß sie auf dem Weg zu einer Beerdigung nicht miteinander sprachen. So hingen beide stumm ihren Gedanken nach, während Träger die große Sänfte zu dem riesigen Gräberfeld jenseits der Stadtmauern brachten.

Sie mußten ein gutes Stück Weg durch den Dschungel zurücklegen, bis sie jenes von schwarzen Felsen flankierte Tal erreichten, in dem die beiden Pyramiden lagen, unter denen die Toten bestattet wurden, die aus guten Familien stammten und ihr Leben im Dienst der Stadt gegeben hatten. Schon seit Stunden nieselte es, und von den Steilwänden des engen Talkessels fielen Kaskaden grauen Dunstes herab.

Man hatte das steinerne Tor am Fuß der rechten Stufenpyramide geöffnet. Nur wenige Trauergäste warteten entlang des Weges, der hinab zu den Grüften tief unter der Pyramide führte. Offensichtlich hatte man mit dem Beginn der Zeremonie gewartet, bis der Stadtmarschall eintraf. Kaum setzte Oboto seinen Fuß aus der Sänfte, da erhoben die Klageweiber, die neben der mit schwarzen Tüchern verhüllten Bahre standen, ein höllisches Geschrei.

Alara musterte die Trauergäste, die zur Bestattungszeremonie erschienen waren. Die gebeugte alte Frau, die dicht neben der Bahre stand, war vermutlich die Mutter des Toten. Hinter ihr erkannte Alara Gion, den Weibel, der Salpicio gefunden hatte, und einige andere Gardisten, die zu den wenigen Freunden des Toten gehört haben mußten. Sie alle trugen schwarze Waffenröcke und lange schwarze Kapuzenumhänge, um sich gegen den Regen zu schützen. Fast wie große Raben sahen sie aus, wenn der schwache Wind mit den Falten ihrer Mäntel spielte. In dem grauen Licht schienen ihre Gesichter so einheitlich wie die Uniformen. Braungebrannt, von Wind und Wetter gegerbt, mit breitem Kinn und sorgfältig rasierten Wangen.

Ein wenig abseits stand Ilian. Er trug einen abgewetzten Umhang, und durch den Regen hing ihm das Haar in nassen Strähnen ins Gesicht. Er schenkte seine ganze Aufmerksamkeit der jungen Frau an seiner Seite. Sie war schlicht gekleidet und auffallend groß. Unter ihrem Kopftuch lugte blondes Haar hervor. Das Mädchen erschien Alara sehr blaß. Augenscheinlich kämpfte es mit den Tränen. Das muß Salpicios Geliebte sein, dachte die Offizierin unwillkürlich. Seltsam, daß er mir nie von ihr erzählt hat. Dabei hatte Alara geglaubt, den jungen Offiziersanwärter zu kennen!

Oboto nickte den Totenpriestern zu. Sie hoben die Bahre auf und stimmten mit monotonen, dunklen Stimmen den Trauergesang an, den der Ritus für das letzte Stück des Weges zum Grab vorschrieb.

Der Stadtmarschall eilte mit langen Schritten auf die Pforte der Pyramide zu, um sich gleich hinter den Klageweibern an die Spitze der Trauergemeinde zu setzen. Er bot der Mutter Salpicios seinen Arm, doch die Frau schüttelte stolz den Kopf. Sie wollte den letzten Weg, den sie mit ihrem Sohn beschritt, aus eigener Kraft gehen.

Alara ließ sich Zeit. Sie war eine der letzten, die die schwarze Pyramide betraten. Am Eingang reichten Sklaven jedem der Trauergäste eine Fackel. Der Weg ins Innere hatte ein starkes Gefälle und bog um zahllose Ecken. Es roch nach dem Pech der Fackeln, nach Fäulnis und dem Staub von Jahrhunderten. Immer wieder kam Alara an den Eingängen zu großen Grabkammern vorbei, deren niedrige Decken von plumpen, faßförmigen Säulen getragen wurden.

An den Wänden des Hauptganges zeigten Fresken Episoden aus der Geschichte der Stadt oder die Heldentaten berühmter Toter, die nicht reich genug gewesen waren, um sich ein eigenes Grabmal leisten zu können.

Plötzlich endete der Gesang der Geweihten. Etwas stimmte nicht. Es war zu früh. In der jähen Stille lag eine beinahe greifbare Bedrohung. Alara beschleunigte ihre Schritte, bog um eine Ecke und stand vor einer Kammer, in deren Eingang sich die schweigende Trauergemeinde versammelt hatte. Die Grabkammer wurde von vier Säulen getragen, die mit kunstvoll in Stein gehauenen Waffen geschmückt waren. Rings herum waren sarggroße Nischen in die Wände geschlagen, deren teilweise bemalte Böden die gepolsterten Liegeflächen von Klinen imitierten. So sah es aus, als hätten die Verstorbenen sich zu einem Festmahl versammelt. Die Decke zierte ein kostbares Fresko, das Golgari zeigte, wie er auf dem Rücken einen Toten in Borons Hallen trug. Die Wände hingegen waren mit Szenen eines düsteren Festes geschmückt. Es gab dort Flötenspieler, Trommler und Tänzerinnen, doch schien sich die ganze Szene in einer Höhle abzuspielen, deren Wände von flackernden Fackeln beleuchtet wurden.

Vor einer Nische, schräg gegenüber dem Eingang, stand ein niedriger Tisch mit einem Bronzepokal. Hier hätte Salpicio zur letzten Ruhe gelegt werden sollen, doch über die Grabnische stand in blutroter Farbe ein Spottvers geschrieben:

Den Spitzel Lukian Borso
machte ein Dolch zum Torso!

Das war Markud, dachte Alara. Dieser derbe Humor paßte zu ihm, ebenso wie die Tatsache, daß er seine Gegenspieler nicht einmal im Grab in Frieden ließ. Die Offizierin musterte die bestürzten, aber auch ratlosen Gesichter der Trauergäste. Die Anspielung auf die beinahe vollzogene Enthauptung Salpicios begriff wohl jeder, doch wer mochte schon wissen, daß der Gardist unter dem Decknamen Lukian Borso ermittelt hatte?

Zwei der Geweihten traten vor, hoben den kleinen Tisch an und stellten ihn vor eine andere, ebenfalls noch leere Grabnische. So wird also der Mann, der nicht als Salpicio gestorben ist, auch nicht in der Grabnische bestattet, die man für Salpicio vorgesehen hat, dachte Alara voll bitteren Spotts.

Obwohl die Boronis sich alle Mühe gaben, ein feierliches Ritual zu vollziehen, mochte die bedrückte Spannung nicht mehr von den Trauergästen weichen. Ein Grab in der Stadt des Totengottes zu schänden, das war ein Frevel, der in seiner Ungeheuerlichkeit durch nichts zu übertreffen war.

Beklommen sah Alara sich um. Es gab noch sieben leere Nischen in dieser Grabkammer, und sie fragte sich, in welcher sie wohl bestattet werden würde. Als Offizierin der Stadtgarde, die kein eigenes Grab finanzieren konnte, stand außer Zweifel, daß man sie hier zur letzten Ruhe legen würde. Dies also war ihre Gruft. Ob Markud das gewußt hatte? War er gekommen, um vor allen anderen *sie* zu verhöhnen?

Sie ballte in hilflosem Zorn die Fäuste. Es mußte bald etwas geschehen! Hechelnd kämpfte sie um Atem. Einige der Gäste musterten sie aus den Augenwinkeln.

Der Geruch des Todes lag schwer auf ihrer Brust. Die Toten in den belegten Nischen zeigten die unterschiedlichsten Stadien des Verfalls. Es war hier unten, tief unter der Pyramide, erstaunlich kühl, und ein leichter Luftzug wehte beständig durch die Grabkammer. So kam es, daß die Leichen nicht richtig verwesten, sondern mit den Jahren ganz und gar austrockneten.

Der Kopf eines der Toten war zur Seite gedreht. Ein Gespinst aus dünnem blonden Haar umgab seinen Schädel, um den sich die trockene Haut wie Pergament spannte. Die Lippen der Leiche waren zu einem grotesken Grinsen zurückgezogen, so als wolle sie Alara schon jetzt in ihrer zukünftigen gemeinsamen Wohnstätte für die Ewigkeit willkommen heißen. Jetzt erinnerte sich die Offizierin auch wieder, wer dort lag. Narda Cardas hatte die Gardistin einst geheißen. Während des Khomkrieges hatte sie sich verschiedentlich durch besondere Heldentaten im Kampf gegen selemitische Schmuggler hervorgetan. Gegen Ende der Besatzungszeit in der düsteren Stadt hatte sie eine große Ladung verbotener Rauschkräuter beschlagnahmt und verbrennen lassen. Zwei Tage später fand man Narda tot in ihrem Quartier. Sie hatte Traumpulver in Wein gelöst und getrunken. Es konnte nie geklärt werden, ob sie Opfer eines Mordanschlags geworden war oder ob sie einen Teil der Drogen zurückgehalten hatte, um sie selbst zu nehmen.

Fröstelnd wandte Alara den Blick von der Toten. Wollte das Schicksal sie warnen? Würde man auch sie eines Tages tot neben einem Becher halb verschütteten Boronweins finden? Die Bestattungszeremonie war fast vollendet. Einer der Geweihten legte Salpicio zwei große Silberoreale auf die Augen. Nun war die Zeit gekommen, um mit einem letzten Gebet Abschied von dem Toten zu nehmen.

Alara neigte den Kopf und dachte daran, wie sie Salpicio ausgewählt hatte, damit er als Spitzel die Feste in der Villa Tuzak besuchte. Aber sie hatte keinen Anteil daran, daß der Junge nun tot war. Seine verfluchte Arglosigkeit war daran schuld. Er hatte seinen Mörder gekannt, da war sich Alara ganz sicher!

Als die Commandanta das hastig gemurmelte Gebet beendet hatte, ging sie hinaus. Sie war die erste, die die Totenkammer verließ. Daß man dies unschicklich finden könnte, störte sie nicht. Sie würde ohnehin bald genug zurückkehren.

Draußen regnete es noch immer. Als der Stadtmarschall herauskam, nahm er Alara zur Seite. Seine Augen funkelten vor Zorn. »Dieser Spruch … Das war von Markud, diesem Schurken, den Salpicio bespitzelt hat, nicht wahr?«

»Ich verstehe nicht«, murmelte Alara und vermied es, Oboto ins Gesicht zu sehen.

»Ich weiß, daß Salpicio unter dem Namen Lukian Borso in der Villa Tuzak verkehrte.«

»Dann sollte das wohl eine Warnung an *uns* sein …«

»Ich will wissen, was in diesem Haus getrieben wird«, grollte der füllige Stadtmarschall. »Hören Sie, finden Sie heraus, was dort vor sich geht! Ich decke Ihnen den Rücken!«

Alara musterte Oboto unverhohlen. Sie glaubte nicht, daß er ihr helfen würde, wenn es hart auf hart käme. Aber vielleicht hatte Markud diesmal einen Fehler gemacht. Zumindest war sie sicher, daß der Stadtmarschall ihr in den nächsten Tagen nicht hinderlich werden würde.

»Kommen Sie, Olibano, ich nehme Sie in der Sänfte mit zurück. Bei diesem lausigen Wetter jagt man keinen Hund vor die Tür.«

Verwundert betrachtete Alara die Bäume, die im Garten des alten Palacio standen. Sie waren gewaltig und ihre Stämme eigentümlich verwachsen. Obwohl das Jahr schon weit vorangeschritten war, blühten noch immer Orchideen in den breiten Astgabeln, und manche der Bäume trugen sogar Früchte.

»Ich sage Euch, hier geht es nicht mit rechten Dingen zu«, flüsterte Naldor. »Diese Elfen stehen mit irgendwelchen Dämonen im Bunde.«

»Ich glaube nicht, daß Dämonen etwas so Schönes wie diesen Garten hervorbringen könnten.«

»Schön? Hier ist doch alles vollkommen verwildert. Es fehlt jede ordnende Hand. Ich begreife nicht, was Ihr an diesem Garten schön findet.«

Alara stieg die Stufen zum Portal der Villa hinauf, ohne Ilian eine Antwort zu geben. Das Haus war nicht im besten Zustand, doch wirkte es mit dem bemoosten Dach und den Weinranken, die nahezu die ganze Südwand überwuchert hatten, sehr malerisch.

Noch bevor Alara nach dem Klopfer greifen konnte, öffnete sich die Tür. Eine junge Elfe stand vor ihr. Sie trug nur ein durchscheinendes Seidenhemd und blickte die Commandanta gleichgültig an. »Was wollt Ihr hier?« Die Frau sprach mit einem fremden, melodischen Akzent.

»Ist Sirlon zu Hause? Wir möchten ihn sprechen.«

Sie lächelte. »Körperlich anwesend ist er schon ... Geht die Treppe hinauf. Hinter der zweiten Tür auf der rechten Seite werdet Ihr ihn finden. Er ist ganz in seine Arbeit vertieft. Ich glaube nicht, daß er jetzt gestört werden will.«

»Laßt das nur meine Sorge sein.« Alara ging an dem Mädchen vorbei und stieg die Treppe hinauf. Ilian folgte ihr auf dem Fuße.

Ohne anzuklopfen, betrat die Offizierin das Zimmer und erstarrte vor Verblüffung. Der ganze Raum war mit Pflanzen angefüllt. Schwere, feuchte Luft schlug ihr entgegen, geschwängert vom Duft Hunderter von Blüten. Die gegenüberliegende Wand war ganz aus Glas gefertigt, ebenso ein Teil der Decke. Offenbar ragte die Kammer wie ein großer Erker aus der Rückwand des Hauses. Alara hatte schon von solchen Pflanzenzimmern gehört, aber noch nie eines mit eigenen Augen gesehen. Und sie würde auch in Zukunft keinen Wert darauf legen, in solchen Räumen zu verkehren! Die feuchte Luft drückte ihr den Atem ab.

Ein jugendlich wirkender Mann saß an einem Tischchen, das halb hinter den Pflanzen verborgen, vor dem großen Fenster stand. Sirlon hatte sein helles Haar zu einem Zopf zusammengebunden. Der Elf war damit beschäftigt, aus Blüten, Bast und Baumrinde ein kunstvolles Gesteck zu fertigen. Als Alara und Hian näher traten, blickte er unwirsch von seiner Arbeit auf. »Ihr gehört zur Stadtgarde ...«

Ilian grinste. »Steht uns das vielleicht auf der Stirn geschrieben?«

Der Elf legte das Gesteck auf den Tisch und drehte sich nun ganz zu ihnen herum. »Das nicht, aber es ist leicht an Eurem überheblichen Gehabe zu bemerken. Ein anderer Besuch hätte sich gewiß vorher angekündigt ... Setzt Euch.« Der Elf wies auf zwei schlichte Holzstühle, die ihm gegenüber standen.

Als Alara sich niedergelassen hatte, bemerkte sie, daß Sirlon, der vor dem Fenster saß, von hier aus nur noch als Schattenriß vor dem hellen Hintergrund zu erkennen war. Trotz seines ruppigen Empfangs hat es durchaus den Anschein, als habe der Elf uns erwartet, dachte sie verärgert. »Wir kommen wegen eines Stadtgardisten, der vor kurzem ganz in der Nähe ermordet wurde.«

»Ihr meint diesen Salpicio, der sich auf den Festen des Kaufmanns Markud als Dichter Lukian Borso ausgab?« Der Schattenriß vor dem Fenster beugte sich zu einer Kerze auf dem Arbeitstisch hinab und entzündete daran eine dünne Zigarre. Für einen Augenblick war sein schlankes, blasses Gesicht besser zu erkennen, dann richtete sich Sirlon wieder auf und wurde erneut zu einem Schattenriß. Gelassen blies er bläulichen Rauch in ihre Richtung. »Markud hat mir bereits von der Sache erzählt. Verdächtigt Ihr mich vielleicht?«

»Nein«, entgegnete Alara ruhig.

»Ihr traut mir also keinen Mord zu?« Sirlon klang enttäuscht.

»Ich kenne keinen Grund, der Euch zu einer solchen Tat

veranlaßt haben könnte. Im übrigen weiß ich, daß Ihr Euch in der betreffenden Nacht noch fast bis zum Morgengrauen in der Villa Tuzak aufhieltet«, log die Offizierin.

»So, Ihr habt Euch also bereits über mich erkundigt.« Sirlon lachte. »Also habt Ihr mir zunächst doch einen Mord zugetraut. Aber es stimmt, in dieser Nacht war ich einer der letzten, die gegangen sind.«

Für einen Augenblick war es still. Alara beobachtete, wie sich Ilian in dem vergeblichen Versuch, den Elfen besser sehen zu können, so weit wie nur möglich vorbeugte. Merkt der Kerl denn nicht, wie er sich damit zur Witzfigur macht? dachte sie ärgerlich.

»Was führt Euch beide dann also zu mir, wenn Ihr mich nicht für den Mörder haltet?«

»Ihr seid oft in der Villa Tuzak zu Gast?«

Sirlon blies eine weitere Rauchwolke in Alaras Richtung. Ob dieser Elf von ihrer Krankheit wußte? Doch das konnte nicht sein … Der Rauch steigerte ihre Erstickungsangst. Sie krallte die Hände in die Stuhllehnen und versuchte ihre ganze Selbstbeherrschung aufzubieten, um nicht einfach aus dem Zimmer zu flüchten.

»Wird das eine Befragung, wie sie ein Inquisitionsgericht durchführt? Großartig! Wollt Ihr mir gleich Daumenschrauben anlegen oder mir vielleicht sogar mit dem Scheiterhaufen drohen? Ich glaube, meine sämtlichen Nachbarn würden mit Freuden zu meiner Hinrichtung kommen. Man hat hier ganz verblüffende Vorurteile gegen mein Volk. Glaubt Ihr auch, daß ich wegen meiner spitzen Ohren und aufgrund der Tatsache, daß ich länger lebe als ein Mensch, von einem Dämon gezeugt sein muß?«

»Offen gestanden kümmert mich solches Gerede nicht«, entgegnete Alara kühl. »Ich will nur wissen, ob Ihr häufiger in der Villa Tuzak zu Gast wart.«

»Gelegentlich.«

»Warum?« Die Offizierin rechnete mit einer spöttischen Antwort, doch Sirlon lachte nur.

»Weil dieser Markud – an menschlichen Maßstäben gemessen – wahrlich sehr außergewöhnlich ist. Geschöpfe wie ihn bringt *Eure Art* nur selten hervor. Er ist sogar ein durchaus bewanderter Blumenkenner. Selten habe ich einen Menschen getroffen, der soviel über Orchideen wußte wie er.« Sirlon sprach nun ausführlich über die verschiedensten Unterarten von Orchideen, und während Alara sich zwang, ihre Beklemmung zu unterdrücken und zuzuhören, lehnte sich Ilian gelangweilt auf seinem Stuhl zurück.

Eine halbe Stunde oder sogar länger sprachen die beiden über seltene Blumen, bis dem jungen Offiziersanwärter schließlich der Geduldsfaden riß. Während Sirlon eine kurze Pause machte, um sich eine weitere Zigarre anzuzünden, beugte sich Ilian plötzlich wieder vor und fragte scharf: »Haltet Ihr Markud für Salpicios Mörder?«

Alara schnaubte ärgerlich. Die Vorgehensweise des Jungen war einfältig. So kämen sie Sirlon niemals bei!

Der Elf schmunzelte. »Potzblitz, jetzt habt Ihr mich aber in die Enge getrieben.«

»Ich bitte Euch, mir zu antworten«, drängte Ilian.

»Wann ist denn dieser Stadtgardist getötet worden?« fragte der Elf ruhig.

»Man hat ihn kurz vor Morgengrauen gefunden.«

Sirlon schnippte gegen die Zigarre, so daß sich die Asche von der Spitze löste und zu Boden fiel. »Ich weiß nicht, ob die Gesetze der Logik in irgendeiner Weise von Bedeutung für die Überlegungen der Stadtgarde sind«, erklärte der Elf herablassend. »Da ich noch bis kurz vor Morgengrauen in der Villa Tuzak war und dort ein angeregtes Gespräch mit Markud führte, halte ich es schlechterdings für unmöglich, daß er als Mörder in Frage kommt.«

»Und die Diener«, drängte Ilian. »Waren die Diener im Hause?«

»Es tut mir leid, aber Markud sah sich bisher noch nicht veranlaßt, seine Diener dazu aufzufordern, sich von mir zu verabschieden, wenn sie beabsichtigten, das Haus zu verlassen.« Sirlon lachte ironisch. »Im übrigen macht er sich einen Spaß daraus, die zwielichtigsten Gesellen um sich zu scharen. Lauter Novadis und Maraskaner. Bislang legte ich keinen gesteigerten Wert auf den Umgang mit diesen Kreaturen.«

Ilian ließ nicht locker. »Und wann pflegte Salpicio zu gehen? Gab es da Regelmäßigkeiten?«

»Durchaus. Lukian Borso war fast immer der vorletzte, der die Feste des Kaufmanns Markud verließ.«

»Und wer ging als letzter?«

»Ich.«

Ilian seufzte. Langsam schienen ihm die Fragen auszugehen. »Und haltet Ihr diesen Markud für einen guten oder einen schlechten Menschen?«

Für einen Augenblick war es still. Sirlon nahm einen tiefen Zug, so daß die Spitze der Zigarre wie ein rotes Auge aufglühte. Dann blies er dem jungen Gardisten eine Rauchwolke ins Gesicht. »Ich halte Markud für einen vollkommen amoralischen Menschen.«

Ilian wedelte ungeduldig den Rauch zur Seite. »Der Mann ist Euch also nicht geheuer … Und trotzdem besuchet Ihr seine Feste? Was bindet Euch an ihn? Sein Wissen über Blumen?«

»Über Orchideen«, verbesserte Sirlon. »Genau das ist der Grund, warum ich ihn besuche. Ich habe noch keinen *Menschen* getroffen, der über dieses Thema soviel zu erzählen gewußt hätte wie Markud.«

»Das begreife ich nicht!«

Der Elf lachte. »Ich habe nichts anderes von Euch erwartet.«

Wieder herrschte Schweigen. Alara war die Art, wie Ilian

vorgeprescht war, im höchsten Maße peinlich. Der Junge hatte einfach kein Feingefühl! Schließlich räusperte sie sich. »Nun, da mein Untergebener uns alle mit seinem Übereifer in eine Sackgasse manövriert hat, wollen wir ruhig noch ein wenig auf der Stelle treten.« Alara überging den bösen Blick, den der Gardist ihr zuwarf. »Wenden wir uns also noch einmal der einzigen Frage zu, die uns vielleicht weiterbringen kann. Ihr haltet den Kaufmann Markud für einen schlechten Menschen?«

»Unbedingt!«

»Und haltet Ihr ihn für fähig, einen Mord zu begehen?«

»Ich halte ihn sogar für fähig, *jede* nur erdenkliche Schurkerei zu begehen«, entgegnete der Elf gelassen. »Doch bin ich auch überzeugt davon, daß er den Mord an Lukian Borso nicht begangen hat.«

»Ihr kennt Markud also gut?« fragte Alara.

»Was heißt kennen? Ich mache mir ein Bild von ihm. Man könnte sogar sagen, ich studiere ihn.«

»Und was macht ihn so studierenswert?«

»Er hat eine Eigenart, der ich unter Menschen bislang nur sehr selten begegnet bin. Er ist völlig ohne Moral. Die herkömmlichen Begriffe von Gut und Böse lassen sich deshalb auf ihn nur bedingt anwenden.«

»Könnt Ihr das auch ein bißchen weniger abstrakt ausdrücken?«

Leise knirschend drückte der Elf die Zigarre auf einem bronzenen Tablett aus. »Vielleicht hat Markud in seinem Leben mehr Gutes getan als wir alle drei zusammen. Der entscheidende Unterschied zwischen uns und ihm ist jedoch die Tatsache, daß er nicht nach moralischen Grundsätzen handelt. Er tut das Gute aus einer Laune heraus und nicht etwa deshalb, weil er ein edler Mensch wäre. Das gleiche gilt für seine bösen Taten. So wie ich ihn einschätze, begeht er Verbrechen nicht um seines persönlichen Vorteils willen. Gold, schöne Frauen … Das alles bedeutet ihm nichts. Wenn er etwas Böses tut, dann um herauszufinden, ob er es tun kann, ohne daß es Folgen für ihn hat! Er ist also so etwas wie der ewige Versucher all jener, die ihr Leben nach bestimmten Grundsätzen ausrichten. Und ich denke, es macht ihm Spaß, eben diese Lebensgrundsätze anderer als hohle Phrasen zu entlarven.«

»Ihr meint also, Markud tut stets das, was man nicht von ihm erwartet.«

»Nicht ganz ... Er tut, was gegen die Regeln verstößt. Deshalb kann man nie sein Freund sein oder auch nur ein Geschäft mit ihm machen ... Auf Dauer wird man immer von ihm hintergangen. Einfach nur deshalb, weil er es reizvoll findet. Ich denke, er definiert auf diese Weise seine persönliche Freiheit.«

Alara erhob sich plötzlich. »Für diese Art von Freiheit gebe ich keinen Heller. Menschen wie ihn sollte es nicht geben!«

Auch der Elf erhob sich nun. »Könnt Ihr nichts ertragen, was nach anderen Wertmaßstäben als den Euren existiert, Commandanta? Man könnte sein Leben daran geben, diesen Mann und seine Freiheit zu studieren!«

»Sein Leben?«

Sirlon öffnete ihnen die Tür. Er schien nicht mehr antworten zu wollen.

»Für mich ist Markud kein Objekt für schöngeistige Spekulationen. Er ist ein Geschöpf aus Fleisch und Blut, das inmitten dieser Stadt Feste gibt, die einen meiner Männer das Leben gekostet haben! Ich möchte wissen, ob das Bild, das Ihr mir entworfen habt, das Bild des wirklichen Markud ist oder nur jenes Eurer Träume.«

»*Unserer* Träume«, sagte der Elf. »Unserer Träume.«

Sirlon reichte Alara die Hand. Ilian beachtete er nicht. »Wer oder was Markud wirklich ist, weiß ich nicht. Ist es nicht Eure Aufgabe, dies herauszufinden, Commandanta?« Er lächelte ironisch.

10. Kapitel

Rondarion wurde unsanft aus dem Schlaf gerüttelt. Neben ihm stand Manolo.

»Was ist los?« Der Offiziersanwärter blinzelte müde.

»Der Ordensritter. Er bekam Lichtzeichen aus der Stadt des Schweigens.«

»Und? Das ist doch nicht das erste Mal …«

»Aber zum ersten Mal ist er danach auf der Mauer niedergekniet, um zu beten. Ich sage dir, mit dem stimmt etwas nicht!«

Rondarion setzte sich auf und suchte nach seinen Stiefeln, die unter das schmale Feldbett gerutscht waren. »Na schön … Ich komme mit dir und schaue nach, was dort vor sich geht.« Der Gardist hatte in seinen Kleidern geschlafen. Erst halb wach, griff er nach seinem Wehrgehänge und schnallte sich sein Schwert um.

Die kühle Luft im Innenhof der Festung belebte ihn ein wenig. Rondarion sah sich um, doch der Ordensritter war nirgends zu sehen.

Manolo schüttelte den Kopf und zeigte zum Westturm. »Seltsam. Eben hat er noch dort oben auf der Mauer gestanden. Vielleicht hat er sich zur Ruhe gelegt.«

»Du meinst, auch Männer wie er müssen einmal schlafen?« fragte Rondarion spöttisch.

Sein Kamerad lachte. »Schlafen ist da sicher das falsche Wort … Wenn der Schlaf der kleine Tod ist, wie manche Boronis sagen, dann begeht ein Ordensritter, der sich zur Ruhe legt, wohl eher eine rituelle Handlung, als daß er einfach nur schläft wie unsereiner.«

Beide lachten. Schließlich klopfte Rondarion Manolo auf die Schulter. »Hast du alle deine Toten schon im Sack?«

Der Gardist nickte.

»Dann schlage ich vor, du versuchst es jetzt einmal mit einer rituellen Handlung, und ich übernehme für die nächsten Stunden die Wache.«

Manolo gähnte übertrieben. »Gute Idee!«

Nachdem sein Kamerad sich zurückgezogen hatte, stieg Rondarion die gewundene Treppe zu den Kerkern hinab. Als er Ines' Zelle betrat, lag sie wach. Das Mädchen begrüßte ihn mit einem Lächeln und nickte zu dem fast herabgebrannten Kerzenstumpf hinüber, der nicht weit von ihrem Lager stand. »Danke. Wenn ich allein im Dunklen wach liege, dann ist es ganz so, als wäre ich schon tot … Eine verlorene Seele, verstoßen in die ewige Finsternis. Das Licht spendet Trost, auch wenn mich die flackernde Kerze an mein eigenes, fast erloschenes Lebenslicht erinnert …«

»Wenn du die Dinge so siehst, habe ich vermutlich gute Nachrichten.« Rondarion zog eine lange Kerze aus seinem Gewand. »Ein neues Leben beginnt!«

Er hielt den Docht an die herabgebrannte Kerze, bis die Flamme übergesprungen war. Dann drückte er die neue Kerze in das geschmolzene Wachs der alten.

Ines beobachtete ihn mit fiebrigen großen Augen.

Der Gardist kniete neben ihr nieder und betupfte ihre Stirn mit einem feuchten Tuch. »Du siehst schon viel besser aus«, log er. »Du wirst es schaffen! Hast du dir überlegt, ob du Drontes Hilfe annehmen willst?«

»Wenn ich es nicht tue, werde ich bis an mein Lebensende mit dir zusammenbleiben.«

Rondarion runzelte ärgerlich die Stirn. »Was redest du da für einen Unsinn? Du wirst auch mit mir zusammenbleiben, wenn du gesund bist. Ich … ich liebe dich …«

»Sicher liebst du mich *jetzt* … Aber vielleicht brauchst du auch nur jemanden wie mich, um das Elend auf dieser Insel ertragen zu können. Eine einzelne unter den Dutzenden von Todgeweihten, der du dich ganz widmest und um deren Leben du kämpfen kannst.«

»Verspotte meine Gefühle nicht!« Ratlos starrte Rondarion auf den schmutzigen Kerkerboden. Wie konnte er seine Liebe beweisen?

»Versteh mich nicht falsch, mein wunderschöner Ritter. Ich zweifle nicht an diesem Augenblick … Ich habe Angst vor der Zukunft. Das wird nicht gutgehen … Ein junger Offizier und eine billige Hafendirne, die sich schon an Hunderte von Männern verkauft hat.«

Statt darauf eine Antwort zu geben, beugte sich Rondarion vor und küßte sie leidenschaftlich. Einen Augenblick lang versuchte sie, ihn abzuwehren, doch dann erwiderte sie seinen Kuß.

Sanft streichelte ihr warmer Atem seine Wangen, als er sich zurückbeugte. Ines weinte. Lautlos. Er hatte es nicht bemerkt, während sie einander küßten.

»Was ist … Habe ich etwas Falsches getan?« Er konnte sie nicht begreifen, ja, er war sogar ein wenig beleidigt. Sie hatte den Kuß doch gewollt. Warum nun das?

»Gestern hat man die Männer verhaften lassen, mit denen ich das Lager geteilt habe …«

»Deshalb möchte ich auch, daß du hier unten bleibst. Sie sollen dich nicht sehen.«

»Du begreifst nicht … Du hast gerade den Todeskuß von mir empfangen. Von mir, die sich nichts so sehr wünscht wie dein Leben. Wie konntest du das tun? Und wie konnte ich so schwach sein und es zulassen?«

»Man hat mich auf diese Insel geschickt, ohne daß ich krank gewesen wäre«, entgegnete er bitter. »Diesmal habe ich mein Los freiwillig gewählt. Außerdem glaube ich, daß die Kraft der Liebe den Dämon der Seuche in Fesseln schlagen wird. Ich liebe dich, Ines, und ich will von dieser Stunde an alles mit dir teilen. Das Leben wie den Tod.«

»Mein verrückter Ritter. Ich …« Sie erstarrte. Ihr Blick ging an Rondarion vorbei. Der Gardist erschauerte.

»Welch glückliche Fügung, euch gleich beide zu treffen«, erklang eine dunkle, wohltönende Stimme.

Erschrocken fuhr Rondarion herum. In der Tür stand der Ordensritter. Wie lange er sie wohl schon beobachtet haben mochte? schoß es dem Gardisten durch den Kopf. Hatte er alles gesehen? Der Krieger trug ein schwarzschimmerndes Kettenhemd und seinen Waffenrock, so als wolle er in die Schlacht ziehen. In der Rechten hielt er einen Dolch.

»Zieh blank!« Der Ritter hob seine Waffe und deutete auf das Schwert des Gardisten.

Rondarion legte die Hand auf den Schwertknauf, doch er zögerte noch. Die Ritter der *Basaltfaust* galten als die besten Kämpfer der Stadt. Die Aussichten, den Kampf zu überleben, waren also alles andere als gut. »Wollen wir nicht lieber reden, Hochwürden. Ich meine …«

Statt eine Antwort zu geben, machte der Ordensritter einen Ausfall.

Rondarion sprang zur Seite und riß sein Schwert heraus. Der gepanzerte Ritter war flink wie eine Dschungelkatze. Sofort griff er erneut an. Der Gardist parierte einen Stoß, der auf seinen Bauch gezielt hatte. In dem Augenblick, als die beiden Klingen gebunden waren, packte der Ordensritter mit der Linken Rondarions Handgelenk und verdrehte es mit einem solchen Ruck, daß der junge Offizier die Waffe fallen lassen mußte. Mit einem Fußtritt beförderte der Ritter das Schwert außer Reichweite, dann hämmerte er ihm mit der Rechten den Knauf des Dolches gegen die Schläfe. Rondarion taumelte und sank in die Knie. Ein Fausthieb schickte ihn vollends zu Boden.

Der Ritter ging in die Hocke und setzte Rondarion den

Dolch an die Kehle. »Ich habe noch nie viel von der Stadtgarde gehalten, aber daß ihr so erbärmliche Kämpfer seid, hätte ich nicht gedacht.« Er schüttelte den Kopf und wirkte verärgert. »Tut mir leid, Junge, aber man hat ein Todesurteil über dich gesprochen und mich zu deinem Henker bestimmt. Nimm es nicht ...«

Ines hatte sich lautlos von ihrem Lager erhoben und das Schwert ergriffen, das über den Kerkerboden in ihre Richtung geschlittert war. Im letzten Moment mußte der Ritter sie aus dem Augenwinkel gesehen haben. Er fuhr herum und riß den linken Arm hoch, um ihren Schlag abzuwehren. Knirschend schnitt das Schwert durch das Kettenhemd. Der Ordensritter stieß einen gellenden Schrei aus. Die Klinge war ihm tief in die Schulter gefahren. Dunkles Blut sickerte durch die Ringe des Panzers. Mit einem einzigen Fausthieb schickte er das Mädchen zu Boden.

Inzwischen war Rondarion wieder auf die Beine gekommen und zog den kurzen Parierdolch, der noch in seinem Gürtel steckte. Der Ritter preßte die Rechte auf die tiefe Wunde in der Schulter. Leicht schwankend drehte er sich um und lachte dem Gardisten ins Gesicht. »Komm und kämpf wie ein Mann!«

»Nein!« Mit aller Kraft schleuderte Rondarion den Dolch.

Der Ordenskrieger versuchte sich zu ducken, doch die Wunde und das schwere Panzerhemd lähmten ihn. Fast ohne an Wucht zu verlieren, schlug die Klinge durch die Ringe der Halsberge. Einen schrecklichen Augenblick lang schielte der Ritter an der Nase vorbei auf den Griff der Waffe, der unter seinem Kinn hervorragte. Dann brach er in die Knie und starb.

Rondarion eilte zu Ines. Wie eine zerbrochene Puppe lag sie mit verdrehten Gliedern am Boden. Blut tropfte aus ihrer Nase, lief in dunklen Bahnen über ihre blassen Wangen und sammelte sich zu einer Pfütze unter ihrem Kopf. Die Augen waren starr zur Kerkerdecke gerichtet. Zitternd bewegten sich ihre Lippen. »Leb wohl … mein Ritter …«

Der Gardist spürte, wie eine eisige Faust nach seinem Herzen griff. Sie durfte nicht sterben! Dronte! Der Magier mußte sie retten, ganz gleich, wie hoch sein Preis wäre!

Es war spät, als Alara die Tür zu ihrem Turm öffnete. Sie hatte in der Kommandantur lange darauf gewartet, daß der Regen endlich aufhörte. Schließlich hatte sie sich verzweifelt auf den Weg nach Hause gemacht. Sie hatte keinen trockenen Faden mehr am Leib. Sie schnaubte. Es schien fast, als hätten die Götter beschlossen, die Stadt von den zahllosen Sünden reinzuwaschen, die hier täglich begangen wurden.

Als sie die Tür aufstieß, erstarrte sie. Es brannte Licht im Turmzimmer. Jemand war im Lauf des Nachmittags hier gewesen und vielleicht sogar immer noch da. Alara versteifte sich, legte die Hand auf den Schwertgriff und trat in die Kammer, wobei sie sorgsam darauf achtete, daß sie immer eine Wand im Rücken behielt. Vorsichtig zerteilte sie den Vorhang aus Perlschnüren. Leise klackernd schlugen die hölzernen Kugeln aneinander.

Eine Bodenplatte war verschoben. Wer auch immer sie besucht haben mochte, hatte also das geheime Versteck neben dem Brunnen gefunden. Sie atmete langsam aus und bemühte sich, Haltung zu bewahren.

»Komm heraus!«

Ein Schatten bewegte sich hinter dem Wandschirm, der ihr Lager vor den Blicken der Eintretenden schützte.

»Du kommst spät.« Ein schlanker, hochgewachsener Mann trat hervor. Er hielt die Pergamentrolle in der Hand, die Alara aus der Kommandantur mitgebracht hatte. Der Bericht über den Einsatz Salpicios!

Sie beachtete den Mann nicht und hängte ihren nassen

Umhang an einen Haken. Es war kühl in der Kammer. Sie mußte sich umkleiden; sie durfte nicht krank werden! Schweigend zog sie die nassen Kleider aus.

»Du bist noch immer recht hübsch, wenn man einmal von der gräßlichen Tätowierung absieht. Macht es dir wirklich nichts aus, daß dich jedermann hinter vorgehaltener Hand die *Schlange* nennt? Früher warst du eitler ...« Er lächelte und zeigte dabei strahlendweiße Zähne. Ganz so, als wäre er bei sich zu Hause, ließ er sich auf der Bettkante nieder und wippte mit den Beinen.

Alara öffnete eine Truhe, holte ein grobes Leintuch hervor und rieb sich trocken. Auf dem Schreibpult neben der Treppe lag eine Balestrina. Langsam drehte sie sich in seine Richtung. »Du nennst dich jetzt Markud.«

Ihr Gegenüber wedelte mit der Pergamentrolle. »Nichts Neues für dich, wie es scheint. Du hast mir diesen Jungen ins Haus geschickt, nicht wahr? Nach allem, was hier geschrieben steht, mußt du ihn eingeweiht haben.«

Alara blickte zu der Balestrina auf dem Schreibpult hinüber. Zwei Schritte, und sie wäre dort. Der Schaft der Waffe wies in ihre Richtung. Die Balestrina war sogar gespannt!

»Hast du geglaubt, ich würde jemals aufhören, dich zu verfolgen? Ich werde dafür sorgen, daß du für deine Verbrechen gerichtet wirst.«

»Dann solltest du dich beeilen, meine Liebe. Dein Schicksal scheint deinen Heiler sehr ergriffen zu haben. Er hat sich jedenfalls eine Menge Notizen gemacht ... Selbst wenn es gelingen sollte, den Fluch zu brechen, gibt er dir höchstens noch ein Jahr. Ansonsten vielleicht noch eine Woche. Schon ein kleiner Schnupfen reicht in deinem Zustand aus, um dich zu töten. Du solltest dir in Zukunft besser überlegen, ob du durch den Regen läufst.« Wieder blinkten seine strahlendweißen Zähne.

Nur noch ein Jahr ... Im besten Falle! Oros hätte ihr das

sagen sollen! »Was ist mit dem Heiler? Wie bist du an seine Aufzeichnungen gekommen?«

»Keine Sorge. Er war den ganzen Nachmittag in der Arena, um zuzusehen, wie sich die Gladiatoren die Köpfe einschlagen. Es blieb reichlich Zeit, sich in aller Ruhe seine Gemächer anzusehen. Zu viel Geld hat er es mit seiner Kunst nicht gebracht ... Sein Heim ist nicht gerade aufsehenerregend. Auf der Suche nach einem Medicus wäre *meine* Wahl nicht auf ihn gefallen. Was du nun brauchst, ist ein fähiger Magier und sehr viel Gold, damit er für dich ein Opfer bringt, das sonst kein vernünftiger Mensch auf sich nähme. In Al'Anfa wirst du so jemanden nicht finden. Ich kenne allerdings einen Zauberer in Selem ... Wenn du dich beeilst, kannst du es vielleicht noch schaffen, bevor deine Zeit abgelaufen ist. Was also gedenkst du in der nächsten Woche zu tun? Wenn es überhaupt noch eine Woche ist ...«

Alara trat zu einer Truhe an der Wand und holte ein langes Wollhemd hervor. Von hier aus war es nur noch ein Schritt bis zu der Balestrina auf dem Schreibpult. »Ich glaube nicht, daß ich die Stadt verlassen werde. Ich muß mich stellen. Das ist die letzte Gelegenheit!«

Ihr Gegenüber nickte. »Die letzte.« Beide sahen einander an, ruhig, wissend. Sie schwiegen. Leise plätscherte der Brunnen. Eine Ewigkeit schien zu vergehen.

Schließlich war es der Fremde, der wieder sprach. »Mehr als fünfzehn Jahre ist das nun her, seit wir uns im *Mohakopf* begegnet sind. Der einbeinige Wirt, die rauchgeschwängerte Luft, schillernde Fliegen, die auf den schimmelnden Schrumpfköpfen unter den Deckenbalken herumkrochen, um ihnen Eier in die übergroßen Nasen zu legen. An das alles erinnere ich mich noch, als wäre es erst gestern gewesen. Du warst noch so jung ... Deine Augen strahlten, und du hattest etwas ...« Er schüttelte den Kopf. »Ich wußte auf den ersten Blick, als ich dich gesehen hatte, daß wir Seelenverwandte waren – und mehr. Die Art, wie du dich bewegtest ... Nichts konnte dir entgehen! Du gehörtest nicht zu den betrunkenen Seeleuten, den ruchlosen Sklavenjägern und keifenden Huren. Und ich ...« Er lachte. »Ich war ein Abenteurer. Begierig darauf, eine Herausforderung zu finden, die meiner Aufmerksamkeit wert war. Du wußtest auch sofort, daß wir aus demselben Holz geschnitzt waren. Es bedurfte keiner großen Worte, zueinanderzufinden. Und doch bliebst du ständig auf der Hut ... Von dem Wein, den ich uns bestellt hatte, hast du kaum getrunken. So wie ich ... Wir brauchten keinen billigen Fusel, um uns in einen Rausch zu reden. Ich hatte damals den Eindruck, daß dich irgend etwas bedrückte. Du schienst auf der Suche, so als ob du deinem Leben ein neues Ziel geben wolltest.« Markud lächelte breit. »Weißt du noch, wie du mich verprügeln wolltest, nur weil ich gesagt hatte, eine Richtschnur sei etwas für Leute, die nicht auf eigenen Füßen stehen können? Ich habe meine Meinung nicht geändert! Schon in der Stunde der Geburt tragen wir alles in uns, was wir zum freien Leben brauchen. Es ist nicht notwendig, sich an den Vorstellungen anderer zu orientieren. Wer frei ist, ist sich selbst das Maß!«

»Das heißt, Maßlosigkeit wäre ein Ausdruck von Freiheit?«

Der falsche Kaufmann antwortete nicht. Für eine Weile hingen beide stumm ihren Gedanken nach. Schließlich war es Markud, der das Gespräch wieder aufnahm. »Du wolltest mich damals bekehren, nicht wahr? Mich auf den rechten Weg zurückführen ... Vor den Abgründen der Selbstverliebtheit bewahren und mich zu Höherem führen.«

»Vielleicht.« Alara zuckte mit den Schultern und schielte zu der Balestrina auf dem Schreibpult hinüber. Ein Bolzen lag auf der Führungsschiene. Als sie den Turm am Morgen verlassen hatte, hatte dort keine Waffe gelegen. Welches Spiel mochte Markud mit ihr treiben?

»Auf der anderen Seite habe ich mich auch immer wieder gefragt, ob du dich in dieser einen Nacht vielleicht hast gehen lassen … Könnte es sein, daß du deiner Lust dieses eine Mal freien Lauf ließest, angefacht durch meine herausfordernden Reden? Ich habe nie begriffen, wie es geschehen konnte, daß wir in dieser Nacht in einem nach säuerlichem Schweiß stinkenden Bett, in einer billigen Absteige landeten.« Er fuhr sich mit der Zunge über die Lippen. »Welch eine Nacht! Wir haben uns abwechselnd gestritten und geliebt … Und dann dieses letzte Gespräch im Morgengrauen. Kein ›*Es war ganz nett, aber ich muß jetzt leider gehen*‹ … Du erinnerst dich doch sicher noch an dieses Gespräch, das unser beider Leben veränderte? Mir jedenfalls hat sich jedes unserer Worte unauslöschlich ins Gedächtnis eingebrannt.«

Alara starrte ihn voll kalter Wut an. Ohne zu zögern, hätte sie ihre letzten Tage hingegeben, wenn sie dafür eine geladene Waffe in Händen hätte halten dürfen, um Markuds Geschwätz ein für allemal ein Ende zu bereiten.

»Seltsam! Wenn du wütend bist, siehst du noch reizvoller aus, Alara. Ich weiß, was du nun denkst … Merkwürdig, an jenem Morgen haben wir auch über das Töten gesprochen. Das scheint wohl unser beider ewiges Thema zu sein … Was meintest du damals noch gleich? Man könne einen jeden Mörder finden und seiner gerechten Strafe zuführen? Leider würde nur oft zu halbherzig gesucht … Jedes Verbrechen, sei es nun Schmuggel, Diebstahl oder Mord, hinterlasse eine Spur. Einen Fingerzeig, der den, der ihn zu erkennen vermag, geradewegs zum Schurken führt und der es erlaubt, die nötigen Beweise zu einer Verurteilung zusammenzubringen.« Er schnippte mit den Fingern. »Ein hübsches Gedankenspiel, und doch ist es falsch! Glaubst du immer noch, es sei ein Gesetz der Götter, daß der Zufall einen jeden Plan, und sei er noch so ausgefeilt, zu Fall bringen wird? Ich habe lange darüber nachgedacht. Jahre … Du hast die Saat des Zweifels in meine Gedanken gestreut. Nicht viele haben das geschafft. Inzwischen bin ich der Meinung, daß es zuletzt immer auf ein Duell hinausläuft. Natürlich metaphorisch … Jäger oder Beute. Wer siegt – das wird allein dadurch entschieden, wer den brillanteren Geist hat. Derjenige wird triumphieren, der die Unwägbarkeiten des Schicksals zu seinem Vorteil zu nutzen versteht. Und der, der sich durch Gesetz und Moral keine Schranken auferlegen läßt, wird es dabei stets leichter haben, denn ihm stehen mehr Wege offen!

Als ich dir und deinen Thesen damals widersprach, geschah dies allerdings mehr aus dem Grund, um dich zu reizen. Ich sagte dir, ich sei überzeugt, daß gerade die Verworrenheit der menschlichen Schicksale es möglich mache, Verbrechen zu begehen, die nicht erkannt werden können. Ja, ich behaupte auch heute noch, daß aus diesem Grund die meisten Verbrechen nicht nur ungeahndet, sondern auch ungeahnt bleiben.« Markud seufzte und fuhr sich mit der Zunge über die Lippen. »Die Hitze des Gesprächs, der Rausch der Liebesnacht, unsere Jugend und unsere Dickköpfigkeit … Das alles hat uns in unserem Übermut zu unserer Wette verleitet. Sie war wie ein fürchterlicher Witz, den wir nicht zu unterdrücken vermochten, auch wenn es an Gotteslästerung grenzte, ihn auszusprechen. Es war die Versuchung des Geistes durch den Geist!«

Alara nickte und starrte zu Boden. Sie sah jenen Morgen vor sich, als wäre es erst gestern gewesen. Ihre Körper bebten noch vom Spiel der Lust, als jene Worte fielen, die ihr weiteres Leben bestimmen sollten. »Ja«, sagte sie müde, »ich habe diese Wette mit dir geschlossen.«

Markud lachte trocken. »Du warst dir wohl völlig sicher, daß ich sie nicht einhalten würde.«

»Ich war überzeugt, daß kein Mensch diese Wette einhalten könne.«

Schweigend hingen sie ihren Gedanken nach. Endlich hob

Alara den Kopf und blickte unverhohlen zu der Balestrina hinüber.

Markud lächelte dünn. »›Führet uns nicht in Versuchung‹, winseln die Schwachen zu den Göttern … Du warst meine Versucherin! Das weißt du, nicht wahr?«

Alara schwieg.

»Deine moralischen Grundsätze waren unerschütterlich. Du fühltest dich sicher, verschanzt hinter der Gewißheit, stets nur das Richtige, das Erlaubte zu tun! Gerade deine Moral reizte mich, mit dir zu wetten, ich könne in deiner Gegenwart ein Verbrechen begehen, ohne daß du imstande wärst, mich dafür vor den Gerichten der Stadt verurteilen zu lassen.«

Die Offizierin ballte die Fäuste. »Du hast nicht lange gebraucht, mich eines Besseren zu belehren. Zwei Tage später fuhren wir gemeinsam im Schrägaufzug über den Wasserfall. Wir standen auf der Lastplattform, umgeben von mindestens einem Dutzend Leute. Gischt benetzte unsere Gesichter … Gleich neben uns dieser junge Mann, der trübsinnig in die Fluten starrte. Als der Aufzug fast schon den Zenit erreicht hatte, gabst du ihm einen Stoß. Er stürzte über das niedrige Geländer und war in den tosenden Fluten verschwunden, bevor er auch nur einen Schrei ausstoßen konnte.«

»Ein Mord an einem wunderschönen Herbsttag. Vierzehn Zeugen hatten auf der Lastplattform gestanden, und keiner wollte vor Gericht aussagen, vor das du mich zerrtest. Sie alle hatten entweder nichts gesehen oder waren der Meinung, daß es sich eindeutig um Selbstmord gehandelt habe, so wie ich es den Stadtgardisten erklärte. Wen kümmerte schon der Tod eines Novadi? Nicht einmal die Gerichte! Ich wurde freigesprochen, und du entgingst nur dank deiner guten Beziehungen zum Patriarchen einer Klage wegen Verleumdung.«

Die alte Wut ließ Alaras Herz schneller schlagen. »Du hattest deinen Mord gut vorbereitet. Der Novadi war der Sohn irgendeines unbedeutenden Scheichs. Er kam in die Stadt, um einen Wunderheiler für seine todkranke Frau zu suchen. Sein Geld schmolz dahin, und als er schließlich einen Magier fand, der geneigt schien, ihm zu helfen, reichte die restliche Barschaft bei weitem nicht mehr. Er ging in die Arena und setzte alles, was er noch besaß, auf einen Gladiator, der nicht einmal den ersten Waffengang überlebte. Sein Weib hatte er die ganze Zeit über belogen … Als wir ihn im Schrägaufzug trafen, war er seit zwei Nächten nicht mehr bei ihr gewesen. Er scheint sich sogar mit Selbstmordabsichten getragen zu haben.«

»Ich wählte meine Opfer immer sorgfältig aus, meine Freundin.« Markud lachte.

»Hast du dich jemals um das ›Danach‹ gekümmert? Dein Toter hieß Mahmud ibn Rai und sein Weib Sanaa. Sie hat sich am Tag nach dem Bekanntwerden seines Todes in einem öffentlichen Dampfbad die Pulsadern geöffnet. Ihr Blut verdarb die kostbaren weißen Marmorplatten des Baderaums. Um die Unkosten für das Abschleifen des Marmors zu decken, ließ das Badehaus Sanaas Dienerin versteigern. Die Garderobe des Paars wurde in ihrer Unterkunft beschlagnahmt, um angeblich ausstehende Rechnungen zu begleichen. Es blieb kein Heller für Sanaas Begräbnis, und so überließ man ihre Leiche der Arena. Du weißt ja sicher, daß man die Löwen dort bevorzugt mit Menschenfleisch füttert, um sie wilder zu machen.«

»Deine Verliebtheit in düstere Einzelheiten hat etwas Rührendes, Alara. Ich fürchte, ich werde nie begreifen, welche Art von Befriedigung du daraus ziehst.«

»Du bist an jenem Herbsttag von einem götterleugnenden Ketzer zu einem Verbrecher geworden«, entgegnete Alara ungerührt. »Für dich gibt es nur einen Gott, und der heißt Markud. Du siehst nur deinen Vorteil. Das Verderben, das aus deinen Taten erwächst, kümmert dich nicht!«

»Das Verderben, das aus meinen Taten erwächst? Hast du Maraskan schon vergessen? Ich fürchte, es kommt immer auf den Blickwinkel an, aus dem man vermeintliche Verbrechen betrachtet, nicht wahr, meine Liebe? Aber gut, bleiben wir einmal dabei ... Seit unserem ersten Treffen wurde ich ein immer besserer Verbrecher und du ... Wie nennt man so etwas wie dich, Commandanta Alara Olibano? Eine Ritterin, stets bereit, eine Lanze für die Gerechtigkeit zu brechen? Eine Jägerin? Wie dem auch sei, der Schritt, den ich dir durch meine selbstgewählte Freiheit voraus war, den konntest du niemals einholen. Immer wieder kreuzten sich unsere Wege. Es war mir eine Lust, unter deinen Augen immer dreistere, verwerflichere Verbrechen zu begehen. Nie gelang es dir, meine Taten zu beweisen. Scharenweise hast du armselige Halsabschneider und unbegabte Betrüger hinter Gitter gebracht oder vor den Scharfrichter geführt. Doch mich konntest du niemals besiegen. In unseren Duellen des Geistes war stets ich es, der triumphierte!«

Markud beobachtete sie aufmerksam. Seine Augen funkelten in kalter Freude. »Das also war unser Leben. Du mühtest dich unter der Knute kleingeistiger Vorgesetzter, die dir jeden deiner Erfolge neideten. Vegetiertest in schäbigen Amtsstuben dahin und mußtest flüchten, wenn den neuen Machthabern dein aufmüpfiger Geist nicht mehr paßte. Und ich? Einmal schätzte der übelste Auswurf der Gosse meine Kumpanei, und dann stand ich wieder in den Audienzsälen von Fürsten. Als Waffenschmuggler auf Maraskan paktierte ich mit Piraten, und nur wenige Götternamen später neigten sich selbst adlige Häupter vor mir, wenn ich als trahelischer Botschafter in Nostria eine prächtige Residenz bezog. Es war mein Übermut, der mich das Gute tun ließ. Ich sonnte mich im Licht der Bewunderung, wenn man mich als spendablen Wohltäter der Armen feierte, doch genauso genoß ich es, aus einer Laune heraus das Schlechte zu tun und mich wie ein dunkler, seelenverschlingender Cherub zu gebärden. Mein Leben war ein Abenteuer, und jeder Tag brachte etwas Neues. Deine Sehnsucht war es, mein Leben zu vernichten, und mein Streben bestand darin, es dir zum Trotze zu behaupten. So hatte uns eine einzige Nacht aneinandergekettet, für die Ewigkeit, wie es schien ...«

Markud erhob sich und schnippte mit den Fingern. »Vorbei! Du hast das Ende vor Augen. Bist zurückgekehrt nach Al'Anfa, wo wir einst unsere Laufbahn begannen. Hier, in der Stadt des Totengottes, willst du deinen letzten röchelnden Atemzug tun. Und noch immer krallst du dich an mein Leben ... Gib es auf, alte Freundin! Du bist kein würdiger Gegner mehr. Das Spiel ist aus. Boron wartet nicht.«

Alara antwortete nicht. Wieder schwiegen die beiden, jeder für sich einsam wie eine unwirtliche Insel inmitten eines Ozeans, verwüstet von den Stürmen der Zeit. Und wieder war es Markud, der schließlich das Schweigen brach.

»Du glaubst, ich hätte dein Wunderkind Salpicio getötet?«

»Ich gehe diesem Mordfall nach«, antwortete sie bewußt gleichgültig.

Markud seufzte. Er schlug die Pergamentrolle, in der er gelesen hatte, als Alara zurückgekehrt war, leise klatschend in die flache Hand. »Dies werde ich mitnehmen.«

»Zuletzt wird es mir gelingen, deine Verbrechen zu beweisen«, murmelte sie bitter. »Auch wenn mir nicht mehr viel Zeit bleibt.«

»So? Ich bin gespannt. Hier steht alles, was dein Spitzel über mich herausfand. Nicht eben viel ... Ich kenne dich gut genug, um zu wissen, daß es keine Abschrift davon gibt. Du hast Akten und Papierkram nie gemocht!«

»Nie«, gestand sie einsilbig und ohne Umschweife.

Markud blickte zu der Balestrina auf dem Schreibpult hinüber. »Willst du nicht versuchen, mich aufzuhalten?«

»Wozu? Du hast den Abzugsmechanismus blockiert.«

Er zuckte mit den Schultern. »Du kennst mich eben.« Markud hob die Pergamentrolle zum Gruß und ging, doch vor dem Türbogen blieb er noch einmal stehen. »Ein boshafter Streich von dir, so jung zu sterben. Du nimmst meinem Leben die Würze. Einer wie dir werde ich wohl nie wieder begegnen, Alara. Weil wir uns nun das letzte Mal sehen, hör auf meinen Rat! Verlaß die Stadt! Es ist das Beste für deine Gesundheit.« Seine Stimme klang nun weich, so wie am Morgen nach ihrer Liebesnacht, bevor sie jene unsägliche Wette abschlossen. Er verharrte, als erwarte er eine Antwort. Es dauerte einige Herzschläge lang, bis das spöttische Lächeln auf sein Gesicht zurückkehrte. Markud schüttelte den Kopf. Was sollte er auch sagen, nun, da alles zu Ende schien? Er trat durch den Vorhang aus Perlschnüren, die leise klickend hinter ihm zusammenschlugen.

Als Alara hörte, wie die schwere Tür des Turms ins Schloß fiel, trat sie an das Schreibpult. Sie legte die Hand auf den kühlen, schön geschnittenen Griff der Waffe. Hoffentlich hatte Markud den empfindlichen Federmechanismus nicht zerstört. Vorsichtig krümmte sie den Finger um den Abzug. Knirschend schlug ein Bolzen in die gegenüberliegende Wand. Ein trockenes, bitteres Lachen entrang sich ihrer Kehle. Er hatte wieder einmal gewonnen.

Nach Atem ringend ging sie neben dem Schreibpult in die Knie. Tränen rannen ihr über die Wangen. Die kümmerlichen Reste ihrer Lunge brannten, als hätte man ihr flüssiges Feuer in die Kehle gegossen, doch konnte sie nicht aufhören zu lachen.

11. Kapitel

»Der größte Held dieses Zeitalters, sagst du?« Gion zog die Nase hoch und spuckte auf das regennasse Pflaster. »Der größte Hurenbock vielleicht ... Und wenn er hundertmal der Schwertkönig heißt, für mich ist das ein Halunke und Vagabund.«

Der kleine Trupp der Stadtgarde unter dem Kommando des Weibels Gion hatte unter einem Torbogen Zuflucht vor dem Regen gesucht. Sie hatten gerade erst ihre Nachtwache angetreten.

Aber kaum waren sie bei den Brabaker Baracken angekommen, öffnete der Himmel seine Schleusen. Es regnete so stark, daß sich binnen weniger Augenblicke die ungepflasterten Straßen des Viertels in schlammige Bäche verwandelten. Der Sturmwind vom Meer peitschte den Regen fast waagerecht gegen die elenden Lehmhütten und hatte sogar die Laterne des Wachtrupps ausgeblasen.

Die Mäntel eng um die Schultern gezogen, kauerten die vier Gestalten unter einem verwitterten Torbogen, der vor Jahrhunderten vielleicht einmal zur alten Stadtmauer gehört hatte. Gion hatte ausgesprochen schlechte Laune, und auch die Stimmung der drei Gardisten war alles andere als gut.

»Und warum, bei Kor, ist der Schwertkönig für dich ein Halunke?« fragte Marca, die jüngere der beiden Gardistinnen.

Einen Augenblick lang herrschte Schweigen. In einem der Häuser ganz in der Nähe jaulte ein Hund. Der Weibel räusperte sich leise und setzte dann ein wichtiges Gesicht auf.

»Zu anderen Zeiten hättest du dich mit deinem Gewäsch um Kopf und Kragen geredet. Nun ja, was will man von so 'nem jungen Ding auch an Verstand erwarten? Für mich jedenfalls kann ein Mann, der Thorwaler Piraten unterstützt, niemals der größte aller Helden sein – und wenn man ihn hundertmal den Schwertkönig nennt. Ich sag dir, der alte Tar Honak hätte dir für solches Gerede den Kopf vor die Füße legen lassen.«

»Niemals hat der Schwertkönig einem Thorwaler geholfen«, entgegnete Marca trotzig. »Das redest du doch nur so!«

Gion lächelte überlegen. »Dann kennst du wohl nicht die Geschichte, wie der Kerl den Piraten Frogwolf oder so ähnlich – diese Thorwaler Namen kann sich ja kein gescheiter Mensch merken – ganz allein aus den Kerkern der Eiselfe Pardona herausgehauen hat? Diesen Frogwolf hatte einer seiner eigenen Landsleute verraten. Noch so ein Pirat, den in meiner Jugend jedermann als den Blender kannte, weil dieser Schurke sich ein Vergnügen daraus machte, seinen Gefangenen die Augen auszustechen. Ich sag dir, hätte sich der Schwertkönig damals nicht eingemischt, dann gäbe es jetzt einen Piraten weniger! Und wenn ich mich recht erinnere, war der Schwertkönig auch vor ein paar Jahren in einen Sklavenraub verwickelt. Nein, Mädchen, ein Mann, der sich an kein Recht halten mag, den kann ich niemals *groß* nennen!«

Marca kratzte sich am Kopf. »Von diesen Geschichten hab ich noch nie gehört …«

»Was weißt du junges Luder auch schon?« Gion wandte sich an den Moha, der neben ihm am Boden kauerte und in die Finsternis starrte. »Du kennst die Geschichte doch sicher, Hatuma. Ihr Mohas kennt doch immer alle möglichen Geschichten …«

Der Moha schüttelte bedächtig den Kopf. »Ihr werdet schon recht haben, Meister. Ihr habt doch immer recht …«

»Willst du mich foppen? Verdammtes Pack! Was, in aller Götter Namen, habe ich denn verbrochen, daß ich mich mit solcher Hurenbrut wie euch herumschlagen muß? Bekäme ich für jedes freche Wort von euch ein Silberstück, dann hätte ich mich schon längst als reicher Mann zur Ruhe setzen können.«

Immer noch jaulte der Hund irgendwo in der Finsternis. Der Regen hatte ein wenig nachgelassen.

»Und wenn du dich irren solltest?« fragte Marca. »Es gibt auch Leute, die allerlei Lügen über die Taten des Schwertkönigs verbreiten und ...«

»Statt hier weiter dumme Reden zu schwingen, wirst du jetzt diesen verfluchten Kläffer zum Schweigen bringen. Los, mach dich davon, bevor ich mich vergesse!«

»Aber ...«

»Das ist ein Befehl!«

Leise fluchend verließ die Gardistin den trockenen Platz unter dem Torbogen und war nach wenigen Schritten in der Finsternis verschwunden. Gion wandte sich an den Moha. »Von dir hätte ich nicht erwartet, daß du mir in den Rücken fällst ...« Die Kriegerin hinter Hatuma grinste breit, blickte aber sofort zur Seite, als der Weibel zu ihr aufsah. »Mit Gesindel wie euch in der Garde stehlen sie dem Patriarchen eines Tages noch seinen Palast unter dem Arsch weg ... Was treibst du da eigentlich, Hatuma?«

Der Moha hatte eine Handvoll kleiner Knochenstücke auf das nasse Pflaster geworfen und betrachtete nachdenklich das Muster, das sie bildeten. Er wirkte angespannt. Hastig sammelte er die Knochen wieder ein und warf sie ein zweites Mal aus.

»Ich dachte, du bist hier in der Stadt aufgewachsen und nicht unter den Wilden im Dschungel ... Was soll dieser Unsinn?« Gion dachte voll Unbehagen an die Schamanen, die er vor langen Jahren während des Dschungelkriegs gegen Trahelien getroffen hatte. Verstohlen schlug er ein Schutzzeichen.

Hatuma flüsterte etwas, das der Weibel nicht verstand. »Was ist los mit dir, Kerl?«

Der Moha sammelte erneut die Knochenstücke ein, verstaute sie diesmal aber in einem kleinen Lederbeutel, den er unter seinen Brustpanzer schob. »Wir müssen gehen.«

»Was?«

Hatuma war aufgestanden. »Die Geister meiner Ahnen sagen, daß Mala ma-ta-to um uns ist, der, der alles Wasser nimmt.«

Gion packte den Gardisten an der Schulter. »Was erzählst du da?«

Hatuma riß sich los. Seine Augen waren vor Angst geweitet. »Laß mich! Keine Waffe kann Mala ma-ta-to töten! Wir müssen fort ...«

»Verdammter Wilder! Du bist Soldat in der Stadtwache. Du kannst nicht einfach deinen Posten verlassen! Hast du denn kein Hirn in deinem Dickschädel? Wenn du jetzt abhaust, muß ich dich melden ... Man wird Jagd auf dich machen, und weil du nur ein Moha bist, wird man dich zur Abschreckung für die anderen vor der Kommandantur zu Tode peitschen.«

»Du wirst mich nicht aufhalten!« Der Moha hatte sein Schwert aus der Scheide gerissen. Gion sah aus den Augenwinkeln, wie auch die lange Daria, die andere Gardistin, ihre Waffe zog. Er hob beschwichtigend die Hände. »Ist schon gut, mein Junge. Ist schon gut ... Du willst gehen? Na schön ... Nur weil du dich ins Unglück stürzen willst, werde ich mir bestimmt kein Loch in den Wanst schneiden lassen, um dich aufzuhalten.« Gion tat einen Schritt auf den Moha zu und sah ihm dabei fest in die Augen. Noch ein kleines Stück und ...

»Gion, schnell!« erklang ein Schrei in der Finsternis. Hatuma blickte einen Herzschlag lang die Straße hinauf, so als fürchte er, daß ihn Marca von hinten angreifen könnte. In diesem Augenblick schlug der Weibel zu. Seine Faust krachte gegen das Kinn des Mohas. Der Gardist wurde halb herumgerissen. Gion versetzte ihm einen Tritt gegen das Knie, und als Hatuma strauchelte, rammte er ihm den Ellenbogen gegen die Schläfe. Röchelnd stürzte der Moha in den Schlamm der Straße.

»Verfluchter Dickkopf!« Gion rieb sich die Faust. Die Haut über den Knöcheln war aufgeplatzt.

»Gion!« Wie ein Geist tauchte Marca aus der Finsternis auf. Ihren niedergestreckten Kameraden beachtete sie gar nicht. »Bei allen Göttern, Gion, komm!«

»Was ist denn los, Kindchen? Du siehst ja aus, als säße dir ein Dämon im Nacken, und überhaupt ...«

Sie packte ihn am Waffenrock. »Komm, ihr Götter ... Das ganze Haus ist voll mit ihnen!«

»Wovon redest du?«

»Dafür gibt es keine Worte ... So komm doch endlich!«

Gion wandte sich an Daria. »Bring unseren Dickkopf wieder ins Trockene und paß auf ihn auf, damit er sich nicht doch noch davonmacht. Ich sehe mal nach, was unserer Braut des Schwertkönigs über den Weg gelaufen ist ...«

Daria grinste breit.

Marca führte den Weibel ein Stückchen die Straße hinauf. Immer lauter wurde das Heulen des Hundes. Gion wunderte sich, daß nicht einer der Nachbarn gekommen war, um das Tier zum Schweigen zu bringen. Die Gardistin führte ihn auf einen stinkenden Hof, in dessen Mitte ein halbverfallener Brunnen stand. Durch eine offenstehende Tür fiel ein unsteter Lichtstreifen.

Seine Kameradin zeigte mit ausgestreckter Hand auf die Tür. »Dort ist es ...«

»Was?«

»Sieh es dir selbst an ...«

Gion blickte unsicher zur Tür. Es hatte jetzt ganz aufgehört zu regnen. Bei jedem Schritt versank er knöcheltief in Schlamm und Fäkalien. Leise vor sich hinfluchend, stapfte er über den Hof und betrat das Haus. Das Erdgeschoß schien nur aus einem einzigen Raum zu bestehen. Zwei fast herabgebrannte Kerzen standen auf dem Boden. Mitten in der Kammer hockte ein großer grauer Hund und jaulte zum Herzerweichen. Neben ihm lag eine zusammengekrümmte Gestalt am Boden, eine Frau in mittleren Jahren mit kurzgeschorenen Haaren. Ihr Gesicht war blaß und eingefallen. Sie starrte Gion aus dunklen Augen an, doch ihre Blicke schienen durch ihn hindurchzugehen.

Entlang der Wände der Kammer lagen noch andere Gestalten auf Matten aus geflochtenem Stroh. Es mußten wohl acht oder neun Menschen in der Kammer sein. Überall standen stinkende Töpfe und Krüge auf dem Boden, und Hunderte von buntschillernden Fliegen tanzten in der Luft oder krochen über die Gesichter der Sterbenden.

Gion zog einen Zipfel seines Umhangs hoch und hielt ihn sich vors Gesicht, doch auch das half nichts gegen den Gestank. Vorsichtig rückwärts gehend, verließ er diesen Ort des Todes. Neben dem Eingang kauerte ein junger Mann auf einem Nachttopf und wippte leise summend vor und zurück.

»Was ist hier geschehen?«

Der Mann antwortete nicht. In plötzlicher Wut griff ihm der Weibel ins Haar und riß den Kopf hoch. Das Gesicht des Mannes war ausgezehrt. Blau schimmerten die Adern unter der blassen Haut. Die Augen waren tief in die Höhlen zurückgesunken.

»Was ist hier los?«

Völlig in sich versunken, summte der Mann noch immer die Melodie zum Kehrreim eines Kinderliedes. Er schien Gion überhaupt nicht wahrzunehmen, obwohl der Weibel ihn zwang, ihm ins Gesicht zu sehen. Schließlich ließ er den Kranken wieder los und trat auf den Hof hinaus. Eine schreckliche Ahnung trieb ihn zur nächsten Tür. Auch dort zeigte sich ein Bild des Schreckens. In einer Ecke der Kammer lagen drei Tote, über deren Gesichter man Tücher gedeckt hatte. Eine junge Frau hatte noch die Kraft zu laufen und bemühte sich, die Kranken zu versorgen. Sie kniete neben einem leise wimmernden Kind, das im Sterben lag. Erschrocken blickte sie zu Gion auf, als der Weibel eintrat.

»Bitte, bringt uns nicht zu den Schiffen, Herr!«

»Was? Wovon redest du?«

Die Frau schnaubte verächtlich durch die Nase. »Ihr braucht Euch nicht zu verstellen, Herr. Alle im Viertel wissen, daß die Stadtgarde die Kranken abholt, damit sie weit draußen auf dem Meer ertränkt werden …«

»Das ist doch Unsinn. Man bringt euch auf die Sklaveninsel, wo sich Heiler um euch kümmern.«

»Und warum ist keiner zurückgekehrt, den die Stadtgarde geholt hat?« Die Frau hatte sich schwankend aufgerichtet. In breiten Strähnen hing ihr das Haar ins Gesicht. Ihre Augen glänzten fiebrig. »Bitte, Herr, verratet keinem, was hier geschieht … Ihr könnt alles von mir haben. Schenkt uns einen Tod in unserem Haus. Seid gnädig …«

»Rühr mich nicht an!« Gion hob die Hände, um sie zurückzustoßen, doch die Frau blieb einen Schritt vor ihm stehen.

»Bitte …«

»Wann hat das alles hier angefangen? Wie lange verbergt ihr die Kranken schon?«

Die Frau lachte bitter. »Fürchtet Ihr, daß wir die Garde betrogen haben? Gestern bei Sonnenuntergang waren alle, die Ihr hier seht, noch gesund. Es hat erst heute in den Morgenstunden begonnen. Als erster …« Sie schluckte und nickte zu den Toten hinüber. »Als erster ist mein kleiner Junge zu Boron gegangen. Er starb um die Mittagsstunde.«

»Das heißt, es dauert nicht einmal mehr einen Tag, bis die Seuche tötet? Ich muß Meldung machen!«

»Herr …«

Er stieß die Frau zurück und war mit einem weiten Schritt hinaus auf dem Hof. Auf dem schlammigen Boden rutschte er aus. Hastig sprang er wieder auf die Beine. Sein Waffenrock war mit Kot und Schmutz besudelt. Marca wartete noch auf ihn.

»Wir müssen zur Kommandantur. Sofort!«

Er blickte noch einmal zurück auf die Tür, in der nun die junge Frau stand, dann begann er zu laufen, so schnell ihn die Beine trugen.

»Du bist sicher, daß du diesen Weg nehmen willst?«

Dronte nickte. Er hatte es sich lange überlegt. Natürlich bestand die Möglichkeit, auf der Flucht zu ertrinken; doch er war immer ein guter Schwimmer gewesen. Wenn er hingegen hier in der Festung blieb, war es nur eine Frage der Zeit, bis ihn die Sieche tötete. Bis jetzt zeigte zwar noch keiner der Gardisten Anzeichen einer Krankheit, aber vielleicht dauerte es ja auch ein paar Tage, bis das Übel hervorbrach. Der Gedanke machte ihm angst. Ob auch er schon den Keim des Verderbens in sich trug? Es war höchste Zeit, von hier fortzukommen! »Beende deine Arbeit«, sagte er gefaßt.

»Leb wohl, Dronte. Du wirst immer einen Platz in unseren Gebeten haben …«

»Schon gut. Ich bin kein Heiliger. Wir haben nichts weiter als ein Geschäft miteinander gemacht. Ihr beide seid mir nichts mehr schuldig.« Es blieb keine Zeit für langes Gerede. Die Morgendämmerung war angebrochen, und es würde nicht mehr lange dauern, bis das Schiff käme, das die neuen Kranken brächte und im Austausch gegen die Todgeweihten die Leichen des letzten Tages an Bord nähme.

Der Offizier hob die lange Nadel und zog das Tuch über dem Gesicht des Magiers zusammen.

Der Zauberer biß sich auf die Lippen. Seine Linke umklammerte den Dolch, mit dem er sich aus dem Leichentuch befreien würde, in das Rondarion ihn nun einnähte. Die Wachen der Garnison schliefen. Niemand außer den beiden Offizieren und dem Mädchen würde wissen, daß er gar nicht gestorben war.

Das Leintuch, das sein Gesicht bedeckte, roch leicht nach Moder. Ein Vorgeschmack auf das Grab, dachte Dronte lächelnd. Nicht für mich! Heute abend schon würde er irgendwo an der Küste nördlich der Stadt sitzen, naß bis auf die Knochen, durchgefroren und erschöpft, aber frei! Es war ein Fehler gewesen, in diese götterverfluchte Stadt zu kommen. Und ein noch größerer Fehler war es, sich mit diesem Schurken Oboto Florios einzulassen. Stadtmarschall, ha, welch ein Titel! Anderswo wäre ein Kerl wie Florios allenfalls Räuberhauptmann! Der Kommandant hatte ihn auf die Insel geschickt, um herauszufinden, ob gewisse Gerüchte stimmten, die ihm über seinen Neffen Immuel zu Ohren gekommen waren. Oboto wollte wissen, ob sich der Hochgeweihte tatsächlich eine kranke Dirne ins Bett geholt hatte und folglich damit zu rechnen sei, daß sein Neffe erkrankte. Außerdem hatte der Stadtmarschall ihn beauftragt, das Mädchen zu beschützen. Dafür sollte er nach zwei oder drei Tagen von der Insel geholt werden. Von der Art der Krankheit und davon, daß niemand, der das Kastell einmal betreten hatte, es wieder verlassen durfte, hatte der Betrüger natürlich nichts gesagt.

Dronte fluchte stumm. Er hatte sich von den fünfzig Dublonen blenden lassen, die ihm der Stadtmarschall im voraus gegeben hatte, und von dem Versprechen, daß den Goldstücken noch hundert weitere folgen würden, sobald er von der Insel zurückkehrte. Der Magier biß sich wütend auf die Lippen. Er hätte es besser wissen müssen. Einem Granden aus Al'Anfa konnte man nicht trauen!

Außerhalb der Mauern ertönte das Hornsignal, das die

Ankunft des Schiffes ankündigte. Rondarion schloß mit einem letzten Doppelstich die Naht des Leichentuchs und gab Dronte einen sanften Stoß. »Viel Glück, Magier.«

Der Zauberer hörte, wie sich Schritte entfernten. Es kam Leben in die kleine Festung. Auf dem Hof fluchte jemand lautstark. Die Kette der Zugbrücke klirrte. Quietschend öffnete sich das schwere Tor des Kastells. Befehle wurden gerufen. Lärmen auf dem Hof der Festung. Angespannt wartete Dronte darauf, daß man die Leichen holte. Die Ankunft der Kranken zog sich ungewöhnlich lange hin. Ob die Seuche schlimmer geworden war?

Endlich wurde er hochgehoben. Der Magier versteifte sich. Rondarion hatte versprochen, daß er ihn persönlich holen käme, um ihn gemeinsam mit dem anderen Offizier zum Leichenkarren zu tragen.

Grob wurde er an Schultern und Füßen gepackt. Endlich verließ er diese verfluchte Festung!

»Nur fünf?« fragte eine fremde Stimme. »Das wird sich ändern. Wir kommen zu Mittag wieder und bringen hundert Faß Wasser.«

Der Leichensack landete unsanft auf der Pritsche des Wagens. Dronte biß die Zähne zusammen, um nicht aufzustöhnen, als er mit dem Kopf gegen eine Seitenwand des Leichenkarrens schlug.

»Wahrscheinlich kommen wir am Abend noch einmal. Sie bringen stündlich weitere Kranke zum Kai.«

»Das sind zu viele!« Der Zauberer erkannte die Stimme Rondarions. »Wir haben hier nicht genügend Gardisten, um mit so vielen Kranken fertigzuwerden. Wir brauchen ...« Ruckend setzte sich der Leichenwagen in Bewegung. In Schrittgeschwindigkeit ging es den gepflasterten Weg zur Anlegestelle hinab. »... dringend einen Geweihten, der sich um die Sterbenden kümmert.« Die Stimme des Offiziers wurde leiser. Dronte sah Rondarion im Geist auf der Brücke stehen und dem abfahrenden Karren nachrufen, während einige der Bogenschützen vom äußeren Wachkordon sich im Schatten erhoben und mißtrauisch zu ihm herübersahen.

»Ich habe lediglich gehört, daß man die Wachen hier draußen verstärken will«, antwortete die fremde Stimme.

Der Zauberer dankte stumm den Göttern, daß sie ihn im letzten Augenblick noch einen Weg aus dieser verfluchten Seuchenfestung gewiesen hatten.

Kurz nachdem der Leichenkarren anhielt, wurde Dronte grob an Bord des Schiffes gebracht. Er fiel auf etwas Weiches. In seiner Phantasie malte er sich aus, wie er wohl inmitten eines ganzen Haufens von Leichen liegen mochte. Ein Schauer überlief ihn. Es konnte nicht gesund sein, unter all diesen Toten zu liegen. Hoffentlich streckte der gierige Seuchendämon nicht doch noch seine Krallen nach ihm aus. Nicht jetzt, da er doch schon fast gerettet war!

Mit dumpfem Schlag fiel ihm etwas auf die Brust. Es kam so überraschend, daß der Magier leise aufstöhnte. Noch eine Leiche! Hoffentlich hatte ihn niemand gehört. Er lauschte auf jedes Geräusch. Weitere Tote wurden an Deck geworfen. Jemand fluchte. Leise plätschernd schlugen Wellen gegen die Bordwand. Dronte spürte, wie sich das Schiff in der Meeresdünung hob und senkte. Etwas stimmte nicht ... Wieder beschlich ihn die Furcht. Er vermochte nicht beim Namen zu nennen, was es war, doch wußte er ganz sicher, daß etwas nicht mit rechten Dingen zuging.

Krampfhaft umklammerte er den kleinen Kräuterbeutel an seinem Gürtel. Darin verwahrte er drei Kajuboknospen, Zauberpflanzen, die es ihm ermöglichen würden, im Wasser so zu atmen wie an Land. Er durfte nicht zu schnell wieder auftauchen, wenn man ihn ins Meer geworfen hatte. Sonst würden ihn womöglich Seeleute oder Söldner an Bord des Schiffes entdecken und ihn zur Zielscheibe für eine Schießübung erklären.

Mit allen seinen Sinnen konzentrierte er sich, lauschte auf das kleinste Geräusch, spürte, wie das Boot sich hob und senkte und der Kadaver, der quer über seiner Brust lag, ihm das Atmen erschwerte. In der Luft hingen süßlicher Verwesungsgeruch und der Duft nach Teer und Salz. Durch den Stoff des Leichentuchs konnte er fast nichts sehen. Allein das Praiosgestirn war zu erkennen, das noch tief am Horizont stand.

Jemand in der Nähe rief einen Befehl. Er spürte, wie sich das Schiff bewegte. Die Leinen waren offenbar eingeholt worden. Nun ging es hinaus in die Freiheit!

Du hast an alles gedacht, wiederholte er immer wieder in Gedanken. Die Flucht muß gelingen! Irgendwo weit über ihm erklang das schrille Kreischen einer Möwe. Gerade wollte Dronte sich entspannen, als ihn wie ein Schlag die Erkenntnis traf, was hier nicht stimmte. Die Dünung! Das Schiff bewegte sich zu stark. Weder das kleinste Segelschiff noch eine Galeere würden sich so stark in der sanften Dünung des Golfs von Al'Anfa bewegen. Er mußte an Bord eines sehr kleinen Bootes sein. Vielleicht ein Beiboot oder ein Fischkutter? Was mochte das bedeuten? In den vergangenen Tagen waren die Toten immer an Bord einer der schwarzen Galeeren der Kriegsmarine gebracht worden.

Wieder spannte Dronte alle seine Sinne an. Vielleicht konnte er sich aus Geräuschen, Gesprächsfetzen oder Gerüchen erklären, warum es zu dieser Änderung gekommen war. Er hörte nun das Geräusch von Rudern, die in regelmäßigem Takt ins Wasser tauchten. Sie waren nur ein klein wenig zu leise, um … Jetzt begriff er. Ein kleines Boot im Schlepp einer Galeere! Vielleicht ein beschlagnahmtes Fischerboot. Wahrscheinlich hatten die hochnäsigen Offiziere der Marine sich geweigert, ihre Kriegsschiffe weiterhin für Leichentransporte zur Verfügung zu stellen. Und war es nicht auch vernünftig? War es nicht klüger, wenn so wenige

Menschen wie möglich mit den Opfern der Seuche in Berührung kamen?

Dronte spürte, wie das Boot, auf dem er lag, den Kurs änderte. Vermutlich würde man den Fischkutter nach Nordosten schleppen. Irgendwo außer Sichtweite der Küste würden dann ein paar Matrosen an Bord kommen, um die Säcke mit den Leichen ins Meer zu werfen.

Der Magier entspannte sich. Er war der verfluchten Festung entkommen. Von nun an ging es der Freiheit entgegen!

12. Kapitel

Naldor hatte schon über eine Stunde gewartet, als Alara endlich in ihrer Amtsstube erschien. In der Stadt ging alles drunter und drüber, nur in diesem engen Zimmer mit dem vergitterten Fenster, das zum Fluß hinaus wies, schien die Zeit stehengeblieben zu sein. Auf dem Flur waren die eiligen Schritte von Boten zu hören.

Der Stadtmarschall war schon kurz nach Morgengrauen in der Kommandantur erschienen, nur um bereits nach einer halben Stunde von einer Sänfte aus der Stadt des Schweigens abgeholt zu werden. Es schien, als sei Al'Anfa über Nacht in Kriegszustand geraten. Jede Patrouille der Stadtgarde wurde nun von Soldaten der Armee begleitet. An den strategisch wichtigen Punkten hatten Einheiten der Tempelgarde Posten bezogen. Doch niemand schien zu wissen, was geschehen war. Es gab nur Gerüchte. Nichts als Gerüchte!

Von einem Putschversuch gegen Amir Honak war die Rede, von einer Verschwörung der Offiziere um Oderin du Metuant, aber auch davon, daß Hunderte von Toten heimlich aus der Stadt geschafft wurden.

Naldor hatte den Hafen beobachtet. Vier Galeeren waren bemannt worden und lagen jenseits vom Koloß, um die Hafenausfahrt zu bewachen. Der junge Offiziersanwärter wußte, daß Alara über keine Freunde im Rat der Zwölf verfügte. War sie vielleicht schon abgeholt worden? Gehörte sie zu den Leichen, die man auf die Schiffe brachte? Und hatte man auch den Stadtmarschall beseitigt? War es Oboto Florios zuzutrauen, daß er in eine Intrige verwickelt war?

Naldor lief es eiskalt den Rücken hinunter. Käme man auch ihn abholen, weil er unter Commandanta Olibano gedient hatte, oder war nun seine Stunde gekommen? Der Augenblick, da er aus dem Schatten treten konnte, um aufzusteigen? Solche Zeiten waren günstig, um voranzukommen!

Die Tür öffnete sich. Commandanta Olibano kam herein. Sie wirkte noch müder als sonst. Ihre Augen waren von roten Adern durchzogen. Es war ihr nur zu deutlich anzusehen, daß es nicht mehr lange dauern würde, bis sie zu Boron ginge … Er würde keinen Putsch brauchen, um ihren Platz einzunehmen. Nur ein wenig Erfolg. Ja, ein einziger Erfolg würde genügen! Etwas, worauf die Oberen aufmerksam wurden, damit er ihnen im Gedächtnis war, wenn es darum ging, den Posten der Olibano neu zu besetzen.

»Morgen«, murmelte die Offizierin matt.

»Wißt Ihr, was in der Stadt vor sich geht?«

»Nichts, das mit unserem Fall zu tun hätte.« Sie ließ sich auf ihrem Stuhl nieder und sah ihn lauernd an. »Du träumst von dem Platz, auf dem ich sitze?«

Naldor schüttelte heftig den Kopf. »Was werden wir nun tun?«

Die Offizierin blickte zur Wand, wo an einem Haken ein neuer blauer Umhang hing. Daneben lehnte ein Schwert an der Wand.

»Ist das nicht Salpicios Mantel?«

»Er wurde billig verkauft … Seine Mutter wollte ihn nicht haben, und …« Ilian lächelte herausfordernd. »Er paßt mir so gut, als wäre er für mich gemacht worden. Und erst das Schwert! Ist es nicht wunderbar …«

»Wunder schreibt man den Göttern zu, und ich kann nichts Göttliches an dieser Waffe entdecken. Für mich ist sie eher das Werk dämonischer Mächte!«

»Dämonische Mächte?« Ilian nahm das Schwert und strich behutsam über die fein gearbeitete Schneide. »Ihr gönnt es mir nicht! Das ist doch der Grund, weshalb Ihr so redet. Ich bin der Junge aus der Gosse. Eine solche Waffe gehört nicht in meine Hände, nicht wahr? Sie ist für Bessere gemacht. Solche wie Salpicio!«

»Mich wundert in der Tat, woher du das Geld nimmst, um ein solches Schwert zu ersteigern«, entgegnete Alara ruhig.

»Man hat es mir geliehen. Und wißt Ihr warum? Weil man in meine Zukunft vertraut …«

»… und weil man dich schon auf meinem Stuhl sitzen sieht.« Die Commandanta gähnte. »In deinem blinden Ehrgeiz wirst du dir eines Tages selbst den Strick um den Hals legen.«

»Wollt Ihr mir drohen?«

»Wieviel weißt du über die Waffe? Hast du dich nicht gefragt, warum ein so kostbares Schwert so billig verkauft wird und warum sich niemand fand, der dich zu überbieten versuchte?«

»Ich war der erste, den man fragte. Ich war ein Freund Salpicios. Seine Mutter wollte, daß ich es bekomme!«

»Sie *wollte,* daß du es bekommst?« Alara legte die Stirn in Falten und zögerte, bevor sie weitersprach. »Wie kannst du so dumm sein und glauben, in dieser Stadt wöge Freundschaft schwerer als ein Beutel voller Dublonen? Ist dir denn nicht in den Sinn gekommen, dich über diese Waffe zu erkundigen? Hat Salpicio dir nichts erzählt?«

»Was gibt es da schon zu erzählen? Seit er das Schwert hatte, ist er herumstolziert wie ein Gockel auf dem Misthaufen.«

»Und diesen Platz möchtest du jetzt gern einnehmen?« Sie lächelte kühl.

»Dreht mir nicht das Wort im Mund herum! Ihr wißt, wie ich es meine!«

»Ich weiß, daß du blind durchs Leben stolperst und daß ich einen wie dich niemals an meiner Seite geduldet hätte, wäre Salpicio nicht ermordet worden.«

Ilian zog das Schwert blank und warf es vor ihr auf den Tisch. »Für diese Beleidigung verlange ich Satisfaktion! Ihr seid … eine Schlange!«

Alara lachte laut auf. »Du willst dich mit mir duellieren? Du weißt, daß ich dich allein für diese Aufforderung in Eisen legen lassen könnte. Du verstößt damit gegen ein immer noch gültiges Edikt aus den Zeiten Bal Honaks, das Offizieren und Mannschaften verbietet, einen Vorgesetzten zum Duell herauszufordern. Offensichtlich war der Patriarch der Meinung, dies sei ein zu leichter Weg, um zu einer vorzeitigen Beförderung zu kommen.«

Ihre Worte wirkten wie ein Guß kalten Wassers auf Ilian. Würde sie es tun? Würde sie nach den Wachen rufen und ihn abführen lassen? Sie hatte recht! Er mußte lernen, sich zu beherrschen. Und sosehr er sie verabscheute, er fände kaum eine bessere Lehrerin in der Kunst der Selbstbeherrschung als sie. Gefühle schien sie nie gekannt zu haben.

Nachdem beide eine Weile schweigend in ihren Gedanken gefangen waren, war es Alara, die als erste wieder das Wort ergriff. »Nachdem unser Zwiegespräch über Duelle offenbar entschieden ist, möchte ich dich auf etwas aufmerksam machen.« Sie deutete auf das Schwert, das noch immer vor ihr auf dem Tisch lag, scheute sich aber offensichtlich, die Waffe zu berühren. »Auf dieser Seite der Parierstange findest du zwischen dem ziselierten Dekor die Initialen *J.A.* verborgen. Weißt du, was sie bedeuten?«

»Wahrscheinlich sind es die Anfangsbuchstaben eines Namens.«

»Sie stehen für Jacomo ya Avona. Für ihn ist diese Waffe geschmiedet worden.«

»Den Namen habe ich noch nie gehört.«

»Er war ein Adliger aus dem Lieblichen Feld. Vor mehr als fünfzig Jahren, nach dem Brand im Schlund, kam er nach Al'Anfa und tat sich mit einer Rebellin zusammen, um Bal

Honak zu bekämpfen, unseren damaligen Patriarchen. Eine Zeitlang waren die beiden die gefürchtetsten Meuchler der Stadt. Sie nannten sich *die Viper.* Natürlich sind sie letztendlich gescheitert. Beide sind umgekommen. Ich habe dieses Schwert zum ersten Mal vor mehr als fünfzehn Jahren gesehen. Es war eines der Lieblingsstücke in der Waffensammlung des neuen Patriarchens Tar Honak. Er hat es mir gezeigt und behauptet, die Waffe sei verflucht. Es hieß, jeder, der sie besitze, werde eines gewaltsamen Todes sterben. Er erzählte auch von einigen Vorbesitzern, denen es so ergangen war. Er hat die Waffe von Magiern und Hexenmeistern untersuchen lassen, doch es konnte kein Hinweis auf einen Fluch oder einen anderen Zauber gefunden werden. Einige Jahre später wurde Tar Honak ermordet. Seine Waffensammlung wurde aufgelöst und versteigert. Als Salpicio mit diesem Schwert kam, habe ich mich dort, wo er es ersteigerte, über den letzten Besitzer erkundigt. Er kam bei einer Sklavenrebellion auf seiner Plantage um. Davor hatte es einem Kaufmann gehört, der von einem Pferd, das als völlig zahm galt, abgeworfen wurde und unter dessen Hufen den Tod fand. Und dann Salpicio. Eines Morgens liegt mein bester Mann mit durchschnittener Kehle in einem schäbigen Hinterhof.«

»Zufall! Ihr sagt selbst, daß kein Hinweis auf einen Fluch gefunden wurde.«

»Wenn man von den Toten absieht ...«

»Ihr glaubt wohl, Ihr könntet mir mit Eurer Geschichte angst machen. Ihr gönnt mir nichts! Aber mich werdet Ihr nicht mehr los. Ich habe Salpicios Platz eingenommen, und ich werde ihn nicht mehr räumen!«

»So«, entgegnete Alara kühl. Sie schüttelte leicht den Kopf, als wolle sie einen unangenehmen Gedanken verscheuchen. »Du sollst Gelegenheit haben, deinen Scharfsinn zu beweisen. Als ich hereinkam, hast du mich gefragt, was wir nun tun werden. Sag du es mir!«

Ilian spürte, wie sein Herz einen Satz tat. Sie gab auf! Endlich überließ sie ihm das Handeln! »Wir müssen zu Markud. Ihn verhören – und vor allem seine Diener. Jeder Verbrecher hinterläßt eine Spur ... Haben Sie das nicht immer wieder zu Salpicio gesagt? Suchen wir diese Spur im Haus des angeblichen Kaufmanns. Von dort kam Salpicio in der Nacht, in der er umgebracht wurde. Dort müssen wir suchen!«

»Die Dinge sind nicht immer so einfach, wie sie aussehen. Markud hat mächtige Freunde. Der Stadtmarschall will nicht, daß wir den Kaufherrn weiter belästigen. Du weißt doch, daß Markud einflußreich und anscheinend auch beliebt ist. Es ist heikel, sich mit ihm zu befassen.«

Alaras gleichgültiger Tonfall brachte Ilian schier zur Raserei. »Das seid doch nicht Ihr, die da spricht! Wie könnt Ihr zulassen, daß der Mord an einem unserer Kameraden wegen einer politischen Intrige ungesühnt bleibt? Der Hochgeweihte Immuel Florios gehörte zu den Gästen Markuds ... Sein Onkel Oboto Florios ist unser Kommandant und erteilt plötzlich den Befehl, daß wir diesen Markud in Ruhe lassen sollen ... Bei den Göttern, das stinkt doch zum Himmel!«

Olibano blickte zu der Tür, die sie beim Eintreten hinter sich geschlossen hatte. »Gut, daß wir allein sind. Manche haben sich in dieser Stadt schon mit weitaus weniger um Kopf und Kragen geredet. Was immer der Stadtmarschall auch tut, ich denke, er hat gute Gründe dafür. Vielleicht sollten wir uns lieber mit Salpicio beschäftigen und das Geheimnis um den Mord bei ihm suchen.«

»Die Wahrheit ist es, die wir suchen müssen! Wir dürfen nicht einfach die Augen verschließen, nur weil man es von uns erwartet! Wer sind wir dann noch?« Ilian war vor den Tisch seiner Vorgesetzten getreten.

»Einen gibt es, der die Wahrheit ganz gewiß weiß ...«

»Wie meint Ihr das?«

Alara verschränkte die Finger ineinander, drehte Naldor

die Handflächen entgegen und ließ dabei die Knöchel knakken. »Glaubst du nicht auch, daß Salpicio seinen Mörder gesehen hat?«

»Was sollte uns das nutzen …« Der junge Gardist konnte den Blick seiner Vorgesetzten nicht länger ertragen. Er starrte auf die polierte Tischplatte aus rotem Mohagoni.

»Es gibt Menschen, die sich nicht damit zufriedengeben, daß man die Schwelle zu Borons Reich nur in eine Richtung überschreiten kann …« Commandanta Olibano sprach langsam, so als wähle sie jedes Wort mit Bedacht.

Ilian erbleichte. »Redet Ihr von Nekromantie?« Er brauchte einige Augenblicke, um die Fassung zurückzugewinnen. Kalter Schweiß perlte ihm von der Stirn. »Das ist Gotteslästerung. Wie könnt Ihr an einen solchen Frevel denken? Und das in der Stadt Borons, wo seine Macht so groß ist wie nirgends sonst!«

»Und doch hat es vor vielen Jahren eine Gerichtsverhandlung gegeben, bei der man zu diesem Mittel griff. Ich war damals selbst zugegen. Es geschah nur wenige Tage, bevor der Krieg gegen die Novadis begann …«

»Und es war zu Zeiten Tar Honaks«, ereiferte sich Ilian. »Amir Honak würde einen solchen Frevel niemals dulden!«

»Also ist dir doch nicht daran gelegen, die Wahrheit herauszufinden.«

»Verkehrt nicht alles, was ich sage, ins Gegenteil!« Ilian beugte sich vor und packte seine Vorgesetzte beim Kragen. »Wir müssen sogar mit allen Mitteln vorgehen, doch wir dürfen nicht die Götter gegen uns aufbringen! Wenn man einen Verbrecher jagt, muß man *jeder* Spur folgen, auf die man stößt. Wir dürfen Markud nicht einfach außer acht lassen! Macht es ihn denn nicht noch verdächtiger, wenn man sich solche Mühe gibt, ihn zu decken? Seid Ihr blind dafür, Commandanta?«

»Markud ist nicht der Mörder«, entgegnete Alara ruhig.

»Dann hat er den Mord eben befohlen! Ich habe Nachforschungen über seine Diener angestellt. Es sind ausnahmslos zwielichtige Gestalten!«

»Ich sehe nicht den geringsten Grund, warum der Kaufmann den Befehl gegeben haben sollte, Salpicio zu ermorden. Man muß einen Mörder stets dort suchen, wo ein Mord einen Nutznießer haben könnte.«

»Ihr und Eure verdrehten Gedankenspiele! Trübt die Krankheit denn schon Euren Blick? Sogar dieser götterlose Elf hielt Markud für einen Mörder.«

Alara packte Naldor bei den Handgelenken. »Nur du allein redest die ganze Zeit davon, daß Markud den Mord begangen hat. Sirlon sagte lediglich, daß er den Kaufmann für fähig halte, einen Mord zu begehen.«

Warum wollte sie ihn nicht verstehen? Ilian verlor die Beherrschung. »Warum habt Ihr mich verurteilt?« schrie er der Olibano ins Gesicht.

»Wozu?«

»Dazu, für immer ein Niemand zu sein! Der im Schatten! Der, der die Drecksarbeit macht. Alle diese Botengänge für Euch und für andere! Ihr wollt nicht, daß ich eigene Wege gehe, daß ich jemals emporkomme aus der Gosse!«

»Ja, ich gebe zu, daß du immer im Schatten gestanden hast, denn Salpicio war das Licht. Neben ihm konnte kein zweiter glänzen!« Etwas Lauerndes schwang in der Stimme Alaras, jedenfalls schien es Ilian so.

»Und warum? Nur weil er aus einer guten Familie kam und so geschwollen daherreden konnte, als wäre er auf dem Silberberg aufgewachsen. Zählt das für einen Stadtgardisten?«

»Salpicio war der beste Mann, der je unter mir diente«, entgegnete die Offizierin. »In einer Beurteilung würde ich ihn jederzeit höher einschätzen als mich und meine Leistungen, auch wenn er nicht ohne Fehler war ...«

Ilian hörte Commandanta Olibano nicht zu. Sein Griff wurde fester, und er schüttelte sie, während er auf sie einschrie. »Aber jetzt ist er tot! Nun darf ich endlich aus seinem Schatten hervortreten! Doch Ihr huldigt ihm noch immer, so als wäre er Euer Abgott! Dieses eine Mal hat das Schicksal mir die Hand gereicht. Es ist meine Gelegenheit, mehr zu sein als nur ein namenloser Stadtgardist! Soll ich auf all dies verzichten, weil zwei Granden ein Ränkespiel treiben, um den Mord an meinem Kameraden und Freund zu vertuschen? Es liegt doch auf der Hand, daß dieser Markud seine Finger im Dreck stecken hat. Weshalb hätte Euer unfehlbarer Salpicio ihn denn sonst bespitzelt? Laßt auch mich zu ihm gehen … Wenigstens ein einziges Mal!«

»Nein, Ilian!« Ein Hustenanfall packte die Offizierin. Ihr feuchter Atem schlug dem Gardisten ins Gesicht. Er ließ sie los.

»Wollt Ihr mit dem Stadtmarschall reden, ob er auf seiner Meinung beharrt … Wie es scheint, ist über Nacht viel in Bewegung gekommen.«

Alara schüttelte entschieden den Kopf. Sie hustete noch immer und konnte nicht antworten.

»Ihr wollt also wie eine geprügelte Hündin den Schwanz einziehen!«

Olibano holte keuchend Luft. »Ich bin zu krank. Für solche Kämpfe bin ich nicht mehr zu haben, Ilian.«

Naldor hatte seine Fassung wiedergewonnen. »Wie Ihr meint, Commandanta. Wenn Ihr mir nicht helfen wollt, dann muß ich mich auf mich allein verlassen.«

Beide schwiegen lange Zeit. Der Gardist fragte sich, ob die Olibano ihn für seine Handgreiflichkeiten maßregeln würde. Doch wie es schien, war ihr sogar das gleichgültig.

»Man sagt, die Luft in Mirham sei sehr gut«, bemerkte die Offizierin überraschend. »Es heißt, der Duft der Dschungelblüten sei allgegenwärtig …«

»Man muß wohl eine Dichternase haben, um sich zu einer solchen Behauptung zu versteigen.«

»Vor allem ist es dort auch viel ruhiger als hier in Al'Anfa.«

»Wohl wahr ...«

»Ich habe in der letzten Nacht viel nachgedacht, Ilian. Ich brauche Ruhe ... Auch der Stadtmarschall hat mir dazu geraten. Ich werde ihn darum bitten, mich vorübergehend vom Dienst zurückziehen zu dürfen, um heute noch nach Mirham abzureisen.«

Ilian blickte zum Fenster hinaus. Als er schließlich antwortete, klang seine Stimme fast besorgt. »Das Dschungelklima bekommt nicht jedem, Commandanta.«

So wie das Praiosgestirn langsam den Himmel erklomm und das helle Licht bald auch durch das grobgewebte Leinen des Leichentuchs zu erkennen war, so durchdrang auch der Geruch des Todes das Tuch über dem Gesicht des Magiers. Nicht der leiseste Windhauch schien über das Meer zu ziehen, um die Ausdünstungen der toten Körper mit sich zu tragen.

Bald wurde Dronte jeder Atemzug zur Qual. Er litt unter der seltsamen Vorstellung, daß der süßliche Gestank ihm langsam die Nasenlöcher verklebte und ihn auf diese Weise erstickte. Also versuchte er durch den Mund zu atmen. Immer wieder hielt er die Luft an und zählte leise die Ruderschläge der Galeere mit, bis ihm so schwindlig wurde, daß er den Ekel vor dem Gestank vergaß und keuchend Atem holte.

Plötzlich unterbrach ein klirrendes Geräusch seinen monotonen Kampf. Es hatte ganz so geklungen, als sei ein Tongefäß zerbrochen. Während Dronte noch darüber nachdachte, was das bedeuten mochte, klirrte es erneut. Etwas streifte ihn leicht am Arm.

Wurden Tonkrüge an Bord geworfen? Jetzt war auch ein neuer Geruch da. Es duftete fremdartig, fast wie in einer schlecht belüfteten Alchimistenküche. Etwas tropfte ihm auf die Brust.

»Das soll genügen«, ertönte eine befehlsgewohnte Stimme. Vielleicht der Kapitän der Bireme, überlegte Dronte. »Kappt nun das Seil!«

Der Magier umklammerte den Dolch in seiner Linken noch fester. Bei allen Heiligen! Hier stimmte etwas nicht! Er spürte, wie sich das kleine Boot nun unruhiger in der Dünung bewegte. Warum waren sie nicht herübergekommen, um die Toten im Meer zu versenken?

Deutlich hörte Dronte, wie sich die Ruderschläge der Galeere entfernten. Und dann dieser merkwürdige Gestank ... Ob die Seeleute Angst vor den Toten hatten? Ja, so mußte es sein! Sie hatten sich entschieden, das kleine Boot seinem Schicksal zu überlassen!

Er atmete erleichtert auf. Natürlich! An deren Stelle hätte er sich auch nicht darum gerissen, noch einmal herüberzukommen, um die stinkenden Leichen über Bord zu werfen. Seine Flucht würde nun viel einfacher werden. Er mußte nur warten, bis der Ruderschlag in der Ferne verklungen war, dann konnte er den Sack aufschneiden und sich gefahrlos befreien. Er würde versuchen, das Boot näher zur Küste zu steuern und, sobald er Land sah, über Bord springen und hinüberschwimmen. Er hatte es geschafft! Nur dieser Geruch ... Etwas daran kam ihm vertraut vor. Der fremdartige Gestank verdrängte nun völlig die Ausdünstungen der Leichen. Vorsichtig stieß Dronte die Klinge des Dolches durch das dünne Leintuch. Aufrichten sollte er sich lieber noch nicht, doch er könnte ...

Mit dumpfem Schlag traf etwas auf das Holz des Bootes. Noch einmal und ... Der Zauberer stieß einen schrillen Schrei aus. Sein Leichensack stand in Flammen. In zitternder Hast schnitt er sich frei, nur um sich inmitten eines tosenden Flammenmeers wiederzufinden! Seine Kleider hatten schon

Feuer gefangen, sein Haar kräuselte sich und verbrannte. Mit einem Sprung warf er sich über Bord. Zischend spritzte ihm etwas in die Augen, und es war, als stieße man ihm glühende Nadeln bis tief ins Hirn.

Das Wasser, das über ihm zusammenschlug, verschaffte keine Linderung. Der Dolch war seinen Händen entglitten. Erst spürte der Magier nicht, daß er tiefer sank, bis schließlich eine neue Angst den Schleier aus Schmerz zerriß. Er würde ertrinken! Die Kajuboknospen! Er hatte sie nicht mit ins Wasser gerettet!

Blinzelnd öffnete Dronte die schmerzenden Augen. Er sah nichts. Das helle Licht der Flammen mußte ihn geblendet haben, oder war er etwa … Er erlaubte sich nicht, diesem Gedanken bis zum Ende zu folgen.

Mit Armen und Beinen strampelnd bemühte er sich, an die Wasseroberfläche zurückzugelangen. Vor Angst vergaß er alle Schmerzen.

Wenn er nichts sah, mochte es dann nicht vielleicht so sein, daß er jetzt irrtümlich dem Meeresboden entgegenschwamm?

Der Zauberer verharrte. Schwerelos im Wasser treibend, konnte er unmöglich erraten, wo oben und wo unten sein mochte. Langsam wurde ihm schwindelig, und der Wunsch zu atmen erschien immer unerträglicher. Es blieb keine Zeit mehr zum Nachdenken! Er mußte weiterschwimmen! Wenn er zögerte, würde er auf jeden Fall sterben!

Erneut begann er mit Armen und Beinen zu rudern, doch seine Bewegungen wurden immer schwächer. Lange würde er dem Wunsch, endlich einzuatmen, nicht mehr widerstehen können. Sollte er es nicht einfach tun … Dem Tod die Hand reichen, statt sich weiter zu quälen?

Er erinnerte sich an die weite Wiese hinter dem Haus seines Vaters und daran, wie er oft im Sommer im hohen Gras gelegen hatte, um den treibenden Wolken über sich zuzusehen. Selbst wenn er überlebte – würde er je wieder Wolken über den Himmel gleiten sehen, oder hatten die Flammen ihm für immer das Augenlicht geraubt?

Er spürte einen schwachen Duft … Wieder war das Bild der Sommerwiese in seinen Gedanken. Es roch nach frischem Heu und den würzig duftenden Blüten der letzten Sommerblumen. Dronte lächelte. Er würde jetzt … Er durchstieß die Wasseroberfläche und holte im Reflex sofort Luft. Flammen schlugen ihm in den Mund. Er konnte nicht einmal schreien …

Das Meer brennt! Dies war sein letzter Gedanke.

»… so also ist die Lage in der Stadt«, beschloß Oboto Florios seine Rede vor dem Rat der Zwölf.

Der schlanke Mann, der den mittleren Platz am Ratstisch einnahm, erhob sich, um den Stadtmarschall mit durchdringendem Blick zu mustern. Oboto fühlte sich den kalten graugrünen Augen schutzlos ausgeliefert, obwohl er eigentlich wußte, daß er sich nichts hatte zuschulden kommen lassen. Doch es wäre nicht das erste Mal gewesen, daß ein Honak einen Unschuldigen richten ließ …

»Und was sollten wir deiner Meinung nach tun?« Die Stimme des Patriarchen war dunkel. Angesichts der Tatsache, daß die Stadt von einer Seuche unabsehbaren Ausmaßes bedroht war, wirkte er geradezu ungebührlich gelassen.

Oboto leckte sich aufgeregt über die Lippen. »Wir sollten die Brabaker Baracken abriegeln lassen, Eure Hochwürdigste Erhabenheit. Niemand sollte das Stadtviertel mehr betreten oder verlassen dürfen. Vielleicht können wir so verhindern, daß sich die Sieche weiter ausbreitet.«

»Vielleicht …« Er blickte zu dem buckligen alten Weib an seiner Seite. »Müssen wir befürchten, daß sich die Große Sieche aus dem Jahr 686 wiederholen wird?«

Mata Al'Sulem war die Älteste des Rates und hatte ihren

Platz an dieser Tafel schon zu Zeiten Bal Honaks. Bleich lugte das eingefallene Gesicht unter der schwarzen Kapuze ihres Priestergewandes hervor. Ihre Lippen zitterten einen Herzschlag lang, bevor sie leise zu sprechen begann. »Die Orakel in der Stadt des Schweigens deuten nicht darauf hin. Wie Ihr befahlt, Eure Hochwürdigste Erhabenheit, habe ich in den letzten Tagen den Flug der Raben beobachtet und bin mir gewiß, daß Boron uns wohlgesinnt ist. Auch von den anderen Göttern haben wir nichts zu befürchten ... Daß eine Seuche unsere Stadt heimsucht, ist also kein göttliches Strafgericht.«

Amir Honak nickte und blickte zu den übrigen Ratsmitgliedern. »Was wissen wir über die Krankheit?«

»Vor allem, daß sie plötzlich wesentlich schneller tötet«, meldete sich der jugendliche Irschan Perval zu Wort. Als die anderen zu ihm hinübersahen, strich er sich eine Strähne des rabenschwarzen Haars aus dem Gesicht und setzte sein selbstsicherstes Lächeln auf. »Hat es anfangs noch mehrere Tage gedauert, bis jemand starb, den diese rätselhafte Seuche ergriffen hatte, so rafft sie nun die Alten und Schwachen schon binnen einer einzigen Nacht hinweg. Ich bin der Überzeugung, daß sich die Stadt seit Jahrhunderten in keiner solchen Gefahr befand. Wenn wir nicht schnell und entschieden handeln, wird Al'Anfa binnen zehn Tagen ein einziges großes Grab sein. Stünde der Dämonenmeister mit Tausenden von Kriegern vor unseren Toren, die Gefahr könnte nicht größer sein.«

Irschan machte eine rhetorische Pause, um die Wirkung seiner Worte zu unterstreichen und aus den Augenwinkeln die Gesichter der anderen Ratsmitglieder zu studieren. Oboto entging nicht die kleinste Bewegung dieses Gecken. Er mochte den Emporkömmling nicht, und seiner Ansicht nach konnte genausogut Perval für den Ursprung dieser Seuche verantwortlich sein.

»Nach allem, was die Heilkunde über Krankheiten weiß«, fuhr der Magier fort, »werden die Körper der Kranken von unsichtbaren Dämonen besessen, die sich von der Lebenskraft ihrer Opfer nähren. Merkt einer der Dämonen, daß ein Kranker bald sterben wird, so sucht er nach einem neuen, gesunden Opfer und wird den Körper, den er vernichtet hat, so schnell wie möglich verlassen. Auf diese Weise breitet sich eine Seuche immer weiter aus und greift besonders in Städten, wo die Menschen dicht beieinander leben, schnell um sich. Um dem zu entgegnen, gibt es nur einen Weg! Die Kranken müssen fortgeschafft werden! Finden die Dämonen keine weiteren Körper mehr, in denen sie sich einnisten können, so müssen sie in die Niederhöllen zurückkehren. Aus diesem Grund plädiere ich dafür, alle Kranken und jeden, der einen Kranken beherbergt oder gepflegt hat, ohne Verzug auf die Sklaveninsel zu schaffen. Wir sollten auch ein Gesetz erlassen, das jeden Bürger der Stadt verpflichtet, Krankheitsfälle zu melden, von denen er gehört hat. Ich bin gewiß, daß wir auf diese Weise der Seuche in weniger als einem Götternamen Einhalt gebieten. Im übrigen habe ich bereits einen genauen Plan ausgearbeitet, wie die Flotte und verschiedene Abteilungen der Stadtgarde und der Armee zusammenarbeiten sollten, damit die Evakuierung der Kranken schnellstmöglich abgewickelt wird. Hiermit bitte ich den Rat, mir zu diesem Zweck vorübergehend das Kommando über Heer und Flotte zu übertragen.«

Oboto schluckte. Sollte man Perval zustimmen, würde der Magier damit fast so mächtig wie der Patriarch selbst.

Vom Ende der Tafel erklang beißendes Gelächter. »Ich gratuliere Euch, Herr Perval. Selten habe ich erlebt, wie ein Mann so wohlbegründet vorgetragen hat, warum man aus jemandem, der noch vor wenigen Jahren ein Niemand war, mit einem Federstrich den mächtigsten Kriegsherrn des Südens machen sollte. Mir scheint, daß Euch diese Seuche sehr gelegen kommt …« Nareb Emano Zornbrecht hatte gesprochen. Der Grande hatte einen so gewaltigen Leibesumfang, daß man an seinem Platz der Versammlungstafel ein halbkreisförmiges Stück aus dem Tisch hatte schneiden müssen. Auch war sein Lehnstuhl breiter und massiver gebaut, damit er das Gewicht des Ratsherrn tragen konnte. Selbst wenn Nareb ruhig sprach, erinnerte seine volltönende Stimme an das Grollen eines zornigen Löwen. Er hatte einen vierkantigen, kahlen Schädel, um den sich ein dünner Kranz blonder Haare wie ein welker Siegeslorbeer wand. Mit seinen hängenden Wangen hätte er vielleicht gutmütig gewirkt, wären da nicht die bösartig funkelnden kleinen Augen unter den buschigen Brauen gewesen. »Natürlich bin auch ich der Meinung, daß man entschieden gegen die Seuche vorgehen muß … Doch sollte man eine solch schwere Aufgabe nicht in die Hände eines erfahreneren und älteren Mannes legen? Und dann wäre auch noch …«

»Ich hätte nicht erwartet, daß Ihr Eure eigenen finanziellen Interessen in so schamloser Weise über das Wohl der Stadt stellen würdet. Ihr tut dies, indem Ihr zu verhindern sucht, daß die Kranken an einen Ort geschafft werden, wo sie den Gesunden nicht weiter gefährlich sind«, fiel Perval dem gewichtigen Granden ins Wort. Dann drehte sich der junge Magier zu den übrigen Mitgliedern des Rates um. »Ich denke, jeder in diesem Raum sollte wissen, daß die Familie Zornbrecht zur Zeit mehr als hundert Sklaven in den Kasematten der Hauptfestung auf der Sklaveninsel untergebracht hat. Ich bitte die übrigen Ratsmitglieder, dies zu berücksichtigen, wenn …«

»Genug!« Amir Honak hatte sich ruckartig von seinem Platz erhoben und blickte ans Ende der Tafel zu Nareb Emano. »Stimmt es, was der Großexekutor soeben vorgetragen hat?«

Kaum ein anderer als der selbstbewußte, stiernackige

Grande hätte es wohl fertiggebracht, dem wütenden Blick des Patriarchen standzuhalten. »Das ist wahr, doch gebe ich zu bedenken, daß …«

»Schweigt!« Der Patriarch bedachte jedes der Ratsmitglieder mit einem kurzen Blick. »Gibt es jemanden in diesem Raum, der begründete und *uneigennützige* Einwände gegen den Plan des Großexekutors hat.«

»Wir sollten bei all diesem Gerede über Politik den Aspekt des Göttlichen nicht außer acht lassen«, meldete die Älteste sich krächzend zu Wort. »Wenn wir uns nicht der Gunst Borons und der übrigen Götter versichern, so muß alles, was wir als Sterbliche beginnen, unvollkommen bleiben.«

Amir Honak drehte sich plötzlich um, und es schien Oboto einen Augenblick lang so, als wolle der Patriarch Mata Al'Sulem zurechtweisen. Doch dann schien der junge Herrscher sich eines Besseren zu besinnen. Er strich sich nachdenklich über das Kinn und nickte schließlich. »Ihr habt recht, meine Teuerste. Ich bin gewiß, gemeinsam mit dem Bruder Brotos als unserem Liturgiemeister und dem Bruder Dolgur, unserem Glaubenswahrer, werdet Ihr einen Weg finden, das Wohlwollen der Götter für unsere Sache zu erbitten.«

»Einen Weg, der so offensichtlich ist, muß man nicht suchen«, entgegnete die krächzende Stimme. »Der Tod ist unser Vater … Wir müssen die Stadt des Schweigens verlassen, um Boron ohne Furcht ins Antlitz zu sehen und den Dämonen mit jenen Mitteln entgegenzutreten, die nur einem Geweihten zu Gebote stehen.«

Amir Honak schien eine Spur blasser geworden zu sein. Mehrere Herzschläge lang herrschte bedrückende Stille, dann antwortete der Patriarch. »Wir werden eine solche Entscheidung nicht im Beisein von Laien treffen, auch wenn jedes Eurer Worte wahr ist und wohl bedacht sein will.« Er atmete tief durch und blickte auf. »Und nun zurück zu den weltlichen Fragen ... Spricht sich jemand dagegen aus, dem Großexekutor Irschan Perval für die Frist von zwei Götternamen den Oberbefehl über Stadtgarde, Armee und Flotte zu übergeben, damit nur eine Hand alle Kräfte bündele und sie von einem Willen gegen unsere Feinde geführt werden?«

Alara lehnte sich gegen die Hauswand und stöhnte. Sie hatte es gewußt! Traurig sah sie zum Himmel hinauf, über den große Regenwolken nach Süden zogen. Ihr war kalt.

Noch einmal blickte die Offizierin um die Häuserecke, hinüber zu der schäbigen, wurmstichigen Tür. Die hochgewachsene blonde Frau trug ein schlichtes schwarzes Trauergewand. Sie hielt Ilian umarmt, als sei er der Anker in ihrem Leben. Wie schnell Anatewka doch bereit war, Salpicio zu vergessen! Und Ilian ... Er schien keinen Respekt vor dem Toten zu kennen. Sanft strich er dem Mädchen über den Rücken, küßte es auf die Stirn und flüsterte Worte, die Alara in ihrem Versteck nicht verstehen konnte. Dann betraten die beiden das Haus.

Die Offizierin starrte auf ihre schlammbespritzten Stiefel. Als sie Ilian am Morgen im Mantel Salpicios gesehen hatte, war ihr wieder eingefallen, wie er während der Begräbnisfeier an der Seite von Salpicios Geliebter gestanden hatte. In jenem Augenblick hatte sie geahnt, daß Ilian hierherkommen würde. Ihr war Ilians krankhafter Ehrgeiz schon lange bewußt, doch daß er so weit ginge, hätte sie nicht gedacht. Er streifte sich das Leben des Toten über, als wäre es nichts anderes als ein abgelegter Handschuh ... Ein wenig hatte sie sogar damit gerechnet und es in ihre Pläne einbezogen, nachdem sich durch den Tod Salpicios alles geändert hatte. Doch das hier ... Sie schüttelte den Kopf. Es war an der Zeit, alles für den Abend nach der Rückkehr von ihrer Reise einzurichten.

13. Kapitel

Markud stellte das hauchzarte Glas auf den intarsiengeschmückten Tisch zurück, faltete die Hände und stützte das Kinn darauf. »Ich habe selten erlebt, daß es ein Mann an einem Nachmittag so weit gebracht hat. Was ist übrigens aus Immuel Florios geworden ...«

Der Großexekutor lächelte. »Man sagt, er habe sich in seiner Cella eingeschlossen und bete zu Boron. Das ist wohl seine Art, der Stadt zu helfen.« Auch Irschan setzte nun sein Glas ab.

»Und was verschafft mir die Ehre deines Besuchs? Nun, da du ein so wichtiger Mann bist und eine so große Aufgabe vor dir liegt.«

»Ich möchte, daß du unser Geschäft in dieser Nacht abwickelst. Wie ich höre, hast du bereits bekommen, was du dazu benötigst. Brauchst du noch weitere Unterstützung?«

Markud blickte auf den blutroten Wein in seinem Glas. Schließlich schüttelte er den Kopf. »Nein. Machen wir keine große Sache daraus. Wenn sie sich ernsthaft bedroht fühlt, versucht sie vielleicht, mit Hilfe eines Zaubers zu entkommen. Halte deine Armee am Zügel ... Ich werde das mit meinen Leuten erledigen.«

»Ganz, wie du meinst.« Der Großexekutor erhob sich. »Ich wünsche mir ihren Kopf zum Frühstück, genauso ordentlich verpackt wie der, den sie uns geschickt hat.«

Markud hob die rechte Augenbraue und grinste. Manche Leute haben schon einen eigenartigen Geschmack, dachte er bei sich, hütete sich aber, diesen Gedanken auszusprechen.

Dieser Perval war mit allen Wassern gewaschen. Es wäre klüger, ihn sich nicht durch eine leichtfertige Bemerkung zum Feind zu machen. Markud hatte Perval schon vor Tagen gefragt, wann er Nakandoa einen nächtlichen Besuch abstatten solle. Doch der Zauberer hatte ihn zurückgehalten. Nach den Ereignissen des heutigen Nachmittags wußte Markud auch warum. Der Kerl brauchte diese verfluchte Seuche. Ohne sie wäre er niemals so weit aufgestiegen. Markud beschloß, die Stadt zu verlassen, sobald er dem Großexekutor seine Morgenvisite gemacht hatte.

Höflich geleitete der falsche Kaufmann seinen Gast bis zur Tür der Villa. Irschan war schon halb die Treppen hinab, als er sich noch einmal umdrehte. »Fast hätte ich's vergessen. Unsere Freundin bei der Stadtgarde wird keine weiteren Schwierigkeiten mehr machen. Sie wird noch heute die Stadt verlassen. Noch vor der Flut wird sie ein Schiff nach Norden nehmen.«

Markud stand wie vom Schlag gerührt und sah dem Großexekutor zu, wie er in seine Sänfte stieg. Wie konnte sie einfach so aufgeben?

Alara hatte darauf verzichtet, Gepäck zusammenzusuchen. Ihre Reise würde nicht lange dauern, hoffte sie. Sie hatte diesmal die Tür des Turms hinter sich verschlossen. Es war an der Zeit, mit den alten Gewohnheiten zu brechen. Wenn sie ihr Ziel noch erreichen wollte, mußte sie den Mut aufbringen, neue Wege zu beschreiten. Sie verfluchte stumm ihre Krankheit.

Noch einmal sah sie sich um, betrachtete die Stadt, die sie trotz aller Schändlichkeiten, die unter ihren Dächern geschahen, so liebte wie keinen anderen Ort auf dieser Welt. Oder vielleicht gerade deshalb?

Sie verzog das Gesicht. »Nur jetzt nicht rührselig werden«, murmelte die Offizierin leise. »Das paßt nicht zu dir.« Sie straffte sich, hob den Kopf und sah zu der Sänfte hinüber, die bereits auf sie wartete.

Ohne noch einmal zurückzublicken, stieg sie ein und spürte im gleichen Augenblick die kalte Spitze eines Dolches an der Kehle. »Kein Grund zur Beunruhigung«, flüsterte eine vertraute Stimme und fuhr lauter fort: »Bringt uns zum Hafen und benutzt den Schrägaufzug!« Mit einem Ruck wurde die Sänfte aufgehoben und setzte sich in Bewegung.

Alara blinzelte und strengte sich an, ihr Gegenüber zu erkennen, obwohl sie im Grunde wußte, wer dort saß. »Markud?«

»Es war doch bislang *meine* Rolle, die Stadt zu verlassen, ohne sich zu verabschieden.«

»Was willst du von mir?« fragte Alara unwirsch.

»Ich konnte es nicht glauben, als ich erfuhr, daß du fliehen willst. Ich wollte mit eigenen Augen sehen, wie du an Bord eines Schiffes gehst … Du spürst mir doch in Wahrheit noch immer nach!«

»Das *war* mein Leben … Doch nun gehe ich, um zu sterben. Ich will dich nicht in meiner Nähe wissen, wenn es mit mir zu Ende geht.«

Markud nahm den Dolch von ihrer Kehle und schob ihn in die Scheide an seinem Gürtel. »Bisher hat noch keiner überlebt, der sich allzusehr für meine Geschäfte interessierte«, sprach er halb zu sich selbst.

»Ich habe mich immer für dich interessiert, und bisher lebe ich noch.«

Markud blickte sie durchdringend an. »Noch …«

Die beiden schwiegen, bis schließlich eine Stimme die Stille zerriß. »Wir haben den Schrägaufzug erreicht, Herr!« Die Sänfte wurde sanft auf den Boden gestellt.

Alara zog den Samtvorhang zurück und stieg aus. Vom Rand der Klippe aus beobachtete sie, wie die Lastplattform durch das Gegengewicht parallel zum Wasserfall die Steilwand heraufgezogen wurde. Nur drei Söldner vom schwarzen Bund des Kor kamen auf der Plattform nach oben. Auf der Klippe waren außer ihnen und den Sänftenträgern keine anderen Fahrgäste zu sehen. Für einen Spätnachmittag, noch dazu an einem Tag, an dem es keine Arenakämpfe gab, war das zu wenig!

Ihr Blick schweifte über die Stadtviertel, die sich in Terrassen an den schwarzen Fels der Steilkippe lehnten. Nur wenige Bürger waren auf den Straßen zu sehen... Dafür standen an fast jeder Ecke Stadtgardisten oder Soldaten. Am Kriegshafen passierte gerade eine lange Marschkolonne von schwarzgewandeten Kämpfern das Tor. Silbern blinkten die Strahlen der matten Herbstsonne auf den Speerspitzen der Soldaten. Die Kolonne marschierte in Richtung der Brabaker Baracken.

Knirschend erreichte die Lastplattform die Klippe. Die drei Söldner stiegen aus. Einer blickte mißtrauisch zu ihnen herüber. Stumm hob Alara den Siegelring, der sie als Offizierin der Stadtgarde auszeichnete. Der Söldner, ein dunkelhaariger kleiner Mann, nickte kurz und lächelte entschuldigend, dann folgte er seinen Kameraden.

Schon hatten die Sklaven die Sänfte auf die Lastplattform geschafft. Alara warf einen letzten Blick auf die zahlreichen hölzernen Streben und Pfeiler, von denen die Gischt des Wasserfalls perlte. Unterhalb der Aufzugplattform befand sich eine Wasserwanne, die bei Bedarf gefüllt wurde, um ein Gegengewicht zu schaffen. Starke Seile spannten sich zitternd über dem Abgrund. Noch nie war eines dieser Seile gerissen, und doch behagte es der Commandanta nicht, ihnen ihr Leben anzuvertrauen. Markud winkte ihr von der Plattform zu. Sie biß die Zähne zusammen. Vor ihm gäbe sie sich keine Blöße! Es war an der Zeit, das Heft wieder in die Hand zu nehmen und nicht ihm allein die Initiative zu überlassen.

Sie trat zum äußeren Geländer der Plattform. Markud stand

nur ein paar Schritt weiter bei den Sklaven und redete auf den Anführer der Träger ein. Durch das Donnern des Wasserfalls konnte Alara kein Wort verstehen. Sie wandte sich ab und blickte zu den feuchtschimmernden Felsen hinab. Knirschend setzte sich der Schrägaufzug in Bewegung.

Plötzlich spürte sie, wie sich eine Hand auf ihre Schulter legte. Unwillkürlich zuckte sie zusammen. Es gelang ihr gerade noch, sich soweit zu beherrschen, daß sie sich nicht umdrehte.

»Du stehst genau an der Stelle, wo dieser Novadi damals stand!« Markud mußte fast schreien, um das Getöse der Fluten zu übertönen.

»Dieser Novadi hatte einen Namen! Mahmud ibn-Rai!« entgegnete Alara grimmig. Jetzt drehte sie sich doch um. Sie wollte Markud ins Gesicht sehen, wenn von seinen Opfern die Rede war. Doch wie sie erwartet hatte, zeigte er nicht das geringste Anzeichen von Reue.

»So schließt sich nun der Kreis. Hier an diesem Ort begann vor so vielen Jahren unsere Feindschaft. Und nun, da alles zu Ende geht, stehen wir erneut hier.« Er hielt sie noch immer bei der Schulter.

»Die Sklaven werden sicherlich bestätigen, daß ich Selbstmord beging, falls du nun auch mich über das Geländer stößt.«

Markud grinste. »Möglicherweise habe ich genau darüber gerade mit ihnen gesprochen. Ich rate dir, unser Spiel aufzugeben. Es sollte endlich in deinen Dickschädel hineingehen, daß du verloren hast.«

Alara hielt seinem Blick stand, bis Markud die Hand von ihrer Schulter nahm und zum Wasser hinabschaute. Der Schrägaufzug war schon fast am Fuß der Klippe angekommen.

Sie sprachen kein Wort mehr, bis sie wieder in der Sänfte saßen und die Träger sich auf den Weg machten, das letzte

Stück bis zum Hafen hinter sich zu bringen. Schließlich war es Markud, der das Schweigen brach. »Dein Verhalten ist grotesk. Du hast den sicheren Tod vor Augen, und ich habe den Gipfel meiner Macht erreicht … Du kannst nicht mehr siegen. Es ist nicht zu glauben, wie eine einzige Nacht uns so aneinanderketten konnte. Was denkst du – treiben auch die Götter ein Spiel und lachen über uns?«

»*Unser* Spiel«, antwortete Alara schließlich, »können wir nicht aufgeben. Du bist in jener Nacht schuldig geworden, weil du die Wette geboten hast, Markud, und ich, weil ich sie annahm.«

Ein Windstoß wehte den schweren Samtvorhang zur Seite, so daß Alara hinter den Bäumen entlang der Uferpromenade das Meer sehen konnte. Es war so grau wie der Himmel.

»Glaubst du noch immer, ich hätte diesen Salpicio getötet?« fragte Markud.

»Das habe ich niemals geglaubt«, entgegnete die Commandanta gleichgültig. »Da es mir nie gelungen ist, dich eines der Verbrechen zu überführen, die du begangen hast, werde ich dafür sorgen, daß man dich für ein Verbrechen belangt, das du nicht begingst. Du siehst, der Umgang mit dir ist *nicht* ohne Konsequenzen für mein Gerechtigkeitsgefühl geblieben.«

Markud legte den Kopf schief und betrachtete Alara nachdenklich. »Die Möglichkeit, daß du von deinen moralischen Prinzipien abweichen könntest, wäre mir nicht in den Sinn gekommen.« Er lächelte ironisch. »Ich werde mich wohl vor dir in acht nehmen müssen, meine kranke Commandanta.«

Alara zog den Vorhang zur Seite. Sie hatten fast den Hafen erreicht. Über einer Front aus hohen hölzernen Schuppen sah man bereits die Mastspitzen der Schiffe.

»Vielleicht bist du doch gefährlicher, als ich gedacht hätte.« Nun war jeder spöttische Unterton aus seiner Stimme geschwunden.

Wenige Augenblicke später wurde die Sänfte abgesetzt. Alara stieg aus und streckte sich. Keine zehn Schritt entfernt lag eine havenisch getakelte Perlenmeer-Karavelle. Ein wendiger kleiner Zweimaster mit hoch aufragender Vorder- und Achtertrutz. Eine weiße Fahne mit gelben Seerosen, gerahmt von grünem Blätterwerk, wehte am Heck. Das Schiff kam aus Aranien. Alaras Blick wanderte zum Bug, wo in verschnörkelten goldenen Buchstaben *Sturmbraut* stand. Dies war ihr Segler. Eine braungebrannte Frau winkte ihr von der Achtertrutz zu. Wahrscheinlich die Kapitänin.

Markud war an Alaras Seite getreten. »Dies war das letzte Mal, daß wir uns in Freundschaft begegnet sind. Das nächste Mal, wenn ich dich treffe, werde ich dich töten. Vorausgesetzt, du lebst noch lange genug, daß es zu einem weiteren Treffen kommt …«

»Du irrst dich.« Ein Windstoß wehte Alara das Haar, das sie heute offen trug, wie einen schwarzen Schleier vors Gesicht. »Du wirst keine Gelegenheit mehr haben, eine Waffe gegen mich zu erheben. Keiner kennt dich so wie ich, und so kann auch nur ich es sein, die dich richtet. Ich verurteile dich hiermit zum Tod, Markud. Du wirst den morgigen Sonnenuntergang nicht mehr erleben. Ich habe bereits deinen Henker für dich bestimmt. Er wird dich töten, denn dies bin ich all den Opfern schuldig, die du auf dem Altar deines Hochmuts geschlachtet hast. Es kann keine andere Strafe für dich geben. Gerechtigkeit kann nur noch mit deinem Blut geschrieben werden.«

Markud zuckte beunruhigt mit den Mundwinkeln, doch schon im nächsten Augenblick schien er sich wieder völlig in der Gewalt zu haben. »Du Törin!« flüsterte er heiser.

Die Commandanta drehte sich um und schritt über ein breites Brett an Bord des Schiffes.

»Willkommen!« Die Kapitänin war von der Achtertrutz herabgestiegen und drückte ihr herzlich die Hand. »Wir haben nur noch auf Sie gewartet, Commandanta.« Sie winkte zwei Männern am Kai zu. »Leinen los!« Das Brett wurde zurückgezogen, und man warf schwere Taue an Deck.

»Lauf nur davon und leb in deinen Tagträumen, wenn du dir nicht eingestehen kannst, daß du verloren hast. Alles verloren!« rief Markud wütend.

»Wer ist dieser Mann?« fragte die Kapitänin.

»Ein Toter.«

Rondarion beobachtete von der Festungsmauer aus die aranische Karavelle, die keine hundert Schritt an der Sklaveninsel vorbeisegelte und dann den Bug nach Norden wendete. Alles hätte er dafür gegeben, zusammen mit Ines an Bord dieses Schiffes zu sein! Die Segel der Karavelle blähten sich. Mit gutem Wind trat sie ihre Reise gen Norden an und kreuzte den Weg einer mächtigen schwarzen Trireme. Das Kriegsschiff war zusammen mit zwei anderen Rudergaleeren vor etwas mehr als einer Stunde aus dem Hafen ausgelaufen. Sie hatten im Süden, Norden und Westen der Sklaveninsel Stellung bezogen, und ihre Augen aus gelbem Glas, die dicht über den schnabelartigen Rammspornen lagen, schienen gierig zu der Insel herüberzustarren.

Rondarion wandte sich nach Westen und sah zu der Stadt hinüber. Von den neuen Kranken wußte er, daß die Seuche nicht zurückgegangen war, sondern nur noch schlimmer unter der Bevölkerung wütete. Doch er hatte das Gefühl, daß noch etwas anderes, Bedrohlicheres dort vor sich ging.

Eine vierte Trireme hatte unmittelbar nach der Perlenmeer-Karavelle den Hafen verlassen und hielt nun auf die Anlegestelle der Sklaveninsel zu. Im Schlepp der mächtigen Galeere hingen drei Fischerboote, dicht gedrängt voller Menschen. Der Gardist seufzte. Es waren einfach zu viele! Wie sollten sie mit so vielen Kranken fertig werden? Bald könnte die kleine Festung nicht mehr genug Platz für alle bieten.

Schnell kam die Trireme näher. Das dunkle Wasser schäumte im Taktschlag der schwarzen Ruder. Dann erscholl ein scharfes Kommando an Bord, und die Leinen zu den Booten wurden gekappt. Verwundert beobachtete Rondarion, wie Segel auf den Fischerbooten gehißt wurden und die Menschen zum Teil mit den Händen paddelnd versuchten, gegen die Gezeitenströmung die sichere Anlegestelle zu erreichen.

»Es sieht fast so aus, als wollten die Gesunden diese Insel nicht mehr betreten.«

Rondarion drehte sich überrascht um. Hinter ihm stand Manolo. Er hatte seinen Kameraden nicht kommen gehört. »Was wohl die Bogenschützen dort unten davon halten?« Der Offiziersanwärter deutete zu ihren Wächtern jenseits der Mauer hinüber. Einige von ihnen verfolgten ebenfalls die Vorgänge auf See. »Sieht so aus, als würde man zwischen denen und uns keinen Unterschied mehr machen.« Der Gardist lachte leise. »So schnell kann das gehen.«

»Du meinst, daß jetzt die ganze Insel unter Quarantäne steht?«

»Wie sonst würdest du erklären, was dort geschieht?«

Rondarion zuckte mit den Schultern. »Aber sie hatten doch keinen Kontakt mit uns ... Und was ist mit den übrigen Festungsanlagen auf der Insel, den Soldaten und den Sklaven?«

Manolo deutete auf die Kriegsschiffe. »Ich glaube nicht, daß die dort drüben nur ein Flottenmanöver abhalten. So wie es scheint, ist man nun entschlossen, noch wesentlich strenger darauf zu achten, daß keiner die Insel verläßt.«

Rondarion betrachtete die Triremen. Was Manolo sagte, ließ sich nicht von der Hand weisen. Inzwischen hatten die beiden Boote die Anlegestelle unweit der Festung erreicht. Mit einiger Mühe gelang es den Kranken, die Fischerboote zu vertäuen. Dürre, ausgemergelte Gestalten schleppten sich den Weg zur Festung herauf. Die Bogenschützen wichen vor ihnen zurück, so als hätten sich leibhaftige Dämonen aus dem Meer erhoben. Einer schrie den Kranken mit erhobenen Fäusten wilde Flüche entgegen, als wären sie es, die über sein Schicksal verfügten.

Niedergeschlagen wandte Rondarion sich ab, als ein heller Lichtblitz ihn noch einmal aufblicken ließ. Auf der Klippe dicht neben dem riesigen Raben, den man unterhalb der Stadt des Schweigens aus der steil aufragenden Felswand geschlagen hatte, blitzte ein Lichtpunkt wie von einem Spiegel.

»Die *Basaltfaust* hat uns also noch nicht vergessen«, brummte Manolo, der inzwischen ebenfalls auf die Signale aufmerksam geworden war. »Wie lange mag es wohl noch dauern, bis sie jemanden schicken, der nachsieht, was mit den Kameraden geschehen ist? Ob man annimmt, daß auch sie ein Opfer der Seuche geworden sind und keine Kraft mehr hatten, eine Nachricht zu schicken? Und was werden sie mit Ines anfangen?«

Rondarion wich dem Blick seines Freundes aus. »Ich bin müde. Übernimmst du das Kommando und kümmerst dich um die Neuen?«

»Nicht bevor du mir eine Antwort gegeben hast! Was sollen wir tun, wenn uns eine der Galeeren aus dem Hafen unterhalb der Stadt des Schweigens besuchen kommt? Ich habe dir geholfen … Aber ich bin nicht bereit, mein Leben für dich und diese …«

»Nur heraus damit! Hure, nicht wahr? Das war es doch, was du sagen wolltest!«

»Das tut doch nichts zur Sache«, antwortete der Gardist ausweichend. »Was ich sagen wollte … Wir müssen uns etwas einfallen lassen für euch. Es ist besser, wenn ihr beide von der Insel verschwindet. Dann kann ich sagen, ihr wärt mit den Toten fortgeschafft worden. Auf dem Meeresboden wird keiner mehr nach euch suchen und …«

»Ist schon gut. Ich verstehe«, entgegnete Rondarion enttäuscht.

»Ich habe doch alles für euch getan …«

»Natürlich.« Rondarion fühlte sich unendlich müde. »Übernimmst du nun die Wache?«

Manolo nickte. »Geh nur.«

Mit bleiernen Schritten stieg Rondarion die schmale Steintreppe zum Innenhof der Festung hinab. Es wäre gut, wenn er so bald wie möglich gemeinsam mit Ines denselben Weg nähme wie der Magier. Doch sie beide hätten keine Zauberknospen bei sich … Nichts, das ihnen gestattete, Wasser wie Luft zu atmen. Noch war Ines nicht stark genug, um sich aus eigener Kraft aus einem sinkenden Leichensack befreien zu können. Vor allem für sie würde dieser Fluchtweg also ungleich gefährlicher werden.

Ohne für die Kranken auf dem Hof auch nur einen Blick zu haben, ging der Offizier hinüber zu dem niedrigen Eingang, der zu den Verliesen führte. Ines hatte noch immer dort unten ihr Lager. Rondarion nahm aus der Vorratskammer zwei neue Kerzen mit und machte sich dann an den Abstieg in die Finsternis. Keiner der Kranken kam freiwillig hier herunter. An manchen Stellen perlte Wasser von den rußgeschwärzten Wänden. Fast überall waren die Decken so niedrig, daß man den Kopf einziehen mußte. Ein unbestimmbarer Geruch nach Tod und Verderben schien in der Luft zu hängen. Kein Wunder, daß niemand hier hinabwollte. Es war, als beträte man eine Vorhalle zu Borons dunklem Reich.

Seit seinem letzten Besuch bei Ines war die Kerze neben ihrem Lager nicht einmal halb herabgebrannt. Rondarion beugte sich über die junge Frau. Sie schlief. Er strich ihr zärtlich über die Wangen, die nun nicht mehr ganz so bleich wie in den vergangenen Tagen wirkten. Magister Dronte hatte ein wahres Wunder verbracht! Nach dem Kampf mit dem Ordensritter hatte sie schon mit einem Fuß die Schwelle zum Totenreich überschritten gehabt. Der Magier war ein wesentlich besserer Heiler, als er zugegeben hatte. Natürlich war

Ines noch erschöpft, doch die Krankheit und die Verletzungen schienen überwunden zu sein. Sie hatte sehr viel getrunken und zeigte auch wieder Appetit. Viele der Falten in ihrem Gesicht hatten sich geglättet … Sie würde es schaffen, wenn ihnen nur noch ein paar Tage blieben!

Rondarion fragte sich, wo Dronte jetzt wohl war. Es fröstelte den Gardisten, wenn er an die bevorstehende Flucht dachte. Noch war Ines zu schwach. Wenn er sich vorstellte, wie man sie beide lebendig in die Leichensäcke einnähen würde, um sie dann zu den Toten zu legen, packte ihn die Angst. Das war nicht der Weg, den sie nehmen sollten – doch er sah keine andere Möglichkeit zur Flucht.

Von bösen Vorahnungen gequält, legte er sich neben Ines in das frische Stroh, mit dem der Boden des Kerkers ausgestreut war. Obwohl er todmüde war, vermochte er keinen Schlaf zu finden, und so sah er der Kerze zu, wie sie langsam herabbrannte.

Leise klopfte es an der Tür der Cella. Immuel Florios war so sehr ins Gebet vertieft, daß er es zunächst gar nicht hörte. Erst als der Bote etwas heftiger pochte, hob der verzweifelte Hochgeweihte den Kopf.

»Ich komme.« In den letzten Tagen hatte er kaum geschlafen. Dunkle Ringe malten sich unter seinen Augen ab, und obwohl er sonst sehr viel Wert auf ein gepflegtes Äußeres legte, hatte er sogar aufgehört, sich zu rasieren. Dennoch galt seine ganze Aufmerksamkeit seinem Körper. Ängstlich horchte er in sich hinein und suchte nach Anzeichen für die tödliche Seuche, die er sich möglicherweise bei dieser liederlichen Hafenhure geholt hatte. Seit dem Morgen hatte er leichten Durchfall, und er war auch überzeugt, ein wenig fiebrig zu sein. Schlechte Zeichen!

Eifersüchtig auf alle Gesunden außerhalb seiner Cella, öffnete er das kleine Guckloch in der Tür. »Was willst du?«

Der Novize verbeugte sich ergeben. »Es kommt noch immer keine Antwort von der Sklaveninsel. Der Ordens-Großmeister Delazar läßt anfragen, wie weiter zu verfahren ist.«

Immuel kratzte sich nachdenklich am stoppligen Kinn. Die Wahrscheinlichkeit, daß die kleine Hure noch lebte, war gering. Vielleicht hatte es nun auch den Ordensritter dahingerafft. »Versucht es in der Nacht noch einmal! Wenn der Ritter dann immer noch keine Antwort gibt, soll Delazar selbst entscheiden, wie zu verfahren ist.«

»Wie Ihr befehlt, Eminenz!«

»Nun behellige mich nicht weiter!« Hastig schloß Immuel das Guckloch. Er spürte, wie es in seinem Gedärm rumorte. Eilig ging er zur Nachtschüssel, um sich zu erleichtern. Seine Hände waren plötzlich eiskalt geworden, dennoch war er sich immer noch nicht sicher, ob ihn nun die Seuche oder nur die Angst gepackt hatte. Auf seine Gebete zu Boron hatte er keine Antwort erhalten. Wenn er nur Gewißheit hätte! Aus der Stadt hörte man, daß die Kranken binnen einer einzigen Nacht starben. Seit er sich mit der kleinen Hure amüsiert hatte, waren jedoch schon viele Tage vergangen … Durfte er also auf seine Errettung hoffen? Was aber hatten der Durchfall und das Frösteln zu bedeuten?

Immuel seufzte. Es blieb nichts zu tun, als den Flug der Raben über der Stadt des Schweigens zu beobachten. Vielleicht sandte ihm Boron ja doch noch ein Zeichen.

14. Kapitel

Markud blickte die Reihe seiner Diener entlang und war zufrieden. Es waren zwölf Männer und Frauen. Sie alle hatten in der Vergangenheit bereits ihre Qualitäten bewiesen und waren froh, endlich losschlagen zu dürfen. Die Maskerade als Diener im Haus eines Kaufmanns hatte den meisten von ihnen nicht gefallen. Es waren Wüstenräuber, Piraten und Schmuggler, Söldnerinnen, Glücksritter und sogar eine Rebellin aus Maraskan.

»Heute ist der Tag gekommen, auf den wir uns in den letzten Wochen vorbereitet haben. Wir werden in die Katakomben unterhalb des Schlunds hinabsteigen und der Unterhändlerin Borbarads das Lebenslicht ausblasen. Wie ihr wißt, hat sie sich mit etlichen Bettlern und anderem lichtscheuen Gesindel umgeben. Wirklich gefährlich sind jedoch die dämonischen Mächte, die sie möglicherweise zu Hilfe rufen wird.« Markud wies auf zwei lange Holzkisten, die das Rabensiegel trugen. »Unsere Waffen sind heute morgen vom Patriarchen selbst gesegnet worden. Sie vermögen nun jeden denkbaren Feind zu verwunden, so daß wir nichts mehr zu fürchten haben als die Furcht selbst. Ihr alle habt Nakandoa während der Feste gesehen. Der Patriarch wünscht ihren Kopf, und sollte es einer von euch schaffen, vor mir an sie heranzukommen, dann schulde ich ihm eine Prämie von fünfhundert Dublonen. Aber vergeßt mir nicht, ihren Kopf mitzunehmen! Wir brauchen einen Beweis für Nakandoas Tod.

Wie besprochen wird jeder von euch sich allein auf den

Weg hinauf zum Schlund machen und sich einen Eingang zu den unterirdischen Gewölben suchen. Sobald das Madamal am Himmel erscheint, schlagen wir los. Ein Angriff aus einem Dutzend verschiedener Richtungen wird die Wachen der Magierin verwirren und es uns leichter machen, bis zu ihr vorzudringen. Sobald der nasse Auftrag erledigt ist, ziehen sich alle zur Villa zurück. Ich werde dafür sorgen, daß wir unsere Prämie erhalten, und noch morgen abend auf einem Schiff die Stadt verlassen. Oder legt irgend jemand gesteigerten Wert darauf, in diesem Seuchennest zu bleiben?«

Einige der Männer grinsten, die meisten zeigten jedoch keine Regung. Fast alle hatten schon für Markud gemordet und wären ihm ohne Bedenken bis hinab in die Niederhöllen gefolgt, hätte er es befohlen. Sein Ruf war legendär. Noch niemals war eine seiner Unternehmungen fehlgeschlagen, und wer ihm bedingungslos gehorchte, der wurde schneller reich, als er es sich in seinen kühnsten Träumen ausmalen konnte.

Der falsche Kaufmann lächelte zufrieden. »Das fette Weib hat die Seuche in die Stadt gebracht. Das heißt, wir werden heute zur Abwechslung sogar einmal etwas Gutes tun, wenn wir unsere Klingen ziehen. Erwartet jedoch nicht, daß man uns hinterher als Helden feiert. Gibt es noch Fragen?«

Markud wartete einen Augenblick lang. Als sich keiner meldete, nickte er zufrieden. »Wir sehen uns in den Katakomben. Ich wünsche euch eine gute Jagd, meine Brüder und Schwestern.«

»Markuds Schrift sieht wirklich so aus?« Zweifelnd betrachtete Ilian das Dokument, das ausgerollt vor ihm auf dem Tisch lag.

Die alte Frau nahm ihre Augengläser von der Nase und bedachte ihn mit einem finsteren Blick. »Auch wenn ich dir einen Gefallen schulde und du auf dem besten Weg bist,

Offizier in der Stadtgarde zu werden, muß ich mich von dir nicht beleidigen lassen, junger Mann. Ich gelte in dieser Stadt als die Beste meines Faches. Selbst dieser Kaufmann würde glauben, daß der Brief von seiner Hand ist, wenn er es nicht besser wüßte. Was die Schrift betrifft, kannst du dir völlig sicher sein! Ich habe den Kaufvertrag für seine Villa studiert. Er hat dem Text von eigener Hand zwei Absätze hinzugefügt. Das war genug als Vorlage, um seine Schrift zu studieren … Er scheint mir übrigens ein sehr selbstbewußter Mann mit einem Hang zur Überheblichkeit zu sein. Siehst du diese Unterlängen bei den …«

»Mich kümmert seine Handschrift nicht weiter. Alles, was ich von dir will, ist ein Dokument, das auch bei einer Untersuchung der Angelegenheit als echt besteht.«

»Das hast du bekommen«, entgegnete die Alte kurz angebunden.

»Und was ist mit dem zweiten Brief?«

Sie lächelte. »Das war in der Tat eine Herausforderung. Wie du wünschtest, gibt es keinen deutlichen Hinweis darauf, wer der Verfasser des Briefes ist und woher das Schreiben kam. Aber ich habe ein Reispapier benutzt, wie es nur auf Maraskan geschöpft wird, und diese Tinte, die bei hellem Licht einen leicht purpurnen Schimmer zeigt, wird nur in Jergan gemischt. Man muß sich ein bißchen mit diesen Dingen auskennen, um solche Spuren zu entdecken. Ich verwette meinen Hintern darauf, daß derjenige, der diese Hinweise findet, anschließend stolz auf seinen Scharfsinn ist und im Traum nicht auf den Gedanken kommt, man habe ihn bewußt in die Irre geführt.«

Ilian nickte zufrieden und griff nach der ledernen Börse an seinem Gürtel. »Gute Arbeit!«

Die Alte schüttelte den Kopf. »Ich will kein Geld. Die Lage hat sich grundlegend geändert, seit wir dieses kleine Geschäft besprochen haben. Die Seuche … Man sagt, sie rafft die

Alten und die Kinder zuerst hinweg. Bring mich hinauf zum Tor hinter der Kommandantur und sorg dafür, daß ich die Stadt verlassen darf. Das ist mir mehr wert als alle Adamanten von den Waldinseln.«

Ilian runzelte verärgert die Stirn. Es wäre nicht gut, wenn man sie beide zusammen am Stadttor sähe. Die Alte schien mißtrauisch zu werden. Sie griff nach den beiden Briefen und rollte sie wieder zusammen.

Der Stadtgardist lächelte. »Hast du deine Sachen schon gepackt? Am besten bringst du sie gleich zum Tor.«

Erleichtert legte die Frau die Briefe auf den Tisch zurück. »Ich hätte mir selbst einen Passierschein gefälscht, wenn noch genug Zeit gewesen wäre, aber so wie die Dinge stehen, kommt es wohl auf jede Stunde an, und ich …«

Ilian nickte zustimmend und griff mit der Rechten unter seinen weiten blauen Umhang.

Gion fluchte herzhaft. Diese nassen Tücher, die er sich wie ein Novadi um den Kopf geschlungen hatte, erstickten ihn halb, und der ölige Qualm des Scheiterhaufens brannte ihm in den Augen. Im Rat der Zwölf mußten alle verrückt geworden sein! Die Befehle, die man heute abend ausgegeben hatte, waren der blanke Wahnsinn.

»Das hier auch?« Daria war mit einer Wiege auf dem Arm aus dem Qualm aufgetaucht.

Der Weibel nickte grimmig. »Alles! Mach sie klein und wirf das Holz ins Feuer!«

Es tat Gion in der Seele weh, mit anzusehen, wie unter den Tritten der Gardistin das dünne, mit feinen Schnitzereien geschmückte Holz splitterte. So eine Verschwendung! Sie führten sich mitten im Frieden und in der Stadt, die sie beschützen sollten, wie plündernde Eroberer auf. Überall auf den Plätzen und Straßenkreuzungen des Brabaker Viertels loderten Scheiterhaufen. Wenn in einem Haus ein Kranker gefunden wurde, wurden alle Möbel und alle Kleider verbrannt, die sich dort befanden. Sogar den Bewohnern riß man die Kleider vom Leib. Sie bekamen statt dessen Büßerhemden, so wie Verurteilte, die zu einem öffentlichen Richtplatz geführt wurden. Welch eine verdrehte Welt! Gion konnte verstehen, wenn man die Kranken aussonderte und aus der Stadt brachte, aber das hier …

Er sah zu dem Ordensritter der *Basaltfaust* hinüber, der die Verbrennung beaufsichtigte. Der Knabe hielt sich offensichtlich für einen harten Burschen. Er trug kurzgeschorenes schwarzes Haar, strotzte nur so vor Kraft, und seine Augen funkelten, als führe der Patriarch selbst diesen heroischen Feldzug gegen Kranke und Sterbende an.

»Was ist, *Gardist?*«

Der Ritter war auf ihn aufmerksam geworden. Gion blickte trotzig zu ihm hinüber. Es wäre besser gewesen zu kuschen, aber man konnte sich nicht immer ducken! »Die rechte Aufgabe für Helden, darauf zu achten, daß das Feuer nicht ausgeht«, brummte der Gardist halblaut.

Der Kerl verließ seinen Posten und kam herüber. Gion verwünschte sich für sein lockeres Mundwerk. Es war sein Schicksal, daß sein Maul immer schneller dabei war als sein Hirn. Deshalb hatte er es nach mehr als zehn Jahren in der Stadtgarde noch nicht weiter als bis zum Weibel gebracht.

»Was sagst du da, du Gassenpinscher?«

Gion setzte sein charmantestes Lächeln auf. Er hatte im Khomkrieg miterlebt, wozu die Ordensritter fähig waren. »Ich meinte, daß es für einen Helden wie Euch doch wahrlich enttäuschend sein muß, keine andere Aufgabe zu haben, als das Feuer zu hüten.«

Der Krieger musterte ihn kalt. »Ich meinte, etwas anderes gehört zu haben … Du hältst dich wohl für sehr schlau, Weibel.«

»Ich?« Gion schüttelte heftig den Kopf. »Nein, Herr. Ich bin vielmehr der Auffassung, daß die Bescheidenheit die edelste Tugend der Dummköpfe ist.« Gion hätte sich die Zunge abbeißen mögen ... Schon wieder so ein Spruch!

Der Ordensritter schien sich nicht sicher zu sein, ob er ihm ein Kompliment gemacht hatte oder ihn auf hinterhältige Weise einen Dummkopf geheißen hatte. »Du stehst hier schon viel zu lange herum, Weibel.« Ein böses Lächeln spielte um die Lippen des Kriegers. »Dort drüben in dem zweistöckigen Haus sollen noch ein paar Tote liegen, habe ich gehört. Bring sie her und wirf sie ins Feuer!«

»Jawohl, Herr«, murmelte Gion eisig. Er hatte im Lauf des Tages immer wieder Gerüchte über die Seuche gehört, und in einem Punkt glichen sich alle. Die Toten zu berühren, war nicht gut. Meistens erledigten Geweihte diese Aufgabe. Wütend ballte er die Fäuste und machte sich auf den Weg. Am liebsten hätte er diesem Tropf von einem Ordensritter ins Gesicht gespuckt und ihm die schönen weißen Zähne in den Rachen geschoben ... Aber er mußte sich beherrschen. Wer sich mit der *Basaltfaust* anlegte, war ein toter Mann.

Eine Gruppe von vielleicht zwanzig gebeugten Gestalten kam, eskortiert von einigen Söldnern, die Straße herab. Es waren ausschließlich Kinder und Alte. Ein Offizier hatte Gion erklärt, daß Kinder und Alte die ersten seien, die vom blutigen Difar befallen würden, weil der Seuchendämon aus unbekannten Gründen eine Vorliebe für sie habe. Wenn in einem Haus jemand erkrankte, wurden deshalb zuerst die Kinder und die Alten fortgebracht. Zwei Lagerhäuser im Hafen waren geräumt worden, um die vermeintlichen Kranken dort unterzubringen, bis sie in einem Boot auf die Sklaveninsel geschafft wurden. Alle übrigen Bewohner aus den Haushalten wurden zum Trockendock gebracht, wo sich ein weiteres großes Lager befand. Sobald man alle aus einem Haus geholt hatte, sorgten die Gardisten dafür, daß alles verbrannt wurde, was sich darin befand.

Gion verbeugte sich vor dem Borongeweihten, der hinter dem Zug der Verdammten ging. Wie der leibhaftige Tod sah der Geweihte aus, der unter seiner schwarzen Kapuze eine Schädelmaske aus gelb gewordenem Elfenbein trug. Er schwang ein bronzenes Räuchergefäß an einer eisernen Kette, aus dem in dichten Schwaden würzig duftender hellblauer Qualm hervorquoll. Einige der Priester des Totengottes gingen furchtlos zwischen den Kranken umher. Sie betteten sogar die Häupter der Sterbenden in ihren Schoß, so als seien sie sich gewiß, daß Golgari sein Augenmerk noch nicht auf sie gerichtet habe. Der Gardist strich sich über das Gesicht, um zu prüfen, ob das Tuch noch richtig über Lippen und Nase saß. Er hätte einen Jahressold für die Gewißheit gegeben, daß ihn diese gräßliche Krankheit nicht packen würde. Da bekäme er schon lieber ein Schwert in die Rippen, um auf irgendeinem namenlosen Schlachtfeld zu verbluten.

Die Tür zu dem Haus, auf das der Ordensritter gezeigt hatte, war aufgebrochen und hing schief in den Angeln. Zögernd trat Gion ein. Das Erdgeschoß bestand nur aus einem einzigen Raum. Abgesehen von der ausgetretenen Holztreppe, die ins Obergeschoß führte, war der Raum vollkommen leergeräumt. Es roch nach Tod und der Gemüsesuppe, die man in die Feuerstelle geschüttet hatte, bevor der Kessel weggebracht worden war. Der Boden bestand nicht aus gestampftem Lehm, sondern war mit rissigen Holzdielen bedeckt. Für das Brabaker Viertel geradezu üppig, dachte Gion. Wer hier wohl gewohnt hatte?

Der Gardist war schon halb die Stiege hinauf, als er begriff, wer hier gewohnt hatte. Er stieg noch einmal hinunter und untersuchte die Holzdielen. Die Falltür war gut versteckt. Die Fugen waren mit feinem Schmutz gefüllt, so daß man schon zweimal hinsehen mußte, wollte man sie finden. Gion zog seinen Dolch und schob ihn in eine der schmalen Ritzen. Mit der Waffe als Hebel war es leicht, die Falltür zu öffnen.

Daß er nicht gleich darauf gekommen war, als er den Boden gesehen hatte … Er hätte den Arsch darauf verwettet, daß hier ein Fischer gewohnt hatte, der sein Einkommen durch den Handel mit Schmuggelware aufbesserte. Was wohl unter den Dielen zu finden wäre? Ganz gleich, was es war, er würde es jedenfalls nicht zum Scheiterhaufen schleppen.

Vor Aufregung zitterten ihm die Hände, als er die Falltür zur Seite zog. Er fühlte sich fast wie ein Schatzsucher. Vorsichtig beugte er sich über die Öffnung im Boden und blickte in drei bleiche Gesichter. »Beim Barte Efferds«, murmelte er zugleich enttäuscht und überrascht.

»Bitte Herr, verratet uns nicht. Wir sind ganz gewiß nicht krank …«

In der flachen Erdgrube unter der Falltür hockte eine Frau in mittleren Jahren, die zwei Mädchen in den Armen hielt, die sich dicht an sie drängten.

»Bitte Herr … Es stimmt, mein Mann ist an der Sieche gestorben, aber wir sind ganz gesund … Bitte, trennt mich nicht von meinen Kindern. Sie sind das einzige, was mir noch geblieben ist. Ihr wißt doch, was sie mit den Kindern machen, und Ihr seht aus, als hättet ihr ein gutes Herz.«

»Scher dich nicht um mein Herz«, brummte Gion, der noch immer enttäuscht war, statt Schmuggelgut nur einen Haufen Weiber gefunden zu haben. »Es sind Geweihte am Hafen und auf der Sklaveninsel. Sie werden sich um deine Kleinen kümmern …«

»Und wenn sie gar nicht erst bis zur Sklaveninsel kommen?«

»Red nicht! Komm jetzt aus dem Loch heraus!«

Die Frau zog ein dünnes Fleischmesser aus den Falten ihres Rocks. »Hört mich an! Mein Mann war Fischer! Ich weiß, was auf dem Meer vorgeht! Was glaubst du, weshalb sie alle die kleinen Boote beschlagnahmen und warum heute keines mehr zurückgekommen ist, das zur Sklaveninsel fuhr? Sie schleppen die Alten und die Kinder weit aufs Meer hinaus und verbrennen dort die Fischerboote mit allen, die sich darauf befinden.« Sie zielte mit dem Dolch auf seinen Bauch. »Kommt nur einen Schritt näher, und ich wickle Euch das Gedärm um die Knie!«

Gion legte die Rechte auf den Schwertknauf. Dann dachte er an den Ordensritter der *Basaltfaust* und die sinnlosen Zerstörungen hier im Brabaker Viertel. Vielleicht hatte die Frau ja recht? Gion wußte nicht mehr, was er glauben sollte. Langsam nahm er die Hand von seiner Waffe. »Habt ihr genug zu essen und zu trinken dort unten?«

Die Frau starrte ihn mit großen Augen an.

»Ganz ruhig, ich bin zwar Stadtgardist, aber bestimmt kein Kindermörder. Ich werde euch nichts tun.«

Eines der Mädchen begann leise zu schluchzen. Die Mutter strich ihm sanft über den Kopf und ließ dann das Messer sinken. »Ganz ruhig, mein Liebes. Es wird alles wieder gut.« Die Frau seufzte und bemühte sich um ein Lächeln. »Danke, Herr. Und was das Essen betrifft … Wir haben genug hier unten, um ein paar Tage durchzuhalten.«

Gion drehte sich um und blickte unsicher zur Tür. Wenn herauskommen sollte, was er hier tat … Besser nicht daran denken! »Ihr bleibt in eurem Versteck und rührt euch nicht von der Stelle, gleichgültig, was draußen auch passieren mag«, befahl er in harschem Ton. »Ich werde die Falltür wieder schließen und keinem etwas von euch erzählen. Aber im Namen aller Götter, rührt euch nicht vom Fleck!«

»Ja, Herr …« So entschlossen sie eben noch gewesen schien, ihre beiden Töchter mit dem Leben zu verteidigen, so unterwürfig klang sie nun wieder.

Der Weibel schob die Falltür zurück und blickte danach unschlüssig zu der Treppe hinauf. Was tat er nur? Er wußte, welche Strafe darauf stand, Kranke zu verstecken … Ob die Geschichte mit den verbrannten Booten stimmte? Das konnte doch nicht wahr sein! Man würde doch keine Kinder verbrennen! Gion dachte an den Ordenskrieger neben dem Scheiterhaufen auf der Straße, und ihm kamen Zweifel …

»Weibel?« Daria stand in der Tür und blickte ihn besorgt an. »Ist alles in Ordnung?«

Er richtete sich langsam auf und schüttelte den Kopf. »Nein, nichts ist mehr in Ordnung …«

Endlich war er allein! Amir Honak stand an einem der Fenster seines prächtigen Gemachs in der Stadt des Schweigens und blickte hinab auf Al'Anfa. Überall im Brabaker Viertel brannten Feuer. Auch im Schlund war die Seuche ausgebrochen. Vor einer Stunde erst, kurz nach Sonnenuntergang, hatte er die Nachricht erhalten, daß sich die Bettler zusammenrotteten und gegen die Stadtgarde und die Söldner zu Wehr setzten. Bewaffneten Aufruhr in diesem Umfang hatte es in der Stadt schon seit Generationen nicht mehr gegeben! Angeblich hatte sich sogar einer der Bettler zum König ausgerufen.

Der Patriarch wandte sich ab und trat an den großen schwarzen Schreibtisch, auf dem ein altes Buch mit vergilbten Seiten lag. Der Bericht der Marquesa de Ciagra über die göttliche Plage, die einst die Perle des Südens heimgesucht hatte. War die Plage etwa wiedergekehrt, und würde sich nun die Prophezeiung über den Untergang der Stadt erfüllen?

Der Patriarch dachte an die Vorzeichen, mit denen sich die Seuche angekündigt hatte, und vor allem an die Gesandte aus Maraskan. Er war ihr nie gegenübergetreten, doch so, wie Irschan sie geschildert hatte, war sie dem Dämonenmeister völlig ergeben. Sie hatte damit gedroht, eine Seuche in die Stadt zu tragen … Hätte er den Forderungen Borbarads denn nachgeben sollen? Er fluchte leise. Nun war es zu spät zu jammern. Er hatte einen Weg beschritten, von dem es kein

Zurück mehr gab. Irschan hatte versprochen, ihm morgen den Kopf dieser Gesandten zu bringen. Nun mußte man das Übel bei der Wurzel packen! Aber wie sollte man gegen die Seuche ankämpfen? Der Großexekutor hatte empfohlen, die Stadttore verschließen zu lassen und auch den Hafen zu sperren. In seinen Augen war dies der einzige Weg, um zu verhindern, daß die Seuche auch auf andere Städte übergriff. Aber würde ein solcher Befehl nicht für lange Zeit den Handel ruinieren? Wäre es nicht besser, den Hafen offenzuhalten und Fremden gegenüber das Problem herunterzuspielen?

Amir Honak schloß das Buch auf seinem Schreibtisch und ging rastlos in dem großen Zimmer auf und ab. Er hatte das Gefühl, in die Enge getrieben zu sein und die Macht verloren zu haben, über sein Handeln selbst zu bestimmen. Seinen Beratern mochte er bei den Entscheidungen, die zu fällen waren, nicht mehr trauen. Selbst Irschan Perval nicht! Zu sehr waren sie alle in ihre ehrgeizigen Intrigen verstrickt. Nicht zum ersten Mal in seinem Leben wünschte sich der Patriarch, ein so enges Band zu Boron zu haben wie sein Vater.

Amir Honak verharrte. Er mußte Borons Rat einholen! Nur wenn seine Seele frei von allen weltlichen Wirren wäre, wüßte er, was zu tun sei. Klar sah er den Weg vor sich, den er zu beschreiten hatte.

15. Kapitel

Markud drückte sich an die Wand aus verwitterten Ziegeln und betrachtete aufmerksam den Novadi. Sein Gefährte war in eine Falle getreten und von mehreren rostigen Speerspitzen durchbohrt worden. Das Gesicht des toten Kriegers war vor Schreck verzerrt. Wie hatte das geschehen können? Markud kannte den Novadi als einen vorsichtigen Mann, der nicht ohne weiteres in eine Falle getappt wäre.

Der falsche Kaufmann versuchte, die Finsternis hinter der Falle mit Blicken zu durchdringen. Es schien dort eine Grube zu geben. Auch spürte Markud einen leichten Luftzug auf dem Gesicht. Irgendwo lag also ein Ausgang. Vielleicht acht Schritt entfernt leuchtete ein Öllämpchen in einer Mauernische. Nur ein Teil der Gänge und Hallen in diesem unterirdischen Labyrinth war auf diese Art beleuchtet. Die schwachen Flammen vermochten dem Meer der Dunkelheit nie mehr als kleine Inseln aus Licht zu entreißen.

Markud hatte jegliches Zeitgefühl verloren. Es kam ihm so vor, als würde er schon seit Stunden durch längst vergessene Kanäle, baufällige Zisternen und halb verschüttete Gewölbe irren. Jeden Augenblick war er auf der Hut vor den halbverrückten Gefolgsleuten Nakandoas. Was die Zauberin wohl mit ihnen angestellt haben mochte? Der Schlund hatte sich an diesem Abend in einen brodelnden Hexenkessel verwandelt. Die Straßen waren voller Bettler, entlaufener Sklaven und halbverhungerter Tagelöhner. Ein junger Mann mit einer grotesken Krone aus rotem Mohagoniholz hatte die Verzweifelten mit feurigen Reden dazu aufgepeitscht, sich gegen die

Oberen der Stadt zu stellen. Er hatte behauptet, die Boronis hätten die Seuche heraufbeschworen, um alle jene zu vernichten, die sich nicht willenlos ihrer Herrschaft beugen wollten.

Mehrere Kompanien Stadtgardisten und Söldner hatten versucht, Kranke aus dem Viertel herauszuholen, und es war in den engen Gassen und zwischen den zahlreichen ausgebrannten Ruinen zu einer Reihe blutiger Scharmützel gekommen. Ein Teil der Bettler war daraufhin in das Labyrinth geflüchtet, so daß Markud und die Seinen bei ihrer Suche nach Nakandoa auf erheblich mehr Schwierigkeiten gestoßen waren, als der falsche Kaufmann erwartet hatte. Der aufgebrachte Pöbel mißtraute jedem, dessen Gesicht unbekannt war, und so war Markud während seiner Suche schon in etliche Auseinandersetzungen geraten. Zweimal hatte er sogar gegen ausgebildete Söldner kämpfen müssen, die Plätze bewacht hatten, an denen sich das Labyrinth weiter verzweigte. Offensichtlich hatte sich Nakandoa gut darauf vorbereitet, hier unten unerwünschten Besuch zu empfangen.

Markud umfaßte den Griff seines Tuzakmessers noch fester. Es nutzte nichts, noch weiter zu zaudern! Vorsichtig schlich er an dem toten Novadi vorbei und drückte sich dann wieder dicht an die Mauer, um den dunklen Gang zu mustern, der vor ihm lag.

War da nicht ein Geräusch gewesen? Er hielt den Atem an. Ein Stück weiter vorn rieselte Staub von der Decke. Ratten? Markud tat einen vorsichtigen Schritt zurück. Da vorn war etwas. Fast schien es, als wolle sich die Finsternis im Gang zu etwas Körperlichem verdichten.

Der Krieger leckte sich unruhig über die Lippen. Er wurde langsam zu alt für solche Unternehmungen.

Plötzlich leuchteten in der Dunkelheit zwei glühendrote Augen auf. Der Luftzug trug einen schwachen Duft von

Schwefel mit sich. Das also hatte den Novadi unaufmerksam werden lassen! Was auch immer da vorn lauern mochte, Markud war sich sicher, daß es *ihn* genau sehen konnte. Die feinen Härchen auf seinen Armen richteten sich auf. Sein Magen begann zu schmerzen. Er sollte hier nicht länger stehenbleiben. Also tat er einen Satz nach vorn, rollte sich über die Schulter ab und war gleich wieder auf den Beinen. Auch die Kreatur hatte sich bewegt. Es schien ein Mensch in einem schwarzen Gewand zu sein.

Markuds Klinge schnellte vor, doch der Kerl parierte den Angriff mit geradezu unheimlicher Geschicklichkeit. Klirrend schlugen die Klingen aufeinander. Der Krieger duckte sich, um einem Peitschenhieb auszuweichen, der nach seiner Kehle gezielt hatte. Zischend fuhren dornengespickte Lederriemen ins Leere.

Markud versuchte es mit einem Ausfall, doch sein Gegner schien jeden Hieb vorauszuahnen. Mit beängstigender Geschicklichkeit parierte er selbst die heimtückischsten Schläge. In seinem ganzen Leben hatte Markud höchstens zwanzig Krieger kennengelernt, die es verstanden hatten, mit zwei Waffen gleichzeitig zu kämpfen, und dieser hier wäre unter ihnen allen gewiß der Meister gewesen.

Nun ging sein unheimlicher Feind zum Angriff über. Mit einer ganzen Serie von Schwerthieben trieb er Markud vor sich her, bis dieser erkannte, worauf der Vermummte hinauswollte. Die Grube! Sie lag nun keine zwei Schritt mehr hinter dem Krieger.

Markud faßte mit der Linken nach der Klinge seines Tuzakmessers, um mit beiden Händen einen Hieb abzublocken, der auf seinen Kopf gezielt hatte. Als die Waffen aufeinanderschlugen, riß der Krieger sein Schwert zur Seite, um mit der Parierstange die Klinge des Gegners einzufangen und zu binden. Dann versetzte er dem anderen mit dem Schwertknauf einen Stoß in die Magengrube. Es fühlte sich an, als träfe er einen prall gefüllten Mehlsack. Der andere stöhnte nicht einmal! Seine Linke sauste herab, und die Riemen der Peitsche wickelten sich um Markuds rechte Wade. Wie Raubtierkrallen zerrissen die Dornen die Hose des Kriegers und gruben sich in sein Fleisch. Ein Ruck riß Markud von den Beinen. Mit metallischem Knirschen kam das Schwert seines Gegners frei, und die Gestalt in der Kutte führte sogleich einen Rückhandschlag. Statt zu parieren, duckte sich Markud, riß sein Tuzakmesser hoch und trieb es dem Gegner zwischen den Leisten in den Leib.

Die vermummte Gestalt stieß einen gellenden Schrei aus und war im nächsten Augenblick verschwunden. Nichts als beißender Schwefelgeruch war von ihr geblieben.

»Bei Praios!« Mit zitternder Hand schlug der Krieger das Sonnenzeichen. Welches Wesen auch immer er bekämpft haben mochte, aus der Welt der Sterblichen war es gewiß nicht gekommen. Hoffentlich hatte Nakandoa nicht noch mehr von diesen niederhöllischen Geschöpfen gerufen.

Markud spürte, wie ihm etwas warm über die Wange rann. Vorsichtig tastete er nach seiner Stirn. Das Schwert des Dämons hatte ihm die Kopfhaut geritzt. Hätte er sich auch nur einen Fingerbreit weniger tief geduckt, dann … Er biß sich auf die Lippen. Jetzt war nicht der Augenblick, sich über Glück und Schicksal Gedanken zu machen. Er lebte, das war alles, was zählte!

Mit einem Seufzer richtete er sich auf. Die Peitschenstriemen auf seiner Wade brannten wie Feuer. »Praios, ich werde dir einen großen goldenen Leuchter für dein Haus in Gareth spenden, wenn du mich davor bewahrst, noch einmal einem solchen Geschöpf zu begegnen«, murmelte Markud leise.

Leicht hinkend setzte er seinen Weg fort und hielt sich dabei sorgsam außerhalb des Lichtkreises der Öllampe, die nahe der Grube in einer Nische stand. Vorsichtig warf er einen Blick in das Loch. Ein halb verkohlter Balken ragte daraus hervor. Unten war nichts zu erkennen. Ob es hier zu einer tieferen Ebene der Katakomben hinabging? Ein eigenartiger Geruch hing in der Luft. Es duftete nach schwerem Parfüm und zugleich auch nach Echsen. War das die Spur, die er gesucht hatte? War Nakandoa hier gewesen?

Nicht weit von der Grube lag ein zerknülltes Kleid auf dem Boden. Vorsichtig blickte der Krieger in alle Richtungen. Nichts rührte sich. So ging er hinüber und hob das Kleid auf. Es lag vor einem Gerüst aus Balken, das die hohe Decke abzustützen schien.

Seine Finger strichen über den kostbaren Stoff. Das Kleid war aus schwarzer Seide. Markud erinnerte sich, daß Nakandoa einmal ein solches Gewand getragen hatte. Er fluchte leise. War die Magierin entkommen, während der Dämon ihn aufgehalten hatte? Es schien, als habe sie sich in Luft aufgelöst.

Einer der Balken über ihm knirschte leise. Wahrscheinlich war das ganze Gewölbe baufällig. Feiner Staub rieselte von der Decke. Der falsche Kaufmann trat ein Stück zur Seite und sah nach oben. Etwas Dunkles regte sich in der Finsternis. Wachsam hob Markud sein Schwert. Im gleichen Augenblick schien die Dunkelheit lebendig zu werden. Etwas Schwarzes löste sich von den Balken und stürzte auf ihn herab. Er warf sich zur Seite, doch die Kreatur war zu groß, als daß er ihr noch entkommen konnte. Ein peitschender Schwanzhieb traf seinen Arm und prellte ihm die Waffe aus der Hand, die klirrend über den Boden glitt, bis sie dicht am Rand der Grube liegenblieb.

Markud rollte sich seitlich ab, um dem sich windenden Leib der riesigen Schlange zu entgehen, die ihn angegriffen hatte. Das Reptil fauchte ihn an. Er tat einen Satz in Richtung des Schwertes. Sein rechter Arm war noch immer ganz taub von dem Schlag, der ihn getroffen hatte. Er würde die Waffe mit links führen müssen.

Eine Gestalt trat aus der Dunkelheit und setzte den Fuß auf das Schwert. Ein hünenhafter Bettler mit gräßlich entstelltem Gesicht. Der Kerl hob seine Krücke und versetzte Markud einen Schlag. »Die Herrin wünscht, daß du in ihrer Nähe bleibst, Abschaum.«

Der schuppige Leib wand sich um Markuds Bein. Er versuchte, den Kopf der Schlange zu packen, um ihr das Genick zu brechen, als ihn ein weiterer Schlag mit der Krücke traf und ihm fast das Bewußtsein raubte. Er sank zur Seite, während der Schlangenleib sich schon bis zu seiner Hüfte heraufgewunden hatte. Mit der Linken ertastete er einen zerbrochenen Ziegelstein. Seine Hand schloß sich. Aus den Augenwinkeln sah Markud, wie der Bettler zu einem neuerlichen Schlag mit seiner Krücke ausholte. Der Krieger schleuderte den Stein. Mit einem häßlichen Knacken traf das Geschoß mitten ins Gesicht des Angreifers. Ein Strom von Blut schoß aus der Nase des Bettlers. Der Mann taumelte zurück, ruderte plötzlich wild mit den Armen und stürzte in die Grube.

Die Windungen der Schlange zogen sich enger um Markuds Leib. Er stöhnte vor Schmerz. Sein rechter Fuß wurde aus dem Gelenk gedreht. Er versuchte, dem Kopf des Reptils einen Fausthieb zu versetzen, doch es wich ihm mühelos aus. Grelle Lichtpunkte tanzten ihm vor den Augen. Es war vorbei. Selbst wenn er sich aus den Windungen des Schlangenleibs befreien könnte, käme er mit dem ausgerenkten Fuß nicht mehr von hier fort.

Die Schlange rollte ein wenig zur Seite. Er wurde herumgerissen, sein Gesicht in den Staub gedrückt. Seine Finger klammerten sich um den glatten Leib, doch er hatte keine Kraft mehr. Das Ungeheuer hob den Kopf. Die geschlitzten Augen schienen boshaft zu funkeln, so als wisse die Kreatur genau, was sie tat. Geifer tropfte aus den weit geöffneten Kiefern.

Markud kniff die Augen zusammen. Es kam ihm in den Sinn, wie Alara seinen Tod geweissagt hatte. Hatte die Commandanta gewußt, was ihn hier unten erwartete?

Etwas spritzte ihm ins Gesicht. Die Windungen des Schlangenleibes zogen sich noch ein wenig enger. Er stöhnte vor Schmerz. Plötzlich schienen die Muskeln des Ungeheuers zu erschlaffen. Verwundert öffnete der Krieger die Augen, um zu sehen, wie der kopflose Rumpf des Reptils zuckend zu Boden sank. Ein Frauengesicht beugte sich über Markud. »Maylinga?«

Die maraskanische Rebellin lächelte. »Entschuldige, wenn ich mich in deinen Kampf eingemischt habe, aber ich wollte einfach nicht mit ansehen, wie du dem armen Tier die Kehle durchbeißt.«

»Hilf mir aufzustehen«, entgegnete Markud gepreßt. »Und verschone mich mit deinen …« Der Krieger stieß einen erschrockenen Schrei aus. Nun begann der ganze Leib der Schlange zu zucken und sich zusammenzuziehen.

Die Maraskanerin trat einen Satz zur Seite und hob ihre bluttriefende Waffe. Ihre Augen weiteten sich vor Entsetzen. »Bei den göttlichen Zwillingen!«

Der Körper der Schlange schrumpfte zusammen. Die schwarzen Schuppen wurden heller und verwandelten sich schließlich in schwammige weiße Haut.

Aus der tödlichen Umklammerung befreit, rollte sich Markud zur Seite. Neben ihm lag der Kopf Nakandoas.

»Was … Was geht hier vor?« fragte die Rebellin verstört. »So etwas kann doch nicht …« Sie schüttelte sich. »Das …«

»Steh nicht herum wie der Ochs vor dem Berg«, fluchte Markud. Ihm war gleich, was hier geschah. Er wollte nur eins: so schnell wie möglich von hier fortkommen. »Nimm den Kopf, und dann hilf mir auf. Es ist besser, wenn wir uns davonmachen!«

16. Kapitel

Am frühen Morgen erreichte die Perlenmeer-Karavelle die Zollfestung Imrah und ging dort vor Anker. Alara verließ das Schiff, um von hier aus auf einer schlanken Flußgaleere den Chamir aufwärts zur Königsstadt Mirham zu reisen.

Der Strom war durch die Regenfälle der letzten Tage stark angeschwollen. Träge wälzten sich seine braunen Fluten dem Meerbusen entgegen. Das Flußschiff bot alle nur erdenklichen Bequemlichkeiten. Im Heck war ein Sonnensegel aus blauer Seide aufgespannt. Dort stand auch ein niedriger Tisch, der von drei Ruhebetten umgeben war. Zwei Sklaven hielten sich bereit, um den reichen Reisenden alle Wünsche zu erfüllen. Alara hatte allein hier hinten Platz genommen. Vorn im Bug drängten sich noch einige weniger wohlhabende Passagiere.

Der Kapitän der Flußgaleere bemühte sich zunächst, Alara zu unterhalten, doch bald schon sah er ein, daß der geheimnisvollen Fremden mit der Schlangentätowierung nicht nach banalem Geplauder zumute war. Etwas an dem Mann war der Commandanta merkwürdig vertraut vorgekommen, obwohl sie sicher war, ihm nie zuvor im Leben begegnet zu sein. Eine Weile beobachtete sie ihn, bis sie erkannte, was es war. Er hatte dieselben Augen wie Rondarion. Nur daß er älter war. Vielleicht ein Verwandter?

Von vierundzwanzig Sklaven an langen Rudern vorangetrieben, eilte die Galeere wie ein riesiger Wasserkäfer den Strom hinauf. Alara schlief die meiste Zeit. Zu dieser Jahreszeit gab es nicht mehr so viele Moskitos, und ein leichter

Wind vertrieb die stickigen Ausdünstungen des Dschungels.

Während sie wach lag, beobachtete die Offizierin die großen bunten Vögel, die im Geäst der Bäume zu beiden Seiten des Flusses saßen. Ab und zu störte das Kreischen von Affen den eintönigen Rhythmus, mit dem der Schiffstrommler den Takt für die Ruderer vorgab.

Zur Mittagsstunde erreichte die Galeere die Königsstadt, die sich gleich einer riesigen Blüte aus rosenfarbigem Marmor inmitten des Dschungels erhob. Mirham war im Grunde genommen keine richtige Stadt, sondern nur eine Anhäufung von Residenzen, die die reichsten Familien des Südens errichtet hatten, um dem Sitz des Königshauses nahe zu sein. Mirhamionette nannte man den König Damian von Shoy'Rina, der zwar nominell noch der Oberherr Al'Anfas war, in Wahrheit jedoch keinerlei Macht besaß. Die Stadtwachen Mirhams rekrutierten sich ausschließlich aus der Stadtgarde Al'Anfas, und die Politik des Stadtstaates wurde vom Rat der Zwölf bestimmt.

Sie ging den breiten, gepflasterten Uferweg hinauf. Ob die Seuche auch schon bis hierher vorgedrungen war? Vielleicht war es tatsächlich geraten, die Stadt abzuriegeln, wie der Großexekutor befohlen hatte?

Ihr Weg führte sie zur Stellmacherei. Bis zur zweiten Mittagstunde brauchte sie eine Kutsche, die sie zurückbrachte. Bis dahin hätte sie herausgefunden, was sie wissen mußte. Sie war sich ihrer Sache im Grunde sehr sicher, doch sie brauchte noch einen letzten Beweis. Sie dachte daran, wie sie vor Jahren schon einmal in Mirham gewesen war. Damals konnte man beim Stellmacher auch Pferde mieten. Daran hatte sich gewiß nichts geändert.

»Wird es zwischen uns jemals so sein wie zwischen Euch und Salpicio?«

Anatewka schien ihm nicht zuzuhören. Ängstlich starrte sie zur anderen Seite der Straße hinüber, wo die Stadtgardisten eine Frau und zwei Kinder aus dem Haus führten. Dann stießen sie noch einen gefesselten Stadtgardisten heraus. Ilian konnte sich erinnern, den Mann schon einmal gesehen zu haben. Er war nicht sehr groß, von gedrungener Gestalt und trug einen roten Schnauzbart.

»Fräulein Anatewka … Heute werde ich den Mörder Salpicios verhaften.«

Sie drehte sich um und sah ihn mit großen Augen an. »Ihr wißt, wer es getan hat?«

Er leckte sich unruhig über die Lippen. Trotz ihrer Größe wirkte sie plötzlich schwach und zerbrechlich. Ihre Augen waren voller Schmerz. »Ich glaube, es zu wissen.« Er sprach fast flüsternd. »Ich brauche nur noch einen letzten Beweis. Werdet Ihr mir …« Er brachte es nicht fertig, ihr länger ins Gesicht zu sehen. »Wird es zwischen uns jemals so sein wie zwischen Euch und Salpicio?« wiederholte er seine Frage.

Sie antwortete nicht sofort, sondern blickte zum Himmel hinauf. Mit den Regenwolken kam eine frische Brise vom Meer. Der Wind zerzauste ihr Haar. Ihr standen Tränen in den Augen. Den Mund hatte sie zu einer schmalen Linie zusammengepreßt. Sie schien noch eine Spur blasser geworden zu sein. Schließlich nickte sie. »Ja, so wollen wir es halten.« Sie zog das Tuch enger um die Schultern, drehte sich um und kehrte ins Haus zurück, ohne ihm durch eine Geste anzudeuten, ihr zu folgen.

Der Regen begann. Ilian zog den blauen Umhang vor der Brust zusammen. Wie silberne Perlen lagen die Tropfen auf dem Stoff. Es war Zeit!

Er ging quer über den Perlenmarkt, auf dem sich heute keine Händler drängten. Kaum jemand wagte es, sein Haus zu verlassen. Der Wind trieb welkes Laub von den Perainäpfelbäumen, die den Platz umstanden, über das Pflaster aus großen weißen Marmorplatten. Der Herbst hatte die Blätter golden oder aber blutrot gefärbt. Doch Ilian hatte keine Augen dafür. Immer im gleichen Schritt wie ein marschierender Soldat strebte er seinem Ziel entgegen.

Er bog ein wenig nach rechts, um auf den anschließenden Tar-Honak-Platz zu gelangen, wo nun alle Statuen des toten Patriarchen vereint standen, die zu dessen Lebzeiten über die öffentlichen Plätze verteilt gewesen waren. Düster und bedrohlich wirkten sie im grauen Licht des Nachmittags, Mahnmale der Größe, die nun nur noch an Sterblichkeit erinnerten. Ilian kam an einem Scheiterhaufen vorbei, den der Regen fast gelöscht hatte. Einige Soldaten drängten sich um die Glut, während der Wind ihre Mäntel peitschte und den weißen Rauch in zerstiebenden Wirbeln zum Himmel trieb.

Der Platz mündete in eine Straße, die geradewegs auf den Maraskantempel zu führte. Der Regen hatte dunkle Furchen in den bröckelnden Putz des schlecht gepflegten Bauwerks geschnitten. Unter einem Vordach stand eine junge Frau in einem exotischen Holzpanzer, der mit buntem Lack überzogen war. Ihre Blicke folgten Ilian, doch der Stadtgardist beachtete sie nicht und bog nach links ab, überquerte eine Straßenkreuzung und hielt auf das dreigeschossige Gebäude der Großadmiralität zu, dessen Mauern aus Obsidian kristallen im Regen glänzten. Dann folgte er der Mauer der Hafenfestung, bis eine Kompanie Söldner vom Schwarzen Bund des Kor ihn aufhielt, die aus dem großen Tor strömte, um zum Brabaker Viertel zu marschieren.

Das Haar hing Ilian in nassen Strähnen ins Gesicht. Stillstehen zu müssen, beunruhigte ihn. Er wollte es endlich hinter sich bringen! Als die Söldner vorbeigezogen waren, nahm der Gardist seinen Weg wieder auf. Nur ein Stück weit folgte er noch der Hafenmauer und schritt dann zu der Villa hinauf. Seine Hand tastete nach der Balestrina. Er spannte die Waffe und legte einen Bolzen ein.

Das Tor zur Villa Tuzak stand offen. Leise knirschte der Kies unter seinen Schritten, als er auf das hübsche Anwesen zuging. Nirgends waren Wachen zu sehen. Er hatte sich keinen Plan zurechtgelegt. Für einen Augenblick zauderte er. Was sollte er hier ganz allein? Das war Wahnsinn! Hinter ihm knirschte Kies.

Die Kriegerin in dem bunt lackierten Holzpanzer stand mitten auf dem Weg. »Was wollen Sie hier?«

Ilians Arm schnellte unter dem Mantel hervor. Sein Finger krümmte sich. Der Bolzen traf die Frau dicht unter dem Kinn in den Hals. Sie griff nach dem Geschoß. Blut spritzte in schauriger Fontäne aus der Wunde und färbte den weißen Kies rot.

Der Gardist spannte die Waffe erneut. Die Hand der Kriegerin fuhr nun zu dem breiten Schwert an ihrem Gürtel, doch sie brachte es nicht weiter als halb aus der Scheide, dann brach sie in die Knie.

Ilian drehte sich um. Er fand die hohe Tür der Villa unverschlossen. In der Eingangshalle führte eine breite Treppe zum oberen Stockwerk. Dort sang jemand. Suchend blickte sich der Gardist um. Von den Dienern Markuds war nichts zu sehen. Ohne auch nur den Versuch zu machen, leise aufzutreten, stieg er die Treppe hinauf und umrundete die Galerie, bis er vor einer weiteren offenen Tür stand. Markud hatte ihm den Rücken zugedreht und beugte sich über eine offene Kiste, in die er Kleider legte. Noch zwei weitere Reisekisten standen geöffnet in dem Zimmer. Offensichtlich bereitete der Kaufmann sich darauf vor, die Stadt zu verlassen.

»Hast du dir von der Prämie tatsächlich diesen Hartholzharnisch gekauft?« fragte Markud, ohne sich auch nur umzudrehen.

»Das hat sie«, antwortete Ilian anstelle der Toten.

Der Kaufmann erstarrte mitten in der Bewegung. Die gefalteten Hemden fielen ihm aus der Hand. Ganz langsam drehte er sich um. Er trug einen breiten Verband um die Stirn. »Du?« Er lachte leise. »Dich hat Alara ausgewählt? Dabei siehst du gar nicht aus wie ein Henker!« Er hatte die letzten Worte sehr laut gesprochen.

Aus einer Seitentür trat ein Mann mit einer Armbrust. Ilian riß die Balestrina hoch und schoß. Etwas traf ihn in den linken Arm, und er taumelte nach hinten.

Ein Auge des Armbustschützen hatte sich in ein blutiges Loch verwandelt. Markud tat einen Satz nach vorn, um ein Messer zu ergreifen, das auf einem Tisch lag.

Leise knackend schnappte der Spannbügel der Balestrina zurück. Markud hatte das Messer gepackt, warf sich zu Boden und rollte sich über die Schulter ab, um in Deckung hinter einen hohen Schrankkoffer zu gelangen.

Ilians Arm folgte ruhig der Bewegung. Dann drückte er ab. Der Bolzen traf den Kaufmann in die Schläfe. Im gleichen Augenblick bohrte sich der Dolch bis zum Heft in den Oberschenkel des Gardisten. Verwundert starrte Ilian auf die Waffe. Er hatte nicht einmal gesehen, wie der Schurke den Dolch geworfen hatte. Noch war sein Bein nur taub, doch es würde nicht lange dauern, bis der Schmerz kam. Er zog zwei Briefe aus einer Lederrolle, die an seinem Gürtel befestigt war, und legte sie zwischen die übrigen Papiere auf dem Schreibtisch des Kaufmanns. Dann hinkte er die Treppe hinab. Seine Linke, mit der er sich auf dem Geländer abstützte, hinterließ eine dünne Blutspur.

Jetzt kam der Schmerz. Er mußte es bis hinaus zur Straße schaffen, damit ihn jemand fand!

Rondarion war am Ende seiner Kräfte, als er an diesem Abend die Treppe zu den Kerkern hinabstieg. Mehr als zweihundert Kranke waren heute auf die Insel gebracht worden. Und all die Toten! Heute waren es achtundvierzig gewesen. Am schlimmsten aber war die Tatsache, daß zwei seiner Gardisten erkrankt waren. Fünf der Krieger hatten die Flucht ergriffen, als es sich herumgesprochen hatte, daß Boron die Hand nun auch nach ihnen die Hand ausstreckte. Sie hatten sich gemeinsam mit den Bogenschützen, der ehemaligen Bewachung der kleinen Festung, in einem Turm im Nordwesten der Insel verschanzt und drohten, jeden niederzuschießen, der sich ihrer Zuflucht auf mehr als zehn Schritt näherte.

Nun versorgten jene Kranken, die noch ein wenig bei Kräften waren, die Sterbenden. Doch nur die wenigsten waren in der Lage, etwas zu tun. Die Mehrheit der Erkrankten kauerte irgendwo im Schatten der Mauern, starrte teilnahmslos vor sich hin und wartete auf den Tod.

Nur eine Handvoll Helfer war geblieben, um die schweren Wasserfässer und die Lebensmittel, die von den Galeeren zur Insel gebracht wurden, bis zur Festung hinaufzutragen. Selbst beim Kochen hatte Rondarion mithelfen müssen. Er befürchtete, daß das Essen nicht reichen würde, doch wie sich zeigte, hatten die meisten Kranken gar keinen Appetit. Selbst trinken mochten sie kaum, obwohl bei einigen deutlich zu beobachten war, wie ihre Leiber austrockneten. In diesem Zustand war es sinnlos, auf sie einzureden. Er hatte es oft genug versucht. Wenigstens war es Ines den Tag über zusehends besser gegangen. Sie kam jetzt rasch wieder zu Kräften.

Als Rondarion den Kerker betrat, fand er die Zelle hellerleuchtet. Ines hatte zwanzig oder mehr Kerzen aufgestellt und trug ein schönes blaues Kleid. Der Gardist erinnerte sich schwach, das Kleid am Nachmittag bei einer Sterbenden gesehen zu haben. Hinter seinem Rücken schlug er rasch ein Boronszeichen, ließ sich aber nichts von seinem Schrecken anmerken.

Ines hob einen Krug vom Boden auf und schüttete ihm einen Becher Wein ein. »Willkommen, mein Retter.«

Rondarion schüttelte verwundert den Kopf. »Woher hast du das alles?«

Sie lächelte. »Manolo hat mir geholfen. Er hat mir die Kerzen und das Kleid gebracht. Frag mich nicht, wo er den Wein aufgetrieben hat.«

Der Gardist betrachtete das Kleid. »Ja, manchmal ist es besser, nicht zu fragen.« Er nahm den Becher und setzte sich auf den Boden ins Stroh.

»Habe ich etwas falsch gemacht?«

»Nein, nein. Ich bin nur müde ...«

Ines lachte leise und zauste ihm das Haar. »Dagegen weiß ich ein Mittel.«

»Ich glaube, ich ...«

Sie legte einen Finger an die Lippen. »Sag jetzt nichts mehr, mein Ritter. Du hast selbstlos mein Leben gerettet, und ich möchte dich belohnen, so wie holde Damen es mit ihren Helden tun. Doch ich habe alles verloren ... Mir ist nichts mehr zu schenken geblieben außer meiner Liebe. Es ist ein kostbares und sehr zerbrechliches Geschenk. Schon ein falsches Wort kann es zerstören.«

Rondarion schloß sie in die Arme, und sie küßte ihn lang und leidenschaftlich. Mit gewandten Finger half sie ihm, seine Rüstung abzulegen, und als ihre Hände über seinen nackten Rücken fuhren, war es, als zeichneten sie Linien aus Feuer auf seine Haut.

»Immer noch müde?« fragte sie neckend.

Statt zu antworten, lächelte er nur. Sie war so schön! Er wünschte, dieser Augenblick möge nie vergehen.

17. Kapitel

»Was sagst du da?« Irschan konnte einfach nicht glauben, was der Stadtmarschall berichtet hatte. »Ilian Naldor heißt der Mann? Ein Offizier?«

»Nur ein Offiziersanwärter, der unter der Commandanta Alara Olibano in der Garde dient. Er ist ein guter Mann! An seinen Worten kann nicht der geringste Zweifel bestehen. Alle Spuren in der Villa Tuzak weisen darauf hin, daß er angegriffen wurde, als er dem Kaufmann Markud einen Besuch abstattete, um einige Fragen über den letzten Abend zu stellen, den sein Kamerad Salpicio dort verbracht hatte.«

»Salpicio?« Der Großexekutor massierte seine Nasenwurzel zwischen Daumen und Zeigefinger. Er hatte stechende Kopfschmerzen. Seit er sein Amt angetreten hatte, war er kaum zum Schlafen gekommen. »Das ist doch dieser Offizier der Stadtgarde, den man ermordet hat …«

»So ist es. Doch das ist nicht alles, was dieser Kerl auf dem Kerbholz hat. Wir haben seine Papiere durchgesehen und Beweise dafür gefunden, daß dieser Markud der Mittelsmann eines Agenten Borbarads gewesen sein muß, der sich in der Stadt verborgen hält. Es gibt auch einen Brief, der unzweifelhaft aus Maraskan kommt. In ihm wird Markud befohlen, den Spitzel zu beseitigen, der sich bei ihm eingeschlichen hat. Das war unser Mann Salpicio!« Oboto rieb sich die Nase, bevor er fortfuhr. »Wir haben bei Markud auch eine Akte gefunden, die Salpicio verfaßt hatte. Sie enthielt Angaben über Markuds Leben und Mutmaßungen über seine Verbrechen. Dieser junge Tor hat versucht, Markud auf eigene Faust zu stellen. Er tat dies übrigens ohne meinen Auftrag. Ich wünschte, der Junge hätte sich mir anvertraut. Aber er war zu ehrgeizig.«

Irschan faltete die Hände und versuchte äußerlich ruhig zu bleiben. Er konnte nicht glauben, daß Markud ihn verraten hatte. Natürlich war der Kerl ein Schurke gewesen, aber er hatte ihm doch den Kopf Nakandoas bringen lassen! »Ich will alle Unterlagen aus der Villa sehen.«

Oboto Florios nickte. »Wie Ihr wünscht. Wenn Ihr gestattet, möchte ich empfehlen, den jungen Offiziersanwärter für seine Entschlossenheit und seinen Einsatz zu befördern. Das wäre ein gutes Vorbild für andere. Er ist ganz allein in die Villa gegangen und …«

»Bring mir diesen Ilian Naldor. Ich bin neugierig, einmal einem wahren Helden gegenüberzustehen.« Irschan konnte noch immer nicht glauben, daß Markud tot war. Nun galt es, das Beste aus der neuen Lage zu machen. Wenn der falsche Kaufmann zu Boron gegangen war, dann konnte er wenigstens niemandem mehr über die Geschäfte berichten, die ihn in die Stadt geführt hatten. Er mußte nur noch überprüfen, ob es bei seinen Briefen ein Schriftstück gab, das darauf hinwies, daß sie beide mehr als nur Nachbarn gewesen waren.

Der Stadtmarschall räusperte sich. »Ilian ist bei dem Kampf in der Villa Tuzak verwundet worden. Ich fürchte, er hat nicht die Kraft …«

Irschan machte eine wegwerfende Handbewegung. »Dann holt eben einen Heiler oder einen Magus, um ihn wieder auf die Beine zu bringen. Und jetzt stiehl mir nicht länger meine Zeit!«

Oboto setzte an, um noch etwas zu sagen, doch als der Großexekutor ihm einen zornigen Blick zuwarf, zog der Stadtmarschall sich schließlich zurück.

Nachdem der Kommandant der Garde gegangen war, lehnte sich Irschan in seinem bequemen ledergepolsterten

Lehnstuhl zurück und schaute zu Decke hinauf. Markud ein Verräter? Das wollte ihm nicht in den Sinn … Er hatte schon des öfteren Geschäfte mit dem falschen Kaufmann getätigt, und Markud hatte sich dabei stets als zuverlässig erwiesen. Irschan hatte den Verdacht, daß die Stadtgarde einen Sündenbock brauchte … Dieser Salpicio war am Abend seines Todes auf einem Fest in der Villa Tuzak gewesen. Irschan glaubte sogar, sich an das Gesicht des jungen Mannes zu erinnern … Da war es naheliegend, Markud den Mord an diesem Spitzel in die Schuhe zu schieben! Wieviel Oboto Florios wohl über die Dinge wußte, die im geheimen in der Villa besprochen worden waren?

Irschan ballte wütend die Fäuste. Für seinen Geschmack hatte die Stadtgarde ihre Nase zu tief in seine Angelegenheiten gesteckt. Und nun sollte er den Kerl, der dafür verantwortlich war, auch noch befördern! Natürlich kam eine solche Brut aus dem Stall der Olibano. Die Commandanta hatte Irschan mit ihrer Neugier und Unbestechlichkeit schon mehrfach im Weg gestanden. Gut, daß sie bald verrecken würde!

Es blieb keine Zeit mehr, sich mit diesen Dingen herumzuärgern. Er mußte Erfolge vorweisen, um seine neue Stellung zu rechtfertigen. Mißmutig blickte der Großexekutor auf den Stapel von Papieren, der sich vor ihm auf dem Schreibtisch türmte.

Endlich nahm er das oberste Blatt in die Hand und überflog die Zeilen. Es war ein Urteil, das er lediglich unterschreiben sollte. Ein Weibel der Stadtgarde war dabei erwischt worden, wie er eine Frau und zwei Kinder versteckt hatte, die aus einem Haus mit Kranken stammten. Oboto Florios, aus dessen Feder das Urteil stammte, schlug vor, den Weibel zu drei Wochen Kerker zu verurteilen und ihm für ein halbes Jahr den Sold zu kürzen.

Noch so ein Rebell aus der Stadtgarde, dachte Irschan wütend. Es war an der Zeit, ein Exempel zu statuieren! Er nahm Feder und Tintenfaß, strich den Absatz mit der Strafe durch, die der Stadtmarschall vorgeschlagen hatte, und fügte statt dessen einen neuen hinzu.

... In Notzeiten wie diesen, die uns allen die allergrößte Disziplin abverlangen, kann Rebellion gegen die Befehle des Rates der Zwölf nicht wie eine Bagatelle behandelt werden. Vielmehr ist eine Befehlsverweigerung, wie sie in diesem Fall vorliegt, als Hochverrat zu betrachten und wie dieser zu bestrafen.

Hiermit verurteile ich kraft der besonderen Befugnisse, die mir zur Wiederherstellung der Ordnung in der Stadt übertragen wurden, Gion, Weibel in der dritten Kompanie der Stadtgarde, zum Tod durch das Schwert. Die Strafe ist noch heute zu vollstrecken!

Irschan Perval,
Großexekutor von Al'Anfa

Es war kaum eine Stunde vor Sonnenuntergang, als die Reisekutsche in Sichtweite des Mirhamer Tors hielt. Näher wagte sich die Kutscherin nicht heran, denn die Gerüchte über die Seuche, die in Al'Anfa wütete, waren schon bis zur Königsstadt gelangt. Nicht einmal in dem großen Gasthaus außerhalb der Stadtmauer wollte sie einkehren. Kaum hatte sie die Münzen bekommen, die Alara ihr noch schuldig war, ließ die Frau die Peitsche über den Köpfen ihrer Pferde knallen und raste davon wie von Dämonen gejagt.

Es war vollkommen windstill und für einen Abend im Boronmond außergewöhnlich schwül. Eine fast greifbare Spannung schien über der Stadt zu liegen. Bestimmt würde es nicht mehr lange dauern, bis ein Unwetter losbrach. Alara blickte nach Osten, doch noch zeigten sich keine Wolken am Horizont. Müde ging die Commandanta dem Stadttor entgegen. Fast eine halbe Meile lag noch vor ihr.

Immer wieder flogen krächzend Raben über sie hinweg. Es war kein gutes Zeichen, wenn die Tiere landeinwärts Schutz suchten!

Schon von weitem winkten ihr die Wachen am Stadttor zu und gaben Zeichen, nicht näher zu kommen. Rings herum auf den Feldern war nicht eine Menschenseele zu sehen. Das Land wirkte wie leergefegt. Eigentlich hätten Sklaven auf den Feldern arbeiten und Reisende die Straße bevölkern sollen. Jetzt nahm sie auch Brandgeruch wahr.

Als sie so nahe ans Tor gelangt war, daß man ihr Gesicht erkennen konnte, hörte man auf zu winken. Alara schmunzelte. Man kannte sie. Es war verrückt, in eine Stadt zurückzukehren, in der eine tödliche Seuche wütete, aber der Gedanke daran, daß der letzte Akt in ihrem tödlichen Spiel nahte, erfüllte sie mit grimmiger Befriedigung.

»Ich wußte gar nicht, daß Ihr die Stadt verlassen habt«, grüßte sie der kommandierende Offizier der Torwache. »Ihr wißt doch, daß ...«

Sie winkte ab. »Den blutigen Difar fürchte ich nicht. Ich habe noch einen Mord zu sühnen.«

Der Offizier sah sie verwundert an. »Noch einen Mord? Euer Adjutant hat doch erst am Morgen den Schurken zur Strecke gebracht, der unseren Kameraden Salpicio tötete. Wißt Ihr das vielleicht noch nicht?«

»Doch ... Schließlich war ich es, die ihn geschickt hat.«

»Famoser Kerl, Euer Adjutant. Ich kenne ihn ganz gut. Ist oft hier durchgekommen. Man erzählt sich die tollsten Dinge über seine Taten heute morgen. Spaziert ganz allein in ein Haus voller Halsabschneider und macht die Kerle alle kalt.«

»Seine besondere Begabung«, bemerkte die Commandanta knapp. Dann stellte sie eine Frage und erhielt die Antwort, die sie erwartet hatte. Freundlich lächelnd hob sie die Hand zum Gruß, um dann weiterzugehen.

Alara passierte die Festungsanlagen des Arsenals, folgte

ein Stück weit dem Ufer des Hanfla und überquerte dann die Brücke, die zur Kommandantur führte. Selbst hier ließ sich kaum jemand blicken. Mitten auf dem Hof sah sie die Henkersänfte. Es stand also eine Hinrichtung bevor.

Einer plötzlichen Eingebung folgend, stieg Alara zu den Kellern hinab. In jener Kammer, in der man vor nicht einmal einer Woche Salpicio aufgebahrt hatte, lagen nun drei Leichen, über die schwarze Tücher gezogen waren. Wahrscheinlich mußte noch die Boronpriesterschaft zu Rate gezogen werden, um zu bestimmen, wo und unter welchen Umständen man sie beisetzte.

Alara kniete neben dem linken Leichnam nieder und zog das Tuch zurück. Markuds Gesicht wirkte fremd, wie aus Wachs geschnitten. Seine Augen waren eingesunken und standen noch immer weit offen. Ein blutiges Loch klaffte in seiner Schläfe. Der Hauch eines verächtlichen Lächelns war auf seinen Lippen gefroren, so als verspotte er selbst den Tod. Oder war sie es, auf die sein Spott zielte? In diesem Augenblick begriff sie, daß nun ihrer *beider* Leben zu Ende war. Noch einmal zogen all die Jahre ihrer Jagd an der Commandanta vorbei. Ihm zu trotzen, das war ihr Leben gewesen. Und was blieb nun?

Das Schweigen des Todes sank auf sie, kroch in sie hinein und füllte alles aus, was einst ein Leben gewesen war. Doch im Gegensatz zu ihrem Feind gab es für sie keine Ruhe. Ein einziger Augenblick hatte genügt, um das Feuer zum Erlöschen zu bringen, das mehr als anderthalb Jahrzehnte lang ihr Herz verbrannt hatte.

Alara strich sanft über die Augen des Toten, um sie zu schließen, und zog dann das Leichentuch wieder hoch. Nur eins blieb noch zu tun. Sie würde Ilian zu sich einladen. Seine Verwundungen würden ihn gewiß nicht von seinem Kommen abhalten. Noch am Tag ihrer Abreise hatte sie alles für heute abend vorbereitet.

Als Amir Honak den Rabentempel verließ, waren seine Knie blutig und seine Beine steif von Krämpfen. Mehr als einen Tag lang hatte er vor dem Bildnis Golgaris gekniet und das Zwiegespräch mit dem Boten Borons gesucht. Ihm war ein wenig schwindelig, als er die Treppe zur Steilklippe hinaufstieg, um in die Stadt des Schweigens zurückzukehren.

Eine kleine Gruppe von Geweihten erwartete ihn dort bereits. »Der Großexekutor hat eine kleine Truhe mit einem abgetrennten Frauenkopf für Euch abgeben lassen, Eure Hochwürdigste Erhabenheit.«

Der Patriarch winkte ab. »Ich weiß.« Plötzlich hielt er inne. Die schwarzen Gestalten in ihren langen Roben verschwammen Amir Honak vor den Augen. An ihrer Stelle sah er Raben. Er schluckte.

»Ruft alle Brüder und Schwestern in der Stadt des Schweigens zusammen. Es war falsch, uns hierher in die Sicherheit der Tempelmauern zurückzuziehen, während nur eine Handvoll der Unseren den Sterbenden Beistand leistete. Boron zürnt uns, weil wir vergessen haben, was unsere Aufgabe ist. Nicht eiserne Strenge, sondern Milde und Barmherzigkeit werden die Seuche bezwingen. Ich wünsche, daß sich binnen einer Stunde alle Geweihten versammelt haben. Wir werden alle gemeinsam in einer großen Prozession in die Stadt hinabziehen.« Er klatschte ungeduldig in die Hände. »Und nun beeilt euch!«

Während sich die Geweihten zurückzogen, blickte der Patriarch auf das Meer. Ein frischer Wind war aufgekommen. Der östliche Himmel glich einer einzigen schwarzen Mauer. Unheil zog herauf!

Es wurde ihm kalt ums Herz, als er all die Raben sah, die auf den Dächern der Tempelstadt hockten. Es waren viel mehr als sonst! Eine einzelne schwarze Feder tanzte im Wind und fiel ihm schließlich vor die Füße. Er mußte an den Bericht der Marquesa Gabriela denken. Wie hatte es dort geheißen?

Als aber die heiligen Raben nackt und sterbend vom Himmel fielen und sich ihr Gefieder wie schwarzer Schnee auf die Stadt legte …

Hatte die Gleichgültigkeit seiner Geweihten den Totengott so sehr erzürnt, daß er nun das letzte Gericht über seine Stadt halten würde? Oder bildete er sich das alles nur ein, geschwächt durch einen Tag ohne Schlaf und Essen? Wieder einmal wünschte sich Amir, ein wenig mehr von den Gaben seines Vaters geerbt zu haben. Tar Honak hätte gewußt, was nun zu tun gewesen wäre! Oder hatte auch er die Zweifel und die Einsamkeit eines Herrschers gekannt?

Gion hatte gerade sein üppiges Mahl beendet. Es war lange her, seit er zum letzten Mal so gut gegessen hatte. Er lächelte traurig. Dieses kleine Festbankett, bei dem er der einzige Gast gewesen war, würde in seinem Leben wohl durch nichts mehr übertroffen werden.

Die niedrige Kerkertür öffnete sich. Der Stadtmarschall zwängte sich durch die Tür. Gion sprang auf und salutierte.

»Laß es gut sein.« Der massige Mann wirkte beklommen. Er betrachtete die Reste des Essens. »War es gut?«

»Jawohl, Herr Stadtmarschall!«

»Rühren!«

Der Gardist stellte sich ein wenig bequemer. Hinter der Tür, die Oboto Florios völlig ausfüllte, hörte er Stimmengemurmel.

»Ich bringe schlechte Nachrichten, Soldat. Ich selbst habe in deiner Sache noch einmal beim Großexekutor vorgesprochen. Doch er hat mein Gesuch zur Begnadigung abgelehnt.«

Gion reckte stolz das Kinn vor. »Ich habe niemals um Gnade gewinselt, und es gibt nichts zu bereuen!«

Oboto atmete tief durch. »Zeig ihnen, daß ein Stadtgardist zu sterben weiß! Gibt es Verwandte, um die sich die Garde kümmern sollte?«

Der rothaarige Krieger schüttelte den Kopf. »Verwandte nicht, aber … Ich meine, wenn ich für dieses Weib, dessen Namen ich nicht einmal kenne, mein Leben lassen soll … Wenn Ihr vielleicht Sie … Helft ihr! Dann hätte alles noch ein bißchen Sinn. Es würde mir den Weg, der vor mir liegt, leichter machen.«

»Ich werde mich darum kümmern, Soldat. Wenn ich mich recht erinnere, steht dir noch mehr als ein Jahressold zu. Sie soll ihn bekommen.«

»Was?« Gion sah seinen Oberkommandierenden überrascht an. »Das muß ein Irrtum sein. Ich meine, ich …«

»Sehe ich aus, als würde ich mich irren?« fragte Oboto milde. »In meinen Augen bist du zu Unrecht verurteilt worden. Deine Tat hat der Garde keine Schande gemacht. Stirb wie ein Mann, und du hast dir den Sold mehr als verdient. Die Ehre der Stadtgarde muß gewahrt werden. Sie warten schon draußen, um dich zu holen. Du kannst einen Becher Boronswein haben. Das macht es leichter …«

»Nein, Herr. Wenn einem nur noch so wenig vom Leben bleibt, dann möchte man auf kein Stück davon verzichten. Ich möchte bei klarem Verstand sein, wenn ich mich auf die Richtbank lege.«

Der Stadtmarschall wirkte verlegen, und es schien, als wisse er nicht, was er mit seinen Händen tun solle. Nach einigen Augenblicken des Schweigens murmelte er schließlich: »Ich muß gehen …«

Nach ihm trat ein Borongeweihter in die Zelle, der Gion kurz auf die Reise über das Nirgendmeer vorbereitete und ihm eine letzte Gelegenheit gab, seine Seele zu erleichtern, die schon bald im Beisein Borons auf der Seelenwaage Rethon liegen würde.

Auf den Geweihten folgten die Henkersknechte. Gion mußte sich entkleiden und das wadenlange Büßerhemd anziehen. Dann legte man ihm eine Wehr an, einen alten Brustpanzer aus der Zeit der Klugen Kaiser. Al'Anfa war die einzige Stadt Aventuriens, in der der Hochgeweihte der Rondra das Amt des Scharfrichters versah. Doch da es den Ordensrittern der Kriegsgöttin nicht gestattet war, gegen Wehrlose das Schwert zu erheben, pflegte man in Al'Anfa schon lange den frevlerischen Brauch, die Todgeweihten zu rüsten, um zumindest den Buchstaben nach der Ordensregel treu zu bleiben.

Nachdem die Henkersknechte sich überzeugt hatten, daß das Haar des Delinquenten kurz genug war, um bei der Hinrichtung nicht zu stören, schaffte man Gion hinaus auf den Hof der Kommandantur. Dort erwartete ihn bereits die Henkerssänfte, ein großer eiserner Käfig, unter dem zwei Tragestangen befestigt waren. Acht seiner alten Kameraden aus der Stadtgarde würden die Sänfte tragen. Gion versteifte sich und ging hocherhobenen Hauptes die Treppen zum Hof hinunter, um in den Käfig zu steigen. Die Gardisten mieden es, ihn anzusehen.

Der Abstieg zum Richtplatz nahe dem alten Hafen dauerte länger als eine Stunde. Er führte quer durch die Stadt über eine Unzahl enger Treppen. Kaum jemand säumte den Weg, um den Verurteilten zu sehen. Und wo sich ein paar Menschen versammelt hatten, war es merkwürdig still.

Ein wenig fühlte sich Gion beleidigt. Die anderen Hinrichtungen, denen er bislang als Wachmann oder Träger der Henkerssänfte beigewohnt hatte, waren samt und sonders kleine Volksfeste gewesen. In Scharen waren die Fanas gekommen, um dem Verurteilten ihre Verwünschungen entgegenzurufen oder ihn anzufeuern, den Kopf nicht zu verlieren. Diesmal jedoch war alles anders. Statt der Menschen waren Hunderte von Raben gekommen. Sie saßen entlang der Straßen auf Fensterbänken, Giebeln und Dachtraufen. Nie zuvor hatte Gion so viele von ihnen gesehen.

Nicht einmal auf dem Richtplatz hatten sich sonderlich viele Zuschauer versammelt. Von dem weiten Platz aus konnte man auf das Meer sehen. Es war schon fast dunkel, als man den Käfig öffnete und Gion herausholte. Kalter Wind fegte vom Meer heran. Der Horizont war ganz von schwarzen Wolken ausgefüllt.

Als Gion den Henker hoch auf dem Gerüst stehen sah, zuckte seine Hand unwillkürlich zur Hüfte, dorthin, wo sonst sein Schwert am Gürtel gehangen hatte. Die Knechte des Blutrichters banden ihm die Arme auf den Rücken und schafften ihn auf das Henkersgerüst. Die große hölzerne Plattform wurde von massiven Balken getragen und war mehr als zwei Schritt hoch, damit man sie von überall auf dem Platz gut sehen konnte. In der Mitte stand eine lange Bank, an der seitlich Lederriemen angebracht waren, um den Verurteilten festzuschnallen. Gleich hinter der Bank stand ein aus frischem Stroh geflochtener Korb.

Der Scharfrichter war ein hochgewachsener, hellhäutiger Mann. Seine Augen waren von blassem Grau, sein Schädel war kahlrasiert. Er trug ein frischpoliertes, silbern schimmerndes Kettenhemd und darüber den weißen Waffenrock mit dem roten Löwinnenwappen, das Gewand eines Ordensritters der Kriegsgöttin.

Als Gion das große Richtschwert erblickte, wurden ihm die Knie weich. Gehetzt sah er sich um. Gleich hinter dem Henkersgerüst standen der Stadtmarschall und neben ihm, umgeben von einigen Rittern der *Basaltfaust,* der Großexekutor, jener Mann, der seinen Tod gefordert hatte. Irschan Perval gähnte. Das Schauspiel schien ihn zu langweilen. Unbändige Wut stieg in Gion auf. Dieser verfluchte Schurke! Die Henkersknechte verstärkten ihren Griff. Es wäre sinnlos, sich gegen sie aufzubäumen.

»Hast du noch etwas zu sagen, Todgeweihter?« fragte der Hochgeweihte mit lauter Stimme. »Möchtest du vielleicht öffentlich um Vergebung bitten für den Hochverrat, den du begangen hast?«

Gion zog die Nase hoch und spuckte dem Geweihten auf das Wappen seines Waffenrocks. »Möge dich Rondras Blitzstrahl beim Scheißen treffen, Eminenz!«

Der Ordensritter schlug ihm mit seinem gepanzerten Handschuh ins Gesicht. »Schnallt den Schurken auf die Bank, damit wir ihn auf dem schnellsten Weg in die Niederhöllen schicken!«

Der Gardist leckte sich über die aufgesprungenen Lippen. Er lächelte, als man ihn niederzerrte. Der Spruch war das bißchen Blut wert gewesen. Nun konnte er getrost seine letzte Reise antreten. Er bedauerte nur, daß er seinen alten Freund Tikian nicht noch einmal wiedergesehen hatte.

Die Henkersknechte zogen die Riemen der Richtbank so stramm, daß sie dem Gardisten tief ins Fleisch schnitten. Er lag mit dem Rücken auf der Bank, so daß er zum Himmel blicken konnte und das Richtschwert das letzte wäre, das er in seinem Leben sähe. Jetzt kreiste ein Schwarm Raben über ihm.

»Ihr müßt euch noch ein wenig gedulden, bis ihr euer Festmahl halten könnt«, murmelte er gepreßt.

Funkelnd fuhr das Zweihandschwert aus blauem Stahl zum Himmel.

»Halt!«

Gion runzelte die Stirn und mühte sich, den Kopf zur Seite zu drehen, um zu sehen, wer dort gerufen hatte. Unruhiges Raunen erhob sich. Der Gardist fluchte. Unmittelbar vor seiner Nase stand einer der Henkersknechte, so daß er lediglich dessen fleckige Lederschürze zu sehen bekam.

»Was hat dieser Mann verbrochen?« fragte die Stimme, die das Richtschwert im Himmel hatte verharren lassen.

»Dieser Mann mit Namen Gion, ein Weibel in der Stadtgarde, hat wider Eure Befehle gehandelt, Eure Hochwürdigste Erhabenheit«, antwortete der Scharfrichter. »Somit ist er ein Hochverräter und hat sein Leben verwirkt.«

»Gegen welche Befehle?«

»Er hat drei Frauen versteckt, die unter einem Dach mit einem Mann lebten, den die Seuche dahingerafft hat. Durch diese Tat hat er das Leben der Gesunden gefährdet.«

»Nein, mit seiner barmherzigen Tat hat er wohlgetan. Mag er sich auch gegen mein Wort gestellt haben, so ist er dennoch kein Verräter, denn ich selbst habe mit meinem Befehl dem Willen Borons zuwidergehandelt und werde dafür noch Buße tun müssen. Der Platz seiner Geweihten ist an der Seite der Sterbenden, und es steht mir nicht zu, jene, die bis zuletzt bei den Kranken ausharrten, für ihre göttergefällige Milde zu strafen.«

Der Henkersknecht war zur Seite getreten, so daß Gion nun endlich sehen konnte, was vor sich ging. Zwischen den Schaulustigen hatte sich eine Gasse gebildet, und der Patriarch erklomm die Stufen des Henkersgerüsts.

»Aber ein Mann, der sich gegen Euer Wort vergangen hat, kann doch nicht ohne Strafe bleiben!« Hinter dem Patriarchen war Irschan Perval aus der Menge aufgetaucht.

»Wer sagt, daß ich ihn nicht strafen werde?« Amir Honak griff nach dem Schwert des Henkers, hob es hoch empor und schlug mit der breiten Seite Gion sanft auf die linke Schulter. »Mit diesem Hieb sind deine Vergehen gesühnt, Gion, Ritter im Orden des Schwarzen Raben und Hauptmann der Stadtgarde.«

Auf dem Platz erhob sich Jubel, doch Gion war ganz benommen. Kaum spürte er, wie man seine Fesseln löste. Seine Gedanken kreisten um das Urteil des Patriarchen. Womit hatte er das verdient? Als Hauptmann wäre er nur noch selten mit seinen Kameraden draußen auf der Straße … Und was noch schlimmer war, man würde von ihm erwarten, daß er lesen und schreiben könnte, um all den Papierkram zu erledigen, der anfiel. Fieberhaft überlegte er, wie er sich aus diesem Schlamassel wieder herauswinden konnte. Und dann noch Ordensritter! Mit diesen Heiligen, die nicht einmal wußten, wie man richtig fluchte, hatte er doch nichts gemeinsam!

Er lag noch immer auf der Richtbank, als der Patriarch dem Volk verkündete, daß er zum Tempelhafen aufbrechen wolle, um von dort mit großem Gefolge zur Sklaveninsel zu segeln und sich der Kranken und Sterbenden anzunehmen.

All das kümmerte Gion indessen nicht. Das Urteil des Patriarchen hatte ihn in tiefste Verzweiflung gestürzt. Sein Leben war zerstört!

Manolo drehte seine Runden auf den Wehrgängen der Festung. Das Praiosgestirn war bereits hinter den Horizont gesunken, und es war die Zeit des kurzen Zwielichts vor dem Sieg der Finsternis. Der Hof unter ihm lag so dicht voller Kranker und Sterbender, daß es im schwindenden Licht aussah, als wäre es eine einzige lebendige, sich in Qualen windende Masse.

Von der Stadt her kam noch eine weitere Trireme, die ein Boot schleppte. Es würde die letzte für heute sein. Der junge Offizier wußte nicht, wohin er die Neuen bringen sollte. Und dann zog noch ein Kauca herauf! Wenn die ohnehin schon Geschwächten nach dem Sturm und dem Regen im Freien blieben, dann würde morgen ein einzelnes Fischerboot nicht mehr ausreichen, um die Toten dieser Nacht fortzubringen! Aber was sollte er tun? Mit den paar Leuten, die ihm noch geblieben waren, vermochte er gerade einmal die Toten einzunähen und zur Anlegestelle zu schleppen, um von dort auf dem Rückweg Vorräte für die Festung mitzubringen. An Pflege war nicht zu denken.

Ein wenig eifersüchtig dachte er an Rondarion. Seine Kleine war genesen, und er schien sich gut mit ihr zu unterhalten. Eine Abwechslung dieser Art käme auch mir gelegen, um das Grauen zu vergessen, dachte Manolo. Als Rondarion ihn am Morgen von der Wache abgelöst hatte, glänzten seine Augen, als sei er Rahja selbst begegnet. Den Sold einer ganzen Woche hätte er gegeben, wenn Ines dieses Wunder auch bei ihm vollbracht hätte. Es war doch ihr Geschäft zu unterhalten … Ob sie es ablehnen würde? Doch selbst wenn sie zustimmte, war es diesem sentimentalen Trottel Rondarion durchaus zuzutrauen, daß er sich wegen der Hure mit ihm schlüge …

Manolos Blick wanderte über die Bucht. In der Stadt leuchteten weniger Lichter als sonst. Der Menschenauflauf, den es kurz vor Sonnenuntergang auf dem Richtplatz gegeben hatte, schien sich aufgelöst zu haben.

Der Blick des Offiziers wanderte weiter nach Norden und verharrte zwischen den beiden Türmen, die die Einfahrt zum Tempelhafen flankierten. Ein langer Schatten kroch dort hervor. Er kniff die Augen zusammen, um besser sehen zu können. Eine Bireme! Manolo fluchte. Also kamen sie doch noch! Er hatte gleich gewußt, daß die *Basaltfaust* sich nicht damit abfinden würde, daß ihr Kamerad nicht mehr antwortete.

Jetzt war keine Zeit mehr zu verlieren! Rondarion und seine Gespielin mußten verschwinden. Mit etwas Glück würden sie es sicher schaffen, auf das Totenboot zu kommen.

»Es wird alles gut werden«, sagte Rondarion und drückte Ines tröstend die Hand. »Morgen um diese Zeit sind wir weit fort und in Freiheit.«

»Jetzt ist nicht der Augenblick für Rührseligkeiten!« fluchte Manolo. »Händchen halten könnt ihr noch den Rest eures Lebens! Beeilt euch!«

Rondarion küßte seine Geliebte noch einmal, und dann half er seinem Kameraden, ihren Leichensack zuzunähen. Als ihr Gesicht unter dem fleckigen Stoff verschwand, brach ihm fast das Herz. Angst befiel ihn, daß er sie niemals wiedersehen würde.

Heulend pfiff draußen der Wind über die Mauern, und der Sturm hatte gerade erst angefangen. Schon bei ruhiger See wäre es schwer genug gewesen, schwimmend bis zurück zur Küste zu gelangen. Doch jetzt …

Manolo bemerkte, wie sein Kamerad zitterte, und lächelte ihm aufmunternd zu. »Keine Sorge, ich werde euch beide persönlich zum Boot hinuntertragen. Niemand wird etwas merken.«

»Ich danke dir für alles, was du für uns getan hast. Ohne deine Hilfe wären wir verloren gewesen … Ich weiß nicht, wie ich dir das jemals vergelten soll.«

»Seht zu, daß ihr nicht erwischt werdet … Das reicht mir als Lohn. Und nun lieg endlich still, sonst erwische ich dich noch mit der Nadel.« Mit großen Stichen vernähte der Offiziersanwärter den Sack. Als nur noch Rondarions Gesicht zu sehen war, hielt er für einen Augenblick inne. »Leb wohl, Herzensbrecher«, murmelte er mit rauher Stimme. »Wir hatten eine gute Zeit zusammen.«

»Ich werde dich vermissen, Kamerad. Ich …«

Manolo zog ihm den Stoff über dem Gesicht zusammen und begann wieder zu nähen. Sein Kamerad hatte in den letzten Tagen viel Übung in dieser Arbeit gehabt. Wenige Augenblicke später spürte Rondarion, das er hochgehoben wurde. Manolo legte ihn sich über die Schulter.

Nie war Rondarion der Weg zur Anlegestelle so kurz erschienen.

»Das reicht jetzt! Die anderen holen wir morgen!« brüllte eine Stimme, die kaum das Sturmgeheul zu übertönen vermochte.

»Nur eine noch! Ich hab keine Lust, deren stinkenden Kadaver bis morgen unter der Nase zu haben! Möchtest du, daß ich Meldung über dich mache?«

»Dann beeil dich«, fluchte der Kapitän. »Der Sturm verwandelt mein Schiff sonst in ein Wrack!«

Rondarion schlug auf etwas Weichem auf. Dann spürte er den Boden unter sich unsicher schwanken. Hoffentlich wartete dieser verdammte Kapitän. Verzweifelt betete der Gardist zu allen Göttern. Vom Deck der Galeere hörte er Flüche. Eine Ewigkeit schien zu vergehen, ohne daß Manolo zurückkehrte. Rondarion umklammerte sein Messer fester. Er würde nicht ohne Ines gehen! Im Zweifelsfall würde er sich befreien und an Land springen, um zu sehen, wo Manolo steckte. Was in Praios Namen mochte nur geschehen sein?

Dann fiel etwas auf seine Beine. Er spürte eine Bewegung. Sie war an Bord. Erleichtert atmete der Offizier auf. Sie waren entkommen! Nun lag ihr Leben in Efferds Hand. Wenn das Meer sie nicht verschlänge, wären sie gerettet!

18. Kapitel

Ilian hatte eine Sänfte mieten müssen, um zu Alara zu kommen. Der Bote, der ihre Einladung brachte, hatte ihn bei Anatewka überrascht. Warum war die Commandanta wieder in der Stadt? Und was zum Henker wollte sie von ihm? Die Nachricht hatte ihm den Abend verdorben, und er hatte sogleich nach einer Sänfte geschickt. In dem Sturm dauerte der Anstieg bis hinauf zu den Silberessen sehr lange, und es herrschte tiefe Nacht, als er Alaras Turm erreichte.

Ihre Tür war unverschlossen, wie immer. Der kurze Gang, der ins Innere führte, war von Kerzen, die in einer Nische brannten, hell erleuchtet. Es roch nach exotischen Gewürzen und schwerem Tabakrauch. Als Ilian in die runde Kammer trat, die das Erdgeschoß ausfüllte, fand er dort zwei Klinen vor, zwischen denen ein niedriger Tisch stand. Das Schreibpult war an eine Wand gerückt worden, um Platz zu schaffen. Während er sich noch verwundert umsah, kam Alara die Treppe herunter.

»Du kommst spät, Ilian«, empfing ihn die Commandanta lächelnd. »Mach es dir bequem!« Sie klatschte in die Hände. »Rustan, komm her und nimm unserem Gast den Umhang ab.«

Auf flinken Füßen eilte ein junger Novadisklave die Treppe herab und half Ilian aus seinem Mantel.

»Ein Fest«, stammelte der Gardist verwirrt. »Ich hatte ja keine Ahnung …«

»Wir haben schließlich einen Sieg zu feiern!« Alara ließ sich auf einer der Klinen nieder, nahm eine Tabakpfeife vom

Tisch und entzündete sie mit einem Holzspan. »Steh nicht herum, als wolltest du Wurzeln schlagen.« Sie blies ihm einen Schwall hellblauen Rauchs ins Gesicht und wies einladend auf die übrigen Pfeifen. »Nimm dir doch eine. Sie sind alle schon gestopft. Bester Mohacca und ein wenig mehr ...« Sie lächelte verschwörerisch.

Viel zu verwundert, um irgend etwas zu sagen, ließ sich Ilian auf dem zweiten Ruhebett nieder. Die Commandanta schob ihm eine Pfeife hinüber, deren Kopf mit drei lachenden Schelmenmasken geschmückt war.

»Was wollen wir trinken? Ich habe einen erstklassigen Roten aus dem Szintotal. Oder bevorzugst du die Weine aus den Goldfelsen?«

»Ich kenne mich mit teuren Weinen nicht so aus«, gestand Ilian.

»Dann nehmen wir eben beide!« Sie klatschte in die Hände. »Den Wein!«

Wieder eilte der junge Sklave die Treppe herunter. Diesmal setzte er vier kostbare Kristallgläser und zwei geöffnete Flaschen auf den Tisch. Im nächsten Augenblick war er schon wieder verschwunden, fast als wäre er ein Dschinn.

Der Rauch, der schwere Kräuterduft und der merkwürdige Empfang, dies alles machte Ilian schwindelig. Vorsichtig nippte er an dem Wein, den Alara ihm eingeschüttet hatte.

»Das Essen ist leider noch nicht ganz fertig. Wir werden uns noch ein wenig gedulden müssen.«

Er schüttelte den Kopf. »Die Pfeifen ... Das kann nicht gut für Euch sein. Ihr seid doch krank!«

»Heute nicht! Heute gilt es zu feiern, daß Salpicios Mörder endlich gestellt wurde.«

In der rauchgeschwängerten Luft schien die Tätowierung auf ihrem Gesicht ein seltsames Eigenleben zu führen. Ilian hatte das Gefühl, daß ihn die Augen der Schlange immerzu anstarrten. Die Pfeife auf dem Tisch vor ihm war inzwischen erloschen. Wieder klatschte Alara in die Hände. So plötzlich diesmal, daß der junge Gardist unwillkürlich zusammenzuckte.

»Das Spiel kann beginnen!« rief sie mit klarer Stimme. Wie zur Antwort brachte eine Sturmbö den Turm zum Erzittern. Ilian spürte, wie ihm der kalte Schweiß den Rücken hinabrann. Von oben ertönte leises Flötenspiel.

»Was … Was ist das?«

»Zu einem richtigen Fest gehört auch die rechte Musik.« Die Commandanta klopfte ihre Pfeife aus und zündete sich eine zweite an. »Erinnerst du dich noch an den Abend, als wir die Villa Tuzak besuchten? Jemand spielte Flötenmusik … Eine wahrhaft begnadete Künstlerin. Ich habe sie ausfindig gemacht und angeheuert, um diesem Abend den richtigen Rahmen zu geben.« Sie zog kräftig an der Pfeife, bis die Glut hell aufleuchtete, und blies Ilian den Rauch ins Gesicht.

»Ihr … Ihr seid gar nicht krank.« Es war mehr eine Feststellung als eine Frage.

Die Commandanta antwortete nicht. Sie lehnte sich zurück, schloß die Augen und zog genußvoll an der Pfeife. Das Flötenspiel war indessen lauter geworden. Eine eigentümlich ergreifende, traurige Melodie, die auf beklemmende Weise vom Heulen des Sturms begleitet wurde.

Ilian griff nach dem Weinglas und hielt es einen Augenblick lang mit beiden Händen fest umklammert, als wäre es ein rettender Anker in einer Welt, die aus den Fugen geraten war.

»Ich habe mich in der Tat verstellt, Ilian«, sagte die Commandanta leise. »Ich war nie krank!«

In diesem Augenblick erkannte der Gardist, daß er der Offizierin in die Falle gegangen war. Mit eisigem Griff packte ihn das Entsetzen. Er wollte aufspringen, doch seine Beine zitterten und wollten ihm nicht mehr gehorchen.

»Ihr wißt alles?« fragte er. Die Worte mochten ihm kaum über die Lippen kommen.

»Ja, ich habe es immer gewußt.« Sie sah zur Decke hinauf und sprach so gelassen, als würden sie immer noch lediglich über Tabak und Wein plaudern. »Du bist Salpicios Mörder!«

»Ich habe von Anfang an geahnt, daß Ihr es wißt.«

Die Commandanta sah nicht einmal zu ihm hinüber, sondern blickte lediglich den Rauchkringeln nach, die sie zur Decke blies.

»Es gibt Beweise dafür, daß Markud es war. Schriftliche Beweise!« Ilian war entschlossen, sich gegen das Unvermeidliche aufzubäumen.

»Ich habe schon davon gehört ... Von Markud kann ich mir allerdings beim besten Willen nicht vorstellen, daß er solche Dinge einfach hätte herumliegen lassen. Findest du es nicht merkwürdig, daß die begnadetste Fälscherin in unserer Stadt ermordet wurde – einen Tag bevor du deine Beweise gefunden hast?«

»Was wollt Ihr damit andeuten?« Ilian hatte das Gefühl, langsam wieder festen Boden unter die Füße zu bekommen.

»Nichts. Ich kannte die Alte ganz gut. So gut, daß ich sogar weiß, wo sie das Büchlein versteckt hielt, in dem sie die Namen aller ihrer Kunden niederschrieb, nebst einigen Anmerkungen zu den Arbeiten, die sie für sie erledigt hatte. Eine kleine Rückversicherung ... Schließlich lebt man in ihrem Gewerbe nicht ganz ungefährlich.« Alara richtete sich auf der Kline auf und blickte nun endlich zu ihm hinüber. »Was meinst du? Werden wir deinen Namen dort finden?«

Rustan kam mit einem großen Tablett die Treppe herunter und stellte einen gekochten Schweinskopf auf Reis ab. Im Maul des Tiers steckte ein roter Apfel.

»Das allein wird als Beweis nicht genügen«, verteidigte sich der Gardist. »Ich werde behaupten, das Buch sei eine Fälschung.«

Alara beugte sich über den Tisch und stach mit ihrem Messer ein Auge aus dem Schweinskopf, um es sogleich mit einem gierigen Happen zu verschlingen. Nie zuvor hatte Ilian sich ihr gegenüber so wehrlos gefühlt. Sie erschien ihm wie eine bösartige große Schlange. Und er … er spielte die verängstigte Maus, die zitternd darauf wartete, verschlungen zu werden.

»Glaubst du, ich hätte nur einen Beweis für deine Schuld?« fragte sie schmatzend. »Was hast du mir bei unserem letzten Treffen gleich gesagt? Jedes Verbrechen hinterläßt eine Spur? Deine Spur war nicht zu übersehen! Aber iß doch.« Sie wies auf den Schweinskopf. »Die Augen sind köstlich. Aber vielleicht solltest du es lieber mit dem Apfel versuchen!«

Wie unter einem Zwang streckte Ilian die Hand aus. Der Apfel war durchgeschnitten und zerfiel ihm unter den Fingern. In seinem Fruchtfleisch steckten zwei kleine Pfeilspitzen.

»Begreifst du nun, wie lange du mir deine Tat schon bewiesen hast?«

Wie versteinert blickte der Gardist auf die Pfeilspitzen.

»Es sind die Spitzen von Balestrinabolzen. Die unbeschädigte Spitze stammt aus dem Kadaver des Lioma, den du erschossen hast, um mich zu retten. Während du damals die Gardisten des Viertels suchtest, bin ich noch einmal zurückgekehrt und habe sie aus dem Kadaver herausgeschnitten. Die zweite, etwas verbogene Spitze fand man im Rückgrat Salpicios. Beide zeigen das Siegel der gleichen Pfeilmacherwerkstatt. Du selbst hast mir die Beweise gebracht, die ich benötige, um dich an den Galgen zu bringen. Als du mir mein Leben rettetest, hast du dich verraten!«

Das Flötenspiel jagte mit einer schnellen Folge hoher, dissonanter Töne einem Höhepunkt entgegen. Ilians Hand schloß sich immer fester um den Apfel, bis ihm der Saft der Frucht zwischen den Fingern hindurchtropfte. »Als ich Euch rettete«, murmelte er betroffen. »Dann habt Ihr gewußt, daß dieses Raubtier durch den Garten streifte.«

»Natürlich. Ich hatte meinen linken Arm mit Stahlschienen gepanzert. Deshalb trug ich das weite Hemd. Im anderen Ärmel war ein Dolch verborgen.«

»Ihr habt mir also eine Falle gestellt.«

»Ja. Und du hast mir brav alle Beweise geliefert, die ich brauchte. Was glaubst du, warum ich in Mirham war? Ich habe dort den Hauptmann deiner Kompanie aufgesucht. Im letzten halben Jahr hast du dir sehr oft frei genommen und warst dann nicht einmal nachts in deiner Kaserne.«

»Das sind wohl die wenigsten Gardisten, die frei haben.«

Alara schnitt ein Stück Fleisch vom Schweinskopf und häufte sich dazu Reis auf den Teller. »Natürlich, doch die anderen findet man dann in den Bordellen und Schenken. Nicht aber dich. Der Stellmacher von Mirham ist ein sehr ordentlicher Geschäftsmann. Auch er hat über jeden seiner Kunden Buch geführt; man überläßt schließlich nicht jedem ein kostbares Reitpferd. Am Nachmittag vor Salpicios Ermordung hast du dir bei ihm ein Pferd ausgeliehen und es am Abend des darauffolgenden Tages wieder abgegeben. Auch der Wachhabende Offizier am Mirhamer Tor kennt dich gut. Schließlich hat er dich oft kommen und gehen sehen. Unter anderem auch an dem Morgen, als man Salpicios Leiche fand. Sogar die Haushälterin, die sich um Salpicios Zimmer kümmerte, kannte dich … Sie hat mir bestätigt, daß du oft bei ihm ein- und ausgegangen bist.«

Die Commandanta machte eine kurze Pause, um von ihrem Wein zu trinken. »Du hast ihm Freundschaft geheuchelt, und der arglose Kerl ist dir auf den Leim gekrochen. Er hat dich mit seiner Verlobten bekannt gemacht, und ich fürchte, eines Tages hat er dich sogar einen Blick in seine Unterlagen über Markud werfen lassen und in das Geheimnis seiner nächtlichen Besuche in der Villa Tuzak eingeweiht. An diesem Tag hast du beschlossen, Salpicio zu töten und Markud selbst nachzuspüren. Du wußtest, daß du nach der inneren Hierarchie in der Garde sehr wahrscheinlich auf seinen Posten berufen würdest. Und dann kam dir auch noch der Zufall zu Hilfe, weil man Manolo und Rondarion auf die Sklaveninsel abkommandierte. Natürlich hattest du dir auch schon überlegt, daß es ein leichtes sein müßte, Markud den Mord in die Schuhe zu schieben. Nach allem, was du aus der Akte über ihn wußtest, war ihm ein solches Verbrechen durchaus zuzutrauen. Am Nachmittag des letzten Tages, an dem Salpicio noch lebte, hast du dir in der Stellmacherei von Mirham ein Pferd gemietet. Diesmal ein schnelleres und teureres als sonst. Dann bist du nach Al'Anfa gekommen und hast Salpicio auf seinem Heimweg im Brabaker Viertel abgepaßt. Er war sicher überrascht, dich zu sehen. Und im nächsten Augenblick war er tot. Nur ist eine Balestrina eine ungewöhnliche Waffe für einen Straßenräuber. Also hast du ihn in den Hinterhof gezerrt und ihm mit einem Dolch die Kehle durchgeschnitten. Wie ein Opferlamm hast du ihn geschächtet. Du selbst hast mir ja gezeigt, was zu tun war, damit keine Blutflecken auf den kostbaren Mantel gerieten. Dann hast du den Balestrinabolzen aus der Wunde gezogen und auf einen Abfallhaufen geworfen. Daß die Pfeilspitze zurückbliebe, daran hast du nicht gedacht. Eigentlich kein grober Fehler, denn sie ist nur durch einen Zufall gefunden worden. Damit die ganze Sache zunächst wie ein Raubmord aussah, hast du noch Salpicios Geldkatze vom Gürtel geschnitten.

Ein wahrhaft dreistes Räuberstück. Und nun hast du alles, was du wolltest. Du hast Salpicios Posten und wirst vielleicht bald sogar meinen Platz einnehmen, hast seinen Mantel, seinen Erfolg und obendrein noch seine Verlobte!«

Rustan war schon lange nicht mehr die Treppe heruntergekommen. Wäre da nicht das leise Flötenspiel gewesen, hätte man glauben können, sie beide seien allein. Alara saß nun aufrecht auf ihrer Kline. Ihre Augen glänzten kalt und hielten ihn mit unerbittlichem Blick gefangen. Die stickige, rauchgeschwängerte Luft. Flackernde Kerzen, die groteske Schatten auf die Wände warfen. Der verstümmelte Schweinskopf und die immer unheimlicher werdende Musik. Ilian hatte das Gefühl, in die Fänge einer Dämonin geraten zu sein, die geradewegs aus den Niederhöllen heraufgestiegen war, um seine Seele zu rauben.

»Ihr habt immer nur mit mir gespielt«, bemerkte Ilian schließlich.

Sie nickte. »Das habe ich getan.« Ihre Stimme klang ernst und feierlich, so wie die einer Richterin, die ihr Urteil verkündet. »Ich hatte keine Wahl. Du hast Salpicio ermordet, also *mußtest* du an seine Stelle treten!«

»Ihr wußtet, daß ich Markud töten würde«, murmelte der Gardist, der nur langsam das Ausmaß ihrer Intrige begriff.

»Mein halbes Leben lang habe ich Markud verfolgt. Mit Salpicios Hilfe war ich endlich kurz davor, ihn zu stellen … Und dann kamst du mit deinem lächerlichen Ehrgeiz und hast alles zunichte gemacht! Also mußte ich rasch handeln. Mir blieb keine Zeit mehr. Du hast mich gezwungen, meinen Weg zu verlassen … Ich habe dich zu meiner Waffe gemacht. Habe einen Mörder auf einen Mörder gehetzt, wohl wissend, daß das Recht dabei als erstes auf der Strecke bliebe. Ich machte mein Ziel zu deinem Ziel, und du bist folgsam den Weg gegangen, den ich dir vorzeichnete.«

»Es war ein Alptraum«, murmelte Ilian matt.

»Nicht nur für dich«, entgegnete die Commandanta kühl. »Keine Stunde verging, da ich nicht Angst gehabt hätte, daß etwas dazwischenkäme, bevor alles zu Ende wäre und ich nicht mehr bestimmen könnte, welchen Ausgang das Spiel nähme. Ich habe dich angelogen und unter Druck gesetzt. In Wahrheit wollte seit dem Begräbnis Salpicios auch der Stadtmarschall Markuds Kopf. Aber für mich war es besser, daß du Angst hattest. Du wußtest, daß man, sobald man nicht mehr Markud nachspürte, fast zwangsläufig auf deine Spur stoßen mußte. Schließlich war sie kaum zu übersehen, wenn man ihr erst einmal folgte. Alles, was ich tat, geschah in der Absicht, dich in die größte Verzweiflung zu treiben. Darum habe ich auch von der Reise nach Mirham erzählt. Du solltest wissen, daß ich auf deiner Spur war. So blieb dir keine andere Wahl mehr, als die Villa Tuzak zu betreten und vollendete Tatsachen zu schaffen, bevor ich zurückkehren konnte.«

»Markuds Diener waren bewaffnet, als hätten auch sie mich erwartet. Im Nebenzimmer befand sich ein Armbrustschütze ...«

»Ich hatte Markud angekündigt, ich würde jemanden schicken, um ihn zu töten.«

»Was?« Ilian ballte in hilfloser Wut die Fäuste. »Und wenn sie mich umgebracht hätten?«

»Dann hätte es einen zweiten Mord an einem Offizier der Stadtgarde gegeben, und diesmal hätte der Mörder gleich festgestanden.«

Der Gardist schluckte. »Ihr habt uns beide also einfach aufeinandergehetzt – wie die Gladiatoren in der Arena.«

»Was glaubst du, warum man mich die Schlange nennt? Ich siege durch List. Gewalt ist die Sache anderer.«

»Ihr habt Euch zur Richterin aufgeschwungen und mich zu Eurem Schwert gemacht?«

»So ist es!« Das Flötenspiel im oberen Stockwerk endete.

»Und weil ich Eurem Willen gefolgt bin und Euch sogar einmal gerettet habe, stehe ich nun als Mörder da. Ich bin der nächste, über den Ihr richten werdet ... Jetzt, da alle meine Ziele in greifbare Nähe gerückt sind. Man will mich befördern. Ich soll das Kommando über die Zollfestung Imrah erhalten und die Schmuggler im Golf von Mirham bekämpfen.«

»Es war *dein* Entschluß, Salpicio zu töten. Damit habe ich nichts zu schaffen.«

Ilian richtete sich drohend auf und griff nach dem Messer, das neben ihm auf dem Tisch lag. Die Commandanta rührte keinen Finger, um sich zu wehren.

»Willst du mich wirklich töten? Und auch Rustan und die Flötenspielerin? Und dann? Oboto Florios weiß, daß ich dich für heute abend eingeladen habe. Willst du auch ihn töten? Ist das alles, was dir einfällt, um deinen Kopf aus der Schlinge zu ziehen?«

Der Gardist zögerte ... Dann ließ er klirrend das Messer in die Stille fallen. »Es hat keinen Sinn mehr«, flüsterte er.

»Für mich ist der Fall Salpicio abgeschlossen«, erklärte die Commandanta. »Es ist alles zu Ende. Eigentlich sollte dies meine große Nacht sein. Die Nacht der Schlange!« Sie lachte bitter. »Ich bin es müde ... Ich habe genug Schurken auf das Henkersgerüst geschickt. Doch einer wie du darf nicht Offizier in der Stadtgarde sein. Ich erwarte, daß Oboto Florios morgen früh ein Schreiben von dir auf seinem Tisch findet, in dem du deinen Dienst quittierst. Welche Gründe du dafür angibst, ist mir gleich. Und dann verlaß die Stadt. Ich will dich nie wieder sehen. Es ist genug! Geh irgendwohin ... Nur weit fort von hier! Und nimm dein verfluchtes Schwert mit! Es hat genug Unglück in diese Stadt gebracht.«

Ilian ließ den Kopf sinken. Langsam ging er zur Tür. Der Sturmwind riß sie ihm aus der Hand und schlug sie donnernd gegen die Wand. Nach ein paar Schritten schon war er eins geworden mit der Finsternis.

Nachdem der Gardist gegangen war, sank Alara erschöpft auf das Ruhebett zurück. Sie hatte es schnell zum Ende bringen müssen. Die Wirkung der Drogen ließ nach. Ihr Atem stockte wieder. Sie wußte, daß es diesmal schlimmer als je zuvor werden würde. Hoffentlich reichte ihr Atem noch, um den Mietsklaven und die Flötenspielerin fortzuschicken. Sie wollte allein sein!

Der Kapitän stemmte sich gemeinsam mit dem Steuermann mit aller Kraft gegen die Ruderpinne, um die Galeere auf Kurs zu halten. Das in den Wellen schlingernde Boot in ihrem Schlepp machte es immer schwerer, das Schiff vernünftig zu manövrieren.

»Diese verdammten Toten werden uns noch alle mit zu Boron nehmen«, fluchte der Steuermann. Sein Kapitän sah zu den Bogenschützen hinüber. In dem Sturmwind gelang es ihnen einfach nicht, ein Feuer zu entfachen, um ihre Pfeile in Brand zu setzen. Es war wie verhext, und sein Steuermann hatte recht. Das Schiff bekam seitliche Drift. Bald würde es querab zu den Wellen liegen, und dann mochte ihnen Efferd gnädig sein! Eine Galeere war kein Schiff, das dazu gebaut war, einem solchen Unwetter zu trotzen. Wenn die Wellen die Ruderbänke überspülten, wäre alles vorbei.

Verzweifelt beobachtete der Kapitän das Seil, das sich zwischen der Galeere und dem großen Fischerboot spannte. Dann faßte er einen Entschluß. »Kommt her!« Er winkte den beiden Bogenschützen.

»Helft ihm an der Ruderpinne!«

Der Kapitän zog den Dolch aus seinem Gürtel und trat zu dem Seil hinüber, das durch einen dicken Eisenring lief. Es war zum Zerreißen gespannt. Ein einziger Schnitt genügte. Von der Last befreit, tat die Galeere einen kurzen Satz nach vorn, so als wäre sie ein feuriger Hengst, dem man die Zügel schießen ließ.

»Der Sturm hat die Leine zerrissen!« brüllte der Kapitän, um den fauchenden Wind zu übertönen. »Ihr seid meine Zeugen!«

Der Steuermann grinste. »Natürlich! Ich hab es genau gesehen. Ich werde jedem erzählen, wie mir das verdammte Seil um die Ohren geflogen ist, als es zerriß.«

Das Schiff gehorchte nun wieder dem Ruder. Sie machten kehrt, um in den schützenden Hafen zu flüchten, bevor der Kauca seine ganze Gewalt entfaltete.

Es hatte einen Ruck getan, und nun tanzte das Boot noch unberechenbarer auf den Wellen. Rondarion war durchnäßt von der Gischt, die über die niedrige Reling spritzte. Ganz gleich, was geschehen mochte, er konnte nicht mehr länger einfach nur daliegen. Sein Messer durchtrennte das Leinen, und er befreite sich aus dem Leichensack.

Was er sah, ließ ihn bis ins Mark erschauern. Die Galeere war verschwunden. Das Boot trieb steuerlos auf den Wellen. So weit das Auge reichte, war kein Land zu sehen. Und im Rumpf schwappte schon knöcheltief das Wasser!

Er kniete nieder, um Ines zu befreien. Wenn kein Wunder geschah, waren sie verloren. Mit einem einzigen Blick begriff das Mädchen den Ernst der Lage. Ihr Onkel war Fischer gewesen und hatte sie als Kind oft mit hinaus aufs Meer genommen. »Wirf die Toten über Bord. Das Boot ist zu schwer beladen!« befahl sie, ohne zu zögern. Selbst griff sie nach einem kleinen Ledereimer, um Wasser aus dem Boot zu schöpfen.

Rondarion begann mit der Arbeit. Etwas zu tun, war gut gegen die Angst, doch als der letzte Leichensack in den Wellen verschwunden war, kehrte die Furcht zurück. Er war nur selten in seinem Leben auf dem Meer gewesen, doch er wußte aus Dutzenden von Erzählungen, was es hieß, in einem Kauca in einem kleinen offenen Boot auf See zu sein. Sie waren schon tot, auch wenn sie jetzt noch atmeten.

Er kniete im Bug nieder und begann zu beten. »Gischthäuptiger Efferd, gnädiger Herrscher der Tiefen, erbarme dich …«

Ines sah ihn an und schüttelte den Kopf. An Land mochte er ein selbstloser Ritter sein, doch an Bord eines Schiffes taugte er nicht viel. Sie lächelte. In ihren Augen machte ihn das noch liebenswerter.

Unermüdlich schöpfte sie Eimer für Eimer über Bord. Diesen Kampf mußte *sie* gewinnen!

19. Kapitel

Als Rondarion erwachte, schaukelte das Boot sanft in den Wellen. Der Himmel war jetzt klar. Nicht eine Wolke war zu sehen. Was gestern geschehen war, schien nichts als ein böser Traum gewesen zu sein.

Er zitterte. Es war kühl. Noch immer stand Wasser im Boot, und er hatte keinen trockenen Faden mehr am Leib. Ines kauerte zusammengesunken im Bug. Sie hielt mit beiden Händen den Ledereimer umklammert.

Vorsichtig stieg der Gardist über die Ruderbänke hinweg und nahm das Mädchen zärtlich in den Arm. Ines zuckte zusammen und schlug die Augen auf. Als sie ihn sah, seufzte sie erleichtert und küßte ihn. Bald jedoch wurde sie unruhig und richtete sich auf.

»Wo sind wir?«

Im Westen lag ein hügeliger Küstenstreifen, in den eine breite Bucht einschnitt. Rondarion beschirmte die Augen, um besser sehen zu können. Plötzlich lachte er laut auf. »Die Götter müssen uns wohlgesonnen sein!«

»Warum?«

»Das dort drüben ist der Golf von Mirham. Wir sind gerettet!«

Ines blickte ihn verständnislos an. »Auch hier weht das Rabenbanner. Wir werden weiter in den Norden müssen, wenn wir vor Verfolgung sicher sein wollen.«

Rondarion schüttelte den Kopf. »Nicht sofort. Irgendwo dort drüben liegt die kleine Zollfeste Imrah. Ich habe dort fast ein halbes Jahr lang gedient und in der Zeit meinem Vetter zu einigen guten Geschäften verholfen.« Der Gardist lächelte schelmisch. »Ihm gehört die schönste Flußgaleere auf dem Chamir, und seine Verbindungen zu den Schmugglern sind besser, als sie es eigentlich sein dürften. Er ist mir noch etwas schuldig. Bei ihm werden wir Unterschlupf finden. Er wird uns auch helfen, fortzukommen … Wohin willst du gehen?«

Sie schlang ihm die Arme um den Hals und zog ihn zu sich hinab. »Willst du das wirklich jetzt entscheiden?« Ines küßte ihn auf eine Weise, daß er die Kälte sofort vergaß. Und sie hatte recht! Die Zukunft konnte warten. Nun zählte nur noch, daß sie beide gerettet waren und Tod und Krankheit hinter sich gelassen hatten.

Alara lehnte an der kalten Mauer des Turms. Alle Kerzen waren erloschen. Es war stockfinster. Sie wußte nicht, ob es noch Nacht oder schon Tag war. Der Sturm hatte aufgehört, und auch ihr Kampf war zu Ende. Doch ihr Lebenslicht brannte nur noch schwach, und ihr war klar, daß sie noch lange für die letzte Nacht büßen würde.

Sie war zu müde zum Kämpfen. Vielleicht ein Jahr noch, hatte Oros ihr versprochen. Ein Jahr, während sich die erstickende Schlinge um ihren Hals immer enger zöge. Ein Jahr, wenn zum Schluß jeder Atemzug zum keuchenden Kraftakt würde. Sie war immer noch eine Kriegerin. Eine Frau von Ehre! Wenn jemand wie sie zum Tod verurteilt wurde, hatte er das Recht, nicht gehenkt zu werden! Krieger wurden mit dem Schwert gerichtet. So werde auch ich es halten, dachte sie matt.

Leise knarrend öffnete sich die Tür. Ein breiter Streifen goldenen Lichts fiel in den Turm, nur um sofort vom Schatten einer massigen Gestalt verdrängt zu werden. Schwere Schritte … Klackernd wurde der Vorhang aus Holzperlen zur Seite gezogen.

Ein schwammiges dunkles Gesicht beugte sich über sie. »Bei den Göttern, nicht auch noch Ihr«, brummte Oboto Florios und schüttelte sie. »Kommt zu Euch, Olibano! Ilian Naldor ist tot!«

»Wie?«

»Er hat sich an dem eisernen Gitterkreuz des Fensters hinter Eurem Schreibtisch erhängt. Dieser verdammte Narr! Er wäre heute gemeinsam mit diesem Einfaltspinsel Gion zum Hauptmann befördert worden. Keiner weiß, warum Naldor das getan hat. Es gibt keinen Brief, nichts ... Er war doch noch letzte Nacht bei Euch ... Wißt Ihr, was ihn dazu getrieben hat?«

Alara war noch immer ganz benommen. Neben ihr lag ein zerbrochenes Glas mit Boronswein. Sie dachte an die vergangene Nacht, den Sturm, das gespenstische Flötenspiel und die Schmerzen. »Die Stunde der Schlange«, flüsterte sie.

»Was sagt Ihr?« Oboto beugte sich noch weiter vor. »Ich habe Euch nicht verstanden.«

Sie hatte nichts anderes erwartet.

Dramatis Personae

Alara Olibano – Offizierin im Rang einer Commandanta, befehligt eine kleine Einheit der Stadtgarde, die sich mit besonders brisanten Fällen beschäftigt

Amir Honak – der jugendliche Herrscher Al'Anfas und Hochgeweihter der Boronkirche

Anatewka – Tochter eines verarmten Handelsherrn und Geliebte des Offiziersanwärters Salpicio

Bal Honak – Begründer der Honak-Dynastie in Al'Anfa; ein Herrscher, über dessen blutiges Regiment man selbst nach mehr als fünfzig Jahren noch mit Schrecken spricht

Balura von Mirham – eine der berühmtesten Schmiedinnen Aventuriens

Bardir – ein in die Jahre gekommener Stadtgardist

Brotos Paligan – Liturgiemeister des alanfanischen Boronkultes und Mitglied im Rat der Zwölf

Damian von Shoy'Rina – der König von Mirham, eine Marionette alanfanischer Politik

Daria – eine Stadtgardistin unter dem Kommando des Weibels Gion

Dolgur Kugres – Glaubenswahrer des alanfanischen Boronkultes und damit oberste theologische Instanz in Glaubensangelegenheiten; des weiteren Mitglied des Rates der Zwölf

Gabriela de Ciagra – eine Zeitzeugin der großen Sieche von 686 nach Bosparans Fall

Gion – Exsöldner, Khomkriegsveteran und nun Weibel bei der Stadtgarde; ein Krieger mit harter Schale und weichem Kern

Hatuma – ein Moha in Diensten der Stadtgarde, der nur wenig unternimmt, ohne vorher sein Orakel aus Knochenwürfeln befragt zu haben

Ilian Naldor – ein Offiziersanwärter der Stadtgarde, der in jeder Hinsicht versucht, die Nachfolge Salpicios anzutreten

Immuel Florios – Ordinarius im alanfanischen Boronkult und Mitglied im Rat der Zwölf

Ines de Porta – eine Hafendirne, die zum Opfer im Intrigenspiel der Mächtigen der Stadt wird

Irschan Perval – Magier und Großexekutor im Rat der Zwölf; ein Emporkömmling, der dem Patriarchen die Gunst gewährt, sein Liebhaber zu sein

Lukian Borso – auf den ersten Blick ein harmloser Dichter, der sich bei genauerem Hinsehen als Offiziersanwärter Salpicio entpuppt

Magister Dronte – ein Zauberer, der bedauert, einmal zu oft käuflich gewesen zu sein

Mahmud ibn Rai – der Sohn eines Novadischeichs, dem das Schicksal in Gestalt Markuds begegnete

Markud – ein Kaufmann, der mehr ist, als er zu sein vorgibt

Manolo – ein Offiziersanwärter der Stadtgarde, der sich am liebsten aus allem heraushielte und es doch nie schafft

Marca – eine Stadtgardistin mit losem Mundwerk

Mata Al'Sulem – eine unheimliche Borongeweihte; die Älteste im Rat der Zwölf

Maylinga – eine Maraskanerin im Gefolge Markuds

Nakandoa – Gesandte des Dämonenmeisters Borbarads, die gelegentlich aus ihrer Haut fährt

Narda Cardas – Offizierin der Stadtgarde, die schon vor Jahren unter merkwürdigen Umständen zu Tode kam

Nareb Emano Zornbrecht – einer der einflußreichsten Granden Al'Anfas und Mitglied im Rat der Zwölf

Oboto Florios – Stadtmarschall und damit Oberkommandierender der Stadtgarde von Al'Anfa

Oderin du Metuant – Großmeister des Ordens des Schwarzen Raben und der wohl begabteste Truppenführer Al'Anfas; ein Mann von Grundsätzen und Gewissen sowie der Gabe, im Zweifelsfall nicht auf sein Gewissen zu hören

Orlando Oros – Medicus an der Arena Al'Anfas, der sich gern mit Grenzgebieten der Heilkunde befaßt

Pardona – die grausame Herrscherin über ein degeneriertes Elfenvolk im ewigen Eis des hohen Nordens

Rondarion – der lebende Beweis, daß es selbst unter den Offiziersanwärtern der alanfanischen Stadtgarde hoffnungslose Romantiker gibt

Rondrigo Delazar – Ordens-Großmeister der *Basaltfaust;* ein Mann, der es geschafft hat, Götterdienst und Waffendienst unter einen Eisenhut zu bringen

Rustan – ein junger Mietsklave und begnadeter Koch

Salide – eine maraskanische Hexe, die Alara Olibano mit einem tödlichen Fluch belegt hat

Salpicio – Ein junger Offiziersanwärter der Stadtgarde, der seine große Zukunft schon hinter sich hat

Sanaa – die Frau Mahmud ibn Rais

Sirlon Silberwind – ein Elf und Orchideenfreund, der darauf wartet, ob sich die große Seuche von 686 nach Bosparans Fall noch einmal wiederholen wird, so wie die Götter es prophezeiten

Tikian – Ein alter Freund Gions, der durch Abwesenheit glänzt

Glossar
Die Götter und Monate

Praios = Gott der Sonne und des Gesetzes, gilt als der oberste der Zwölfgötter (sein Monat entspricht dem irdischen Juli)

Rondra = Göttin des Krieges und des Sturmes (ihr Monat entspricht dem irdischen August)

Efferd = Gott des Wassers, des Windes und der Seefahrt (sein Monat entspricht dem irdischen September)

Travia = Göttin der Gastfreundschaft, des Herdfeuers und der ehelichen Liebe (der ihr geweihte Monat entspricht dem irdischen Oktober)

Boron = Gott des Todes und des Schlafes (sein Monat entspricht dem irdischen November)

Hesinde = Göttin der Gelehrsamkeit, der Künste und der Magie (ihr Monat entspricht dem irdischen Dezember)

Firun = Gott des Winters und der Jagd (sein Monat entspricht dem irdischen Januar)

Tsa = Göttin der Geburt und der Erneuerung (der ihr geweihte Monat entspricht dem irdischen Februar)

Peraine = Göttin des Ackerbaus und der Heilkunde (ihr Monat entspricht dem irdischen April)

Ingerimm = Gott des Feuers und des Handwerks (sein Monat entspricht dem irdischen Mai)

Rahja = Göttin des Weins, des Rausches und der Liebe (der ihr geweihte Monat entspricht dem irdischen Juni)

Die Zwölf = Die Gesamtheit der Götter

Der Namenlose = Der Widersacher der Zwölfgötter

Rastullah = nach dem Glauben der Novadis der Weltenschöpfer und einzige Gott; erschien vor ca. 250 Jahren in Keft und verkündete 99 Gebote, hat neun Frauen, die z.T. als Schutzpatroninnen gelten

Angrosch = der von den Zwergen verwendete Name für Ingerimm, den Gott des Feuers und der Schmiedekunst

Kor = Halbgott, Sohn der Rondra und des Gottdrachens Famerlor, Gott der Söldner, Scharfrichter und Landsknechte, der Gefallen an Blut und Gewalt findet

Maße und Gewichte

Meile = 1 km
Schritt = 1 m
Spann = 20 cm
Finger = 2 cm

Unze = 25 g
Stein = 1 kg
Quader = 1 t

Erklärung Aventurischer Begriffe

Achtertrutz = achtern gelegene Schiffsaufbauten, die in Höhe und Wehrhaftigkeit an einen Festungsturm erinnern

Adamant = tulamidisches Wort für Diamant

Adamantenkonvoi = ein großer Schiffskonvoi, der einmal im Jahr von Al'Anfa zu einer Insel im Südmeer fährt, deren genaue Position geheimgehalten wird. Dort gibt es sagenhafte Adamantenvorkommen, die eine der Säulen zu Macht und Reichtum Al'Anfas bilden

Al'Anfa = mächtiger Stadtstaat im tiefen Süden des Kontinents Aventurien; Hauptsitz des Boronkultes und mit etwa 80.000 Einwohnern zweitgrößte Stadt Aventuriens

Andergaster = 1. Bewohner eines winzigen Königreichs in Nordwestaventurien; 2. ein zweihändiges Langschwert von vollen zwei Schritt Länge und damit meist größer als sein Benutzer

Aranien = ein reiches, unabhängiges Fürstentum an der aventurischen Ostküste mit einer sehr matriarchalisch geprägten Gesellschaft

Aventurien = Kontinent auf der Welt Dere, erschaffen von Ulrich Kiesow und belebt von einer Unzahl weiterer Autoren

Balestrina = eine kleinere Form der Armbrust

Basaltfaust = ein Ritterorden der Boronkirche, dem man nachsagt, im Gegensatz zum Orden des Schwarzen Raben mehr rondrianisch als religiös geprägt zu sein. Alle Ordensritter sind auf den Patriarchen der Stadt eingeschworen

Beni Novad = nomadischer Stammesverband im Zentrum der Khom, kontrollieren die Oasen Keft und Tarfui; namengebend für den Sammelbegriff Novadi; ihr Sultan Dschadir ben Nasreddin fällt in der ersten Schlacht bei Tarfui

Beschützer = in Al'Anfa gebräuchliche Bezeichnung für Leibwächter

Bireme = kleine Kriegsgaleere mit zwei übereinanderliegenden Ruderreihen

Borbarad = mächtigster Schwarzmagier der aventurischen Geschichte; starb vor ca. 500 Jahren, wurde aber von der finsteren Elfenherrscherin Pardona ins Leben zurückgerufen. Zur Zeit der Handlung des Romans führt er einen blutigen Krieg gegen das Kaiserreich und hat bereits mehrere Provinzen erobert

Bornland = ein im Nordosten Aventuriens gelegener Feudalstaat, mit Handelsinteressen im südlichen Perlenmeer. Die große Handelsflotte brachte dem Königreich in den letzten Jahrhunderten beträchtlichen Reichtum, doch sind zur Zeit durch die Feldzüge des Dämonenmeisters und seiner Vasallen fast alle Handelswege ins Bornland gefährdet

Boroni = umgangssprachliche Bezeichnung für einen Geweihten des Totengottes Boron; manchmal nennt man auch fälschlich weltliche Diener des Totengottes so

Boronswein = ein weißer Saft, aus Vragieswurzeln gewonnen. Boronswein ist eine stark suchterzeugende Droge, die eine wichtige Rolle im alanfanischen Boronskult spielt. Boronswein erzeugt rauschhafte Träume. Der Wurzelsud enthält auch giftige Bestandteile, die sich bei falscher Zubereitung des Saftes tödlich auswirken können

Bosparano = die mittlerweile außer in Kreisen des Klerus, der Magie und der Juristerei nicht mehr gebräuchliche Sprache des Alten Reiches, die heutzutage durch das Garethi abgelöst ist

Bosparans Fall = Fixpunkt aventurischer Zeitrechnung (993 vor Hal); mit der Zerstörung Bosparans war der Untergang des Alten Kaiserreichs besiegelt

Brabaker Rohr = dem Bambus ähnliches Gewächs aus dem Süden Aventuriens

Brabaker Baracken = ein heruntergekommenes Stadtviertel Al'Anfas; in der Nähe des Hafens gelegen

Chamir = ein Fluß im südlichen Aventurien

Commandanta = ein alanfanischer Offiziersrang, der dem eines Hauptmanns entspricht

Dere = der Planet, auf dem der Kontinent Aventurien liegt

Dublone = alanfanisches Goldstück mit dem doppelten Gewicht eines Dukaten aus dem Neuen Reich; die Kaufkraft entspricht etwa 500 DM

Duglum = auch der Pestbringer genannt; ein mächtiger, siebenfach gehörnter Dämon und Überbringer von Krankheiten

Duglumspest = sehr seltene Krankheit, die zur völligen Zerstörung des Körpers führt; angeblich verwandeln sich die Erkrankten in Dämonen, weshalb die Duglumspest auch Dämonenfäule genannt wird

Erhabener = formelle Anrede für einen Hochgeweihten, d. h. einen Priester im Rang eines Tempelvorstehers, Abtes oder Inquisitors

Fana = umgangssprachlich Pöbel, Armer, Kleinbürger

Golgari = ein riesiger schwarzer Rabe aus dem Gefolge des Totengottes Boron, der die Seelen der Verstorbenen über das Nirgendmeer ins Totenreich trägt

Götterlauf = bei den Zwölfgötter-Gläubigen übliche Bezeichnung für das aventurische Jahr

Götternamen = bei den Zwölfgötter-Gläubigen verbreitete Bezeichnung für einen Monat im aventurischen Jahreslauf

Granden = Bezeichnung für die Angehörigen der zehn mächtigsten Familien Al'Anfas

Grandessa = weibliches Mitglied einer Grandenfamilie

Gubernator = bezahlter Organisator von Arenaspielen oder aber Verwaltungsoffizier

Halbspann = Längenmaß, das zehn Zentimetern entspricht

Hand Borons = niemals deklarierte, aber allgemein gefürchtete

Geheimpolizei Al'Anfas; als Meuchler und Agenten sind sie eines der wichtigsten Werkzeuge bei der Machtausübung des Patriarchen

Heshthot = ein niedriger Diener des Erzdämons Blakharaz; eine Kreatur, die in einer wallenden schwarzen Kutte gekleidet erscheint, unter der sich ein Körper aus nichtstofflicher Finsternis zu befinden scheint; ist meist mit Schwert und Peitsche bewaffnet

Hylailer Feuer = leicht entflammbares und nur durch Ersticken der Flammen zu löschendes Brandöl, das sogar auf Wasser brennt; wird in Hohlgeschossen als Munition für Schiffsgeschütze verwendet

Ilmenblatt = beruhigende, leicht euphorisierende Droge, auch Alphana genannt; als getrocknetes Kraut oder klebrige Harzkrümel erhältlich

Imrah = alanfanische Zollfestung am Golf von Mirham

Ius meridiana = umfassendes alanfanisches Gesetzeswerk, das sowohl das Hand- und Halsrecht umfaßt als auch allerlei südländische Besonderheiten wie Gesetze über Gifte und Assassinen enthält

Karracke = eine Weiterentwicklung der Kogge, hochbordiges Schiff mit mehreren Decks sowie Aufbauten (Kastellen) an Bug und Heck, meist als Dreimaster getakelt

Kauca = vor allem im Phexmond häufige, sehr schwere Stürme im Süden Aventuriens

Khom = große Wüste östlich des Alten Reiches

Khunchomer = Krummschwert, benannt nach der Stadt Khunchom

Levthan = Halbgott; der Mannwidder entstammt einer Verbindung der Göttin Rahja mit einem Sterblichen; Levthan wird vor allem unter Hexen verehrt; man huldigt ihm mit ausschweifenden Festen

Lioma = auch Schattenlöwe, die größte und gefährlichste Raubkatze in den Dschungeln des südlichen Aventurien

Madamal = der aventurische Mond

Marbo = Halbgöttin; Tochter des Boron und der Menschenfrau Etilias; ihr ist in Al'Anfa ein eigener Tempel geweiht

Maraskan = größte Insel im Perlenmeer, nordöstlich der Khom gelegen; der Legende nach verbannte Sultan Bastrabun die Echsenvölker aus Mhanadi, Ongalo und Thalusim nach Maraskan

Menschenfresserinsel = bei den Eingeborenen des Perlenmeers Sukkuvelani genannt. Sie ist die größte der Perleninseln und zugleich auch eine der unheimlichsten. Gerüchten zufolge schätzen es die Einheimischen, unvorsichtige Fremde als Hauptgang bei großen Stammesfesten zu servieren

Moha = 1. von den meisten Aventuriern häufig als Synonym für alle Waldmenschen benutzter Begriff; 2. mit etwa 6000 Angehörigen größter Stamm der Waldmenschen

Mohacca = der ursprüngliche Name des Pfeifenkrauts; heutzutage die Bezeichnung für einen besonders schweren schwarzen Tabak aus Südaventurien

Mohagoni = dunkelrotes Edelholz, das ausschließlich in Südaventurien geschlagen wird und zu den Exportgütern Al'Anfas gehört

Niederhöllen = allgemein geläufige Bezeichnung für die Gefilde der Dämonen in der siebten Sphäre; hierher geraten die Seelen der Sünder, um sich nach einem Äon der Qual schließlich als Dämon zu manifestieren

Nirgendmeer = in der Mythologie des Zwölfgötterglaubens die Leere zwischen dem Diesseits und den Hallen Borons, dem Totenreich

Nostria = ein kleines, wie ein Feudalsystem regiertes Königreich im Norden Aventuriens. Nostria ist berühmt für seine Dauerfehde mit dem kleinen Nachbarreich Andergast

Novadis = Sammelbegriff für die verschiedenen Stammesverbände in der Khom

Orden des Schwarzen Raben = der zweite Ritterorden der alanfanischen Boronkirche. Seine Krieger sind tief religiös motiviert und fühlen sich mehr der Boronkirche verpflichtet als dem Dienst an einem einzelnen Herrn

Oreal = alanfanische Münze aus einer Kupfer/Gold-Legierung; sie entspricht etwa dem Silbertaler, der im Mittelreich verwandt wird

Patriarch = Titel des Oberhauptes des Boronkultes zu Al'Anfa; höchster Geweihter des alanfanischen Ritus

Praiosgestirn = aventurisch für Sonne

Rabenschnabel = Hiebwaffe der Reiterei mit einem hammerförmigen Kopf, der an einem Ende spitz zuläuft

Rat der Zwölf = ein Rat, der sich aus dem Patriarchen, einigen Boronis und Vertretern der Bürger zusammensetzt und über die Geschicke der Stadt Al'Anfa entscheidet

Rethon = die Seelenwaage der zwölfgöttlichen Mythologie, auf der der Totengott Boron abmißt, ob eine Seele in eines der zwölfgöttlichen Paradiese auffahren darf, zur Läuterung in Borons Hallen verbleiben muß oder aber so verderbt ist, daß sie in die Niederhöllen auffliegt

Rotze = scherzhafter Name für ein torsionsbetriebenes Schiffsgeschütz, das entweder massive Stein- oder Bleikugeln oder aber mit Hylailer Feuer gefüllte Tongefäße verschießt

Samthauch = Pollen einer seltenen Orchideenart. In geringen Mengen eingeatmet, führt Samthauch zu rauschhaften Träumen; eine Überdosierung ist tödlich

Satinav = ein mächtiger Halbgott und der Herr über die Zeit

Schilling = alanfanische Münze aus einer Kupfer/Gold-Legierung, deren Kaufkraft ungefähr 25 DM entspricht; auch als Oreal bekannt

Schivone = moderner aventurischer Schiffstyp mit hochgezogenen Bordwänden und mehrstufigen Decksaufbauten (Kastellen) an Bug und Heck; meist als Drei- oder Viermaster getakelt

Schlund = Ghetto der Bettler in der Stadt Al'Anfa

Schritt = aventurisches Längenmaß, das einem Meter entspricht

Schwarzer Bund des Kor = die umfangreichste Söldnertruppe in festen Diensten Al'Anfas

Silberoreal = siehe Oreal

Silberstechen = in unregelmäßigen Abständen in Al'Anfa stattfindendes, halblegales Turnier bekannter Gladiatoren

Siral = vorherrschender Nordostwind im südlichen Perlenmeer

Tag des Großen Schlafes = 30. Boron; höchster Feiertag im alanfanischen Ritus des Boron

Therbuniten = ein der Peraine geweihter Orden, dessen Aufgabe die Bekämpfung des Elends von Krieg und Seuchen ist; Ordensangehörige sind an ihren grünen Kutten erkenntlich

Thorwaler = ein Volk kühner Seefahrer und Piraten, das im Nordwesten Aventuriens lebt und den irdischen Wikingern nicht unähnlich ist

Trahelien = kleines Königreich in den Dschungeln an der Südwestspitze Aventuriens. Trahelien lag vorübergehend mit Al'Anfa im Krieg und wurde dann zu freundlicherer Politik überredet. Zur Zeit lehnt es sich stark an das Horasreich an und hat darin einen mächtigen Verbündeten gegen Al'Anfa gefunden

Trireme = mit drei übereinanderliegenden Riemenreihen gebauter Galeerentyp; verfügt über Behelfsmasten und wird fast ausschließlich als Kriegsschiff genutzt

Tulamiden = aventurische Volksgruppe; Bewohner der Khom und der angrenzenden Gebiete

Tulamidya (seltener Tulamidisch) = Sprache der Tulamiden; verwendet als Schriftzeichen die neunzehn geheiligten Glyphen von Unau

Tuzak = Stadt im Südwesten Maraskans; ehemals Hauptstadt des mittelreichischen Fürstentums Maraskan; liegt auf einem Hochplateau am Meer, mit großem Hafen an der Mündung des nahegelegenen Roab

Tuzakmesser = Zweihandschwert mit leicht gekrümmter Klinge, das vor allem auf Maraskan gebräuchlich ist

Vordertrutz = die vorderen, bisweilen auch mit Geschützen bestückten Aufbauten eines Schiffes

Vragieswurzel = eine gewundene weißgelbliche Wurzel, aus der durch Einkochen ein milchiger, nach Lakritze duftender Saft gewonnen wird, der ein wesentlicher Bestandteil der Droge Boronswein ist

Visar = ein Vulkan mit dschungelbewachsenen Hängen, der Al'Anfa überragt; gleichzeitig auch der alte, südaventurische Name des Totengottes Boron

Waldmenschen = Sammelbegriff für die verschiedenen menschlichen Ureinwohner der südlichen Regenwälder und der Waldinseln

Weibel = militärischer Rang, ungefähr dem modernen Sergeanten entsprechend

Windstag = in Aventurien allgemein gebräuchlicher Name für den ersten Tag der Woche

Yagannuß = etwa faustgroße Nuß mit einer sehr harten Schale. Das aus Yagannüssen gewonnene Öl findet bei der Zubereitung von Schlaftränken Verwendung

Zedrakke = kielloser, tulamidischer Schiffstyp; besonders auffallend sind die großen, aus Binsen geflochtenen und mit Latten versteiften Segel, die von weitem an Drachenflügel erinnern

Zithabar = weitverbreitetes Halluzinogen in Form eines grobkörnigen Pulvers oder gehäckselter Blätter; wird meist mit Tabak versetzt geraucht

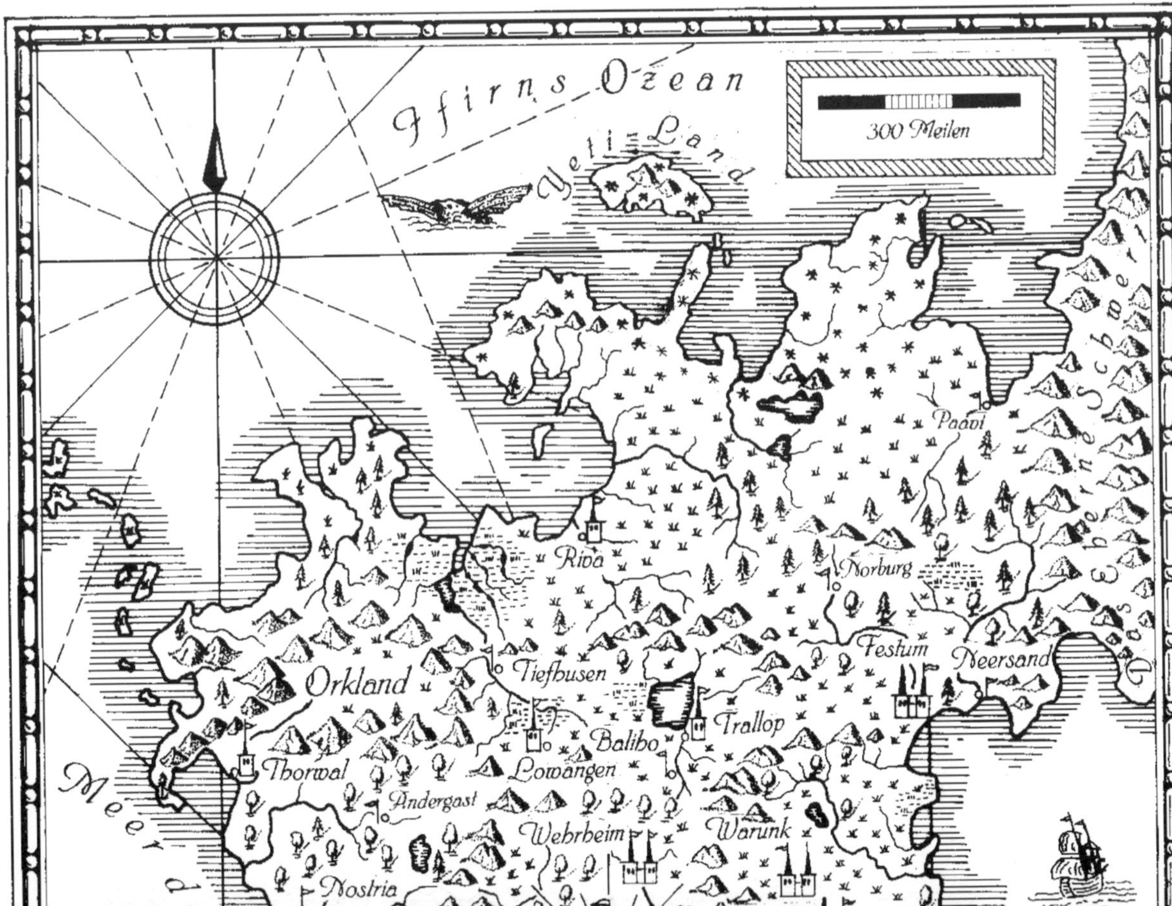
Ifirns Ozean
300 Meilen
Yeti-Land
Das Ehernen Schwert
Paavi
Riva
Norburg
Festum
Neersand
Orkland
Tiefhusen
Trallop
Balibo
Thorwal
Lowangen
Andergast
Wehrheim
Warunk
Nostria
Meer d